J. KENNER

SEXY SECURITY (4)

Verlockendes Feuer

J. KENNER

SEXY SECURITY

Verlockendes Feuer

Roman

Band 4

Aus dem Amerikanischen von Nicole Hölsken

DIANA

FSC
www.fsc.org
MIX
Papier aus verantwortungsvollen Quellen
FSC® C014496

Penguin Random House Verlagsgruppe FSC® N001967

Deutsche Erstausgabe 02/2022

Die Originalausgabe erschien 2020 unter dem Titel
Wrecked With You. Stark Security 4 bei Martini & Olive.

Redaktion: Antje Steinhäuser
Umschlaggestaltung: Zero, München
Covermotiv: © FinePic, München
Satz: Leingärtner, Nabburg
Druck und Bindung: GGP Media GmbH, Pößneck

Printed in Germany
ISBN 978-3-453-36116-4

www.diana-verlag.de

PROLOG

Die Welt ist beschissen.

Das war womöglich meine allererste Lektion im Leben. Ich lernte sie auf die harte Tour, wenn er mich anschrie oder mich schlug. Oder Schlimmeres.

Dabei hätte er uns lieben sollen. Uns beschützen.

Aber »hätte sollen« gibt es nur im Märchen. Wir aber lebten in der realen Welt, meine Schwester und ich. Und als es zu viel wurde – und es nichts und niemanden gab, an den wir uns hätten halten können, außer aneinander –, da liefen wir davon.

Ich habe Dinge getan, für die ich mich schäme. Dinge, die ich tun musste, um zu überleben. Um für unsere Sicherheit zu sorgen.

Und ich habe schon vor langer Zeit gelernt, niemandem zu vertrauen außer mir selbst und meiner Schwester. Denn die Leute, die einen eigentlich beschützen sollten, lassen einen irgendwann im Stich. Und die Menschen, die dich lieben sollten, entpuppen sich nicht selten als Ungeheuer.

Doch in letzter Zeit hat sich so manches verändert. Meine Welt ist dabei, sich zu öffnen, und manche Menschen überraschen mich. Ich lasse in meiner Wachsamkeit nach; ich lasse zu, dass Menschen zu mir vordringen.

Das ist ein Fehler, und ich weiß es. Denn jetzt ist er in mein Leben getreten.

Und obwohl ich weiß, dass ich mich von ihm fernhalten muss – obwohl ich verdammt genau weiß, dass er mir das Herz brechen wird –, schlittere ich unaufhaltsam weiter diesen Abhang hinab – ihm entgegen. Ich habe eine Heidenangst, dass er nicht stark genug sein wird, um mich aufzufangen.

Und noch mehr Angst habe ich davor, dass er es tut.

KAPITEL 1

Irgendwas gefunden?« Antonio Santos stand mit vor der Brust verschränkten Armen da, blickte Noah über die Schulter und betrachtete die kryptischen Kolonnen aus Zahlen, Buchstaben und Symbolen, die sich im Rhythmus von Noahs Fingern auf der Tastatur über den Bildschirm ergossen.

»Gleich hab ich's«, antwortete Noah, ohne den Blick auch nur eine Sekunde lang vom Bildschirm abzuwenden.

Tony verlagerte sein Gewicht, dann trat er einen Schritt zurück und lehnte sich an den riesigen Eichentisch, der eine ganze Seite von Noahs chaotischem Büro einnahm. Obwohl er in der Austin-Dependance von Stark Applied Technology das Sagen hatte, glich Noahs Arbeitsplatz eher dem Keller eines nerdigen Jungen, der gern programmierte und Videospiele spielte.

Doch das störte Tony nicht weiter. Noah Carter war ein Genie am Computer und bei allem, was mit Elektronik und Technik zu tun hatte. Tonys besondere Fähigkeiten hingegen waren eher tödlicher Natur. In der Vergangenheit hatten sie ihm eine Menge Geld eingebracht.

Allerdings hatte er nie etwas getan, das sich mit seinem Gewissen nicht vereinbaren ließ.

Diese bezahlten Jobs waren eigentlich immer nur Mittel zum Zweck gewesen. Selbst Tonys Tätigkeit als Noahs Kollege bei einer Selbstschutzorganisation mit Namen Deliverance hatte einen bestimmten Nutzen für ihn gehabt. Tony befürwortete die Arbeit dieser Gruppe aus ganzem Herzen. Sie hatten Kidnapping-Opfer gerettet und deren Peinigern eine Abreibung verpasst. Aber er hatte die enormen Ressourcen der Organisation auch für seine eigenen Zwecke genutzt.

Insbesondere bei der Suche nach einem Mann, der nur als The Serpent – die Schlange – bekannt war.

Zwar würde Tony das, was The Serpent ihm gestohlen hatte, nie zurückbekommen: seine Mutter. Seinen Onkel. Sein ganzes gottverdammtes Leben. Doch immerhin konnte er sich rächen.

Und diesem Lohn für seine Mühe war er gerade verdammt nahe.

Einen Großteil der jüngsten Fortschritte hatte er Noah zu verdanken. Sein Freund war derjenige gewesen, der Tony ein Fake-Profil in einem berüchtigten Forum im Darknet eingerichtet hatte. Einem Ort, an dem sich Tony im Laufe der Jahre den Ruf aufgebaut hatte, ein knallharter Söldner zu sein, dessen Dienste käuflich waren. Nicht ganz gelogen … aber auch nicht die ganze Wahrheit.

Er hatte gefakte Details gepostet, um überzeugend zu wirken, und hatte gerade genug tatsächliche Aufträge angenommen, damit seine Tarnung nicht doch aufflog. Aber nur Jobs, die er im Vorfeld genau gecheckt hatte, um sich der Schuld der Zielpersonen zu vergewissern. Und in der Tat waren sie weit davon entfernt gewesen, unschuldig zu sein. Allesamt Mörder, Sexualstraftäter und Ähnliches.

Er hatte sich langsam einen gewissen Ruf erworben, bis er genug Glaubwürdigkeit besaß, um Fragen über The Serpent stellen zu können, ohne allzu viel unerwünschte Aufmerksamkeit auf sich zu ziehen.

Doch die Sache war nur schleppend in Gang gekommen. Drei Monate lang hatte er keine einzige Spur gefunden, dann tröpfelten zwar ein paar Hinweise ein, aber ein Volltreffer war nicht dabei.

Monate vergingen, und obwohl ihm im Vorfeld durchaus klar gewesen war, dass die Sache langwierig werden konnte, drohte ihn die Hoffnung langsam zu verlassen.

Dann trudelte eine private Nachricht von The-Asst ein. Eine Frau, jedenfalls behauptete sie das. Und sie versprach Tony, dass sie – obwohl sie angeblich keine Ahnung vom derzeitigen Aufenthaltsort von The Serpent hatte – ihm helfen konnte, seine wahre Identität zu enthüllen.

Sie wollte sich mit Tony in dem exklusiven Debauchery Resort treffen, einer Insel der hemmungslosen Sexorgien mitten in der Karibik, um die Informationen an ihn weiterzugeben.

Sie hatte ihm ein bestimmtes Datum genannt – in genau fünf Tagen –, und diese Verabredung gedachte er einzuhalten. Zumindest, wenn es keine Falle war.

So wie im Grunde seine eigene Identität im Darknet ja nichts anderes war. The-Assts Profil enthielt keinerlei Erkennungsmerkmale. Was bedeutete, dass er keine Möglichkeit hatte, zu verifizieren, ob es sich tatsächlich um eine Frau handelte, geschweige denn um jemanden, der möglicherweise Zugang zu Informationen über The Serpent hatte.

Genau deshalb hatte Tony Noah in Austin aufgesucht. Denn wenn irgendjemand sich durch die geheimen Schichten hindurcharbeiten konnte, um die Identität von The-Asst zu entschlüsseln, dann war es sein Freund, der geniale Tech-Nerd.

Er fuhr sich mit den Fingern durch sein kurz geschorenes Haar und trat wieder näher an Noah heran, als Worte und Symbole wie Sperrfeuer über den Bildschirm blitzten. »Was ist …«

Sein Freund hielt die Hand in die Höhe, um Tony zu unterbrechen. »Bin gleich fertig. Nur noch ein … ja! Hab dich, du aalglatter, kleiner Scheißer.«

Tony blickte von den sinnlosen Zeichen auf dem Bildschirm zu Noah, dann wieder auf den Bildschirm. Es hatte seine Gründe, warum Tony mit Technik nichts am Hut hatte. Er selbst konnte auf dem Gerät auch nicht die kleinste, verdammte Information entdecken, die für ihn von Interesse gewesen wäre.

»Ich könnte es dir erklären«, meinte Noah trocken und sah Tony über die Schulter hinweg kurz an. »Aber dann müsste ich dich umbringen.«

»Witzbold.« Tony zog einen der Stühle heran und setzte sich, wobei er näher rollte, um den Unsinn besser in Augenschein nehmen zu können. »Du sollst mir nichts erklären, sondern mir einfach nur sagen, was du in Erfahrung bringen konntest.«

»Ich kann dir einen Namen besorgen. Aber noch nicht. Aber ich arbeite an einer Software, die …«

»… irgendwas mit Bits und Bytes und Quantenphysik aus dem Hut zaubern kann. Ja, Mann, die ganze Welt weiß, dass du ein Genie bist. Aber zu welchem Ergebnis bist du gekommen?«

»Die Wahrscheinlichkeit, dass deine Kontaktperson wirklich eine Frau ist, liegt bei siebenundachtzig Prozent. Das habe ich berechnet durch …«

»He, vergiss es. Hab ich dich schon mal mit Ballistik gelangweilt?«

Noah verdrehte die Augen. »Ballistik ist alles andere als langweilig, und außerdem bin ich ein verdammt guter Schütze.«

»Ich bin besser.« Tony grinste vergnügt. Zum Teufel, als er gestern Abend in Noah und Kikis neuem Haus mit Aussicht auf den Lake Travis gewesen war, hatte er zum ersten Mal seit Monaten überhaupt wieder gelacht.

»Im Augenblick zählen aber nur meine Fähigkeiten. Willst du die Infos jetzt oder nicht?«

»Das weißt du genau.« Er lehnte sich auf seinem Stuhl zurück und streckte die Beine aus, bereit, sich jetzt erst mal einen Vortrag anzuhören.

Erstaunlicherweise ließ sich Noah jedoch nicht über die Wunder der Halbleiter oder ähnliche Computerphänomene aus. Er kam sogleich auf die Ergebnisse seiner Software zu sprechen, von der bislang nur eine Betaversion vorlag.

»Ich kann nicht mit Sicherheit bestätigen, dass deine Kontaktperson eine Frau ist, aber die Wahrscheinlichkeit ist hoch. Und die Rückverfolgung ihrer Nachrichtenspur ergibt, dass sie mutmaßlich in Südkalifornien sitzt.«

»Ich hätte nicht geglaubt, dass man so was auch im Darknet nachverfolgen kann.«

»Die meisten können es nicht. Zumindest nicht mit zweiundsiebzigprozentiger Wahrscheinlichkeit. Wie ich schon sagte, das Programm ist noch in der Entwicklungsphase.«

»Also stehen die Chancen gut, dass sie noch immer in Kalifornien ist.«

»Entweder das, oder sie kennt sich mit diesem nerdigen Technikkram genauso gut aus wie ich und verschleiert bewusst nicht nur ihren derzeitigen Aufenthaltsort, sondern auch die Spuren ihres Aufenthaltsortes, die ich gerade tracke.«

»Ich bin beeindruckt.«

Noah grinste, sprach aber weiter. »Da deine Ermittlungen ergeben haben, dass auch The Serpent sich irgendwo in der Nähe von L.A. aufhält, sind ihre Informationen mutmaßlich tatsächlich echt.«

»Also wäre es einen Versuch wert, mich mit ihr zu treffen.«

»Klingt, als sei sie die beste Spur, die du bislang hast.«

»Letztlich ist sie die einzige Spur.« Vor ein paar Jahren hatte er The Serpent schon einmal im Visier gehabt, aber die ganze Geschichte war total schiefgelaufen, und Tony hatte verdammt noch mal erheblich mehr verloren als nur ein Jahr Tracking und Planung.

»Frauen dürfen im Debauchery allein auflaufen«, fuhr Noah fort, und Tony nickte. Das wusste er. »Männer nicht.«

»Und sie will mich vor Ort treffen«, sagte Tony. »Ja, darüber habe ich auch schon nachgedacht. Sie geht also davon aus, dass ich irgendwo eine Begleitung auftue. Denn in meiner Begleitung will sie offensichtlich nicht reisen. Wahrscheinlich trifft sie schon viel früher dort ein, wahlweise um sich selbst zu schützen oder um mir eine Falle zu stellen.«

»Im Augenblick stehen die Chancen fifty-fifty. Aber in den Debauchery-Privatjets habe ich für den Tag vor Eurem Termin ein paar Single-Buchungen gefunden.«

»Irgendwelche Namen?«

»Nope. Die haben strenge Sicherheitsvorkehrungen. Wohl kaum überraschend, wenn man den Sinn und Zweck des Resorts bedenkt. Ich bin aber sicher, dass ich die umgehen kann, wenn du es für nötig hältst. Soll ich weiter nachbohren?«

Tony schüttelte den Kopf. »Mach dir keine Mühe. Immerhin werde ich aus einem Namen auf einem Ticket wohl kaum schließen können, ob sie dort ist, um mir zu helfen oder um mich zu töten.«

Sein Freund seufzte. »Stimmt. Diese ganze Mission ist ein einziges Fragezeichen. Könnte durchaus eine Falle sein. Oder auch nicht. Sie könnte Infos über The Serpent haben, die sie dir weitergeben will, obwohl ich weiß Gott keine Ahnung habe, warum. Oder es könnte sich um jemanden aus deiner Branche handeln, und sie kommt nur auf die Insel, um dich zu töten. Zum Teufel, vielleicht hat The Serpent sie ja ebenfalls aufs Kreuz gelegt, und sie will ihn umbringen und hofft, dass du dich mit ihr verbündest.«

»Kann ich wohl nur herausfinden, wenn ich hingehe«, sagte Tony, ohne zu zögern, denn eigentlich war es für ihn bereits beschlossene Sache gewesen, als The-Asst sich gemeldet hatte. Immerhin hatte er sein Leben schon für erheblich profanere Dinge als die Vendetta seines Lebens aufs Spiel gesetzt.

»Dachte mir schon, dass du das sagst. Du musst also als Paar dort aufkreuzen. Triffst du dich momentan mit jemandem? Jemandem, den du auf so eine Mission würdest mitnehmen wollen?«

»Nein auf beide Fragen«, gab Tony zu und ignorierte, wie sein Herz sich bei diesem Bekenntnis ein wenig zusammenzog.

Noah musterte ihn aus seinen tiefgrünen Augen ein paar Augenblicke lang eindringlich. »So schlimm ist das doch gar nicht, Kumpel. Ehrlich, ist eigentlich verdammt cool.«

Nun bekam er regelrecht Herzschmerzen und zuckte nur schweigend mit den Schultern. Es ging ihm ganz gut, zumindest, solange er sich ausschließlich auf die Gegenwart konzentrierte. Schwierig wurde es nur, wenn die dunklen, einsamen Nächte kamen, eine Erinnerung daran, dass er niemandem je wirklich nahekommen konnte, denn dann hätte er der betreffenden Person auch gleich eine Zielscheibe auf den Rücken malen können …

Fuck.

Er griff nach der Tasse mit dem erkalteten Kaffee und trank einen tiefen Schluck, um seine düstere Stimmung zu verbergen.

»Ich freu mich für dich«, sagte er zu Noah, nachdem er mit lautem Klirren die Tasse wieder abgesetzt hatte. »Wirklich.« Er schenkte dem anderen Mann ein aufrichtiges Lächeln, denn er erinnerte sich an das Dinner in ihrem Haus am Abend zuvor. »Du und Kiki, ihr passt total gut zueinander.«

Er meinte es ernst. Tony kannte nicht die ganze Geschichte, aber er wusste, dass Noah Frau und Kind verloren hatte, eine Tragödie, die ihn unsagbar schwer getroffen hatte. Kiki hatte seine Wunden geheilt.

»Ja«, antwortete Noah und lächelte so breit, dass Tony all seine Zähne sehen konnte. »Das tun wir wirklich.« Er zögerte, und in Erwartung eines Vortrags über die Freuden der Sesshaftigkeit verkrampfte Tony sich ein wenig.

Aber Noah räusperte sich nur und fragte beiläufig: »Also, wen willst du mitnehmen? Oder willst du dich doch irgendwie allein einschleichen?«

»Ich habe ein bisschen über diese Insel recherchiert. Der einzig bewohnbare Bereich ist das Resort. Dahinter befindet sich ein kleiner, dichter Dschungel. Eine Straße verbindet die Hotelanlage mit dem Flughafen, und das war's dann auch. Wenn ich also auf diese Insel fliege, dann ins Resort.«

»Du brauchst also definitiv eine Frau. Hast Du schon eine im Sinn?«

»Nein. Jede, die ich mitnehme, setze ich einem Risiko aus.« Und selbst wenn das nicht der Fall gewesen wäre, wäre ihm keine eingefallen. Hin und wieder gabelte er zwar durchaus eine Frau auf, aber keine davon interessierte ihn wirklich. Und was Frauen anging, die das Zeug hatten, eine Partnerin zu sein und nicht nur Dekoration? Nun ja, seine Kontaktliste war kurz. Außerdem arbeitete er lieber allein, und seit der Auflösung von Deliverance operierte er ohnehin ausschließlich solo.

»Du brauchst eine Frau, die sich behaupten kann«, meinte Noah.

»Stimmt. Aber wen?«

Sein Freund schüttelte den Kopf. »Keine Ahnung. Ich bin jetzt schon viel zu lange Schreibtischtäter, und meine Kontakte sind eingerostet. Ich wünschte, ich könnte dir einen Tipp geben.«

»Wünschte ich auch. Ich brauche jemanden mit Verbindungen. Jemanden mit einem großen Pool an … natürlich.« Er lächelte. »Stark.«

»Stark?«, wiederholte Noah. »Du meinst meinen Boss? Damien Stark von Stark Applied Technology?«

»Und der Stark Security Agency«, erinnerte Tony ihn. Nachdem Damien Starks Tochter gekidnappt worden war, hatte er eine Elite Security Group gegründet, die es auf Abschaum wie den Kidnapper – und noch schlimmere Verbrecher abgesehen hatte. Das Ziel der SSA lag, wie Damien ihm gesagt hatte, darin, möglichst vielen Kriminellen das Handwerk zu legen. Schlachten zu schlagen, die die Strafverfolgungsbehörden nicht schlagen konnten – oder wollten –, und auf diese Weise jenen zu helfen, die sonst womöglich durchs Raster gefallen wären.

Die SSA war vergleichsweise neu, hatte sich aber bereits einen Namen gemacht. Stark hatte Tony gebeten, für ihn zu arbeiten. Tony hatte zwar abgelehnt, empfand aber dennoch verdammt viel Respekt vor seinen Einsätzen oder den Agenten der SSA.

»Gute Idee«, antwortete Noah mit langsamem Nicken. »Soll ich ihn für dich anrufen und ihn fragen, ob eine seiner weiblichen Mitarbeiterinnen Zeit für einen Einsatz hat? Oder, zum Teufel, Liam und Quincy sind beide ja ebenfalls bei der SSA«, fügte er hinzu, womit er zwei andere, ehemalige Deliverance-Mitglieder meinte. »Vielleicht könntest du einen von ihnen bitten, sich deinetwegen an Stark zu wenden.«

»Keine Sorge. Ich rufe ihn persönlich an.«

Noah riss die Augen auf, und Tony grinste unwillkürlich. Damien war zwar ein echt netter Kerl, dennoch war der Milliardär auch unbestreitbar wahnsinnig einschüchternd. Und Noah konnte nicht wissen, dass Tony Stark schon bei verschiedensten Gelegenheiten getroffen hatte – und dass Stark aktiv versucht hatte, ihn anzuwerben.

»Er schuldet mir noch einen Gefallen«, erklärte Tony.

Noah lehnte sich zurück, offensichtlich fasziniert. »Verdammt guter Trumpf, den du da in der Hand hast.«

»Ja, na ja, sagen wir einfach, er hält viel von mir. Vor einer Weile habe ich seiner Frau in Paris mal aus der Patsche geholfen.«

Nikki war von einem Angreifer verfolgt worden, und zum Glück war Tony zum richtigen Zeitpunkt am richtigen Ort gewesen.

»Stark meinte, ich solle mich melden, wann immer ich etwas brauchte. Am besten fordere ich jetzt meinen Gefallen ein und sage ihm, dass ich eine Frau brauche.«

KAPITEL 2

Ich hänge kopfüber aus dem Fenster eines der Burbank Hotels und denke unwillkürlich, dass die Welt vom vierundzwanzigsten Stockwerk aus betrachtet auch nicht anders ist als sonst.

Andererseits gehöre ich auch nicht zu den Frauen, die auf Rosen gebettet die Sonnenseite des Lebens genießen. Im Gegenteil, in meinen Augen war die Welt ein beschissener Ort, genauso oft verkehrt herum und falsch wie sicher und handhabbar. Nein, das stimmt nicht. Viel häufiger ist sie beschissen. Die warme und behagliche Welt aus den Werbespots im Fernsehen? An die sich die Großmütter noch zu erinnern behaupten? Die gibt es in Wirklichkeit gar nicht. Und wahrscheinlich gab es sie nie.

Klingt vielleicht hart. Aber so ist die Wirklichkeit nun mal.

Wie hart sie tatsächlich ist, lernte ich schon, als ich noch in den Windeln lag. Meine Kindheit war alles andere als rosig, aber immerhin verschaffte mir meine pessimistische Weltsicht einen grundsätzlichen Vorteil. Und die interessanten Jobs, die ich im Laufe der Jahre hatte, statteten mich mit ein paar einzigartigen Fähigkeiten aus. Fähigkeiten, die einer Frau zugutekommen, wenn sie Unmengen kompromittierende Infos über einen beschissenen Geldwäscher sammeln will, der einst auch kleine Mädchen auf dem Schwarzmarkt verkaufte.

Doch unglücklicherweise ist Billy Cane eine ziemlich harte Nuss, der man nicht so leicht beikommt. Was auch die Erklärung dafür ist, warum ich jetzt kopfüber vor seinem Hotelfenster hänge – nur festgehalten von einem Kabel und einem verstärkten Gurt – und versuche, meine Kamera ruhig zu halten, um seinen Computerbildschirm zu filmen, an dem er ein paar sehr böse Dinge tut.

Wenn auch nichts Sexuelles.

Ich habe keine spärlich bekleideten Prostituierten vor der Linse. Keine Enthüllungen von Mr. Billy Canes persönlichen Vorlieben. Das ist auch gar nicht mein Ziel. Vielmehr will ich ihn dabei erwischen, wie er Geld verschiebt. Viel Geld für viele Klienten aus der Unterwelt.

Ich will die Tastenanschläge festhalten. Ich will blankes Filmmaterial von den Kontonummern. Ich will all die pikanten Details. Denn je mehr Informationen ich in der Hand habe, umso weniger wird es andere kümmern, wenn ich den Typen abknalle.

Denn das ist natürlich der wahre Grund, warum ich hier bin.

Statisches Knistern in meinem Ohr erregt meine Aufmerksamkeit, dann erfüllen Quincys weiche, britische Vokale meinen Kopf. »Status, Tantchen?« Eine alberne Anrede, aber das Protokoll sieht vor, dass keine Namen über Funk genannt werden. Der Codename leitet sich ab von Tante Em aus dem *Zauberer von Oz*, einem meiner Lieblingsfilme. Da ich Emma heiße, liegt es nahe, bei Aufträgen diesen Decknamen zu wählen.

»Klar und deutlich. Genieße die Aussicht.«

»So viel Spaß es auch macht, darauf zu warten, dich wieder hochzukurbeln, diese Mission ist ein wenig unterbezahlt.«

Quincy Radcliffe ist nicht nur einer der ersten Mitarbeiter der Stark Security Agency, er ist auch ein ehemaliger Deliverance- und MI6-Agent. Mit seinem Einwand hat er also absolut recht. »Kommst du dir etwa wie ein kleines Licht vor?«

»Du hast ausdrücklich mich an deiner Seite haben wollen«, erinnert er mich. »Und du hast mich gebeten, unsere Profiausrüstung mitzubringen, obwohl du gar nicht in unserer Firma arbeitest.«

»Na ja, praktisch … eigentlich doch.« Die Firma ist die Stark Security Agency, Quincys derzeitiger Arbeitgeber.

»Jetzt, in diesem Moment? Was du nicht sagst. Als du mich um Hilfe gebeten hast, hörte es sich zwar tatsächlich so an, als würdest du jeden Moment bei uns anheuern, doch ich habe den Verdacht, dass du bisher noch gar nichts unterschrieben hast, herrje.«

Ich muss beinahe lächeln. »Na ja, du hast damals halt so britisch geklungen, da musste ich dir nun mal korrektes Verhalten vorgaukeln.«

»Ich bin ja auch ein verdammter Brite. Und ich bin der Mann, der darüber entscheidet, wann und ob er dich wieder hochzieht. Ich will eine klare Antwort, zur Hölle. Hast du jetzt bei der Firma angefangen, oder nicht?«

Wenn ich nicht gerade kopfüber hinge, würde ich wohl mit den Schultern zucken. »Genau genommen nicht.«

Seit ich damals eine entführte Prinzessin rettete – wobei Quince mir half, den Idioten hochgehen zu lassen, der hinter ihr her war –, fragt mich Damien Stark immer wieder, ob ich nicht als Agentin bei seiner Elitetruppe anfangen will.

Ich bewundere die SSA auf ganzer Linie, aber meine Freiheit ist mir wichtiger. Ich liebe es, nach meinen eigenen Bedingungen zu arbeiten. Viel zu viele Jahre war ich als Undercoveragentin für einen Geheimdienst der Regierung tätig. Unter diesen Umständen war das ein Wahnsinnsdeal für mich. Jedenfalls erheblich besser als die Todeszelle, das steht verdammt noch mal fest.

Nun, da ich nicht länger an die Regierung gekettet bin, ist mir meine Freiheit ungeheuer wichtig. Quince weiß es. Meine Schwester weiß es. Ich weiß es.

Aber ich habe immer noch nicht herausgefunden, ob ich auch bei Stark Security meinen Freiraum haben werde.

»Erklär mir das näher«, fordert er.

»Na ja, du bist hier, du gehörst zur Firma, und du bist der Freund meiner Schwester. Die Welt ist also mehr als klein. Dürfte dir klar sein.«

Ich habe sein genervtes Seufzen im Ohr und muss lächeln. Auch wenn ich gerade kopfüber hänge, amüsiere ich mich königlich.

»Was wiederum die Frage aufwirft, warum ich mich überhaupt auf deine absurde Bitte eingelassen habe.«

Durch den Schlitz zwischen den Vorhängen des Hotelzimmers sehe ich, wie Cane auf seinem Stuhl herumrutscht, sodass noch mehr von dem Computerbildschirm sichtbar wird. Ich grinse, dann zoome ich das Spreadsheet heran, an dem er gerade arbeitet. Es ist gerammelt voll mit Namen und Kontonummern. »Das ist es, du Scheißkerl. Und danke, dass du so gern auf deinem Hintern sitzt, um deinen Kram zu organisieren.«

»Tantchen …«

»Gut, gut. Wahrscheinlich hast du dich drauf eingelassen, weil du meine Schwester vögelst. Das war schließlich auch der Hauptgrund, warum ich dich gefragt habe.«

»Glaub mir. Sosehr mir diese spezielle Aufgabe gefällt, zum Mitmachen hätte das als Grund für mich nicht ausgereicht.«

»Dann hast du dich wohl darauf eingelassen, weil du meine Schwester liebst.«

»Ah ja. Deshalb schon.«

»Sie hat Glück, dass sie dich hat«, sage ich zu ihm. »Und das sage ich nicht nur, weil du bloß einen Schalter umlegen musst, damit ich auf den Kopf falle.«

»Ich habe Glück, weil ich sie habe.«

»Verdammt richtig. Das stimmt.«

»Und im Augenblick hast du wiederum Glück, mich zu haben.«

Ich lache leise. »Dem kann ich wohl auch nicht widersprechen.«

»Willst du mir vielleicht ein paar Infos darüber geben, was genau du hier treibst? Was für Informationen du sammelst? Das Ziel deiner Mission?«

»Nope.«

»Weil ich es dann deiner Schwester erzählen könnte?«

»Yep.«

»Du weißt doch, sie würde nie …«

»Pssst …«

Der Mistkerl stößt sich vom Schreibtisch ab, und der Grund dafür ist offensichtlich – auf dem gottverdammten Bildschirm sieht man mein Spiegelbild. *Verdammt, verdammt, verdammt.*

Ich wollte doch noch mehr Bildmaterial. Viel mehr.

Aber ich muss mich wohl mit dem zufriedengeben, was ich habe, denn jetzt geht's ums Ganze. Und aufgeben kommt nicht infrage.

Ich mache eine schnelle Drehung in meinem Geschirr und ziehe mich an der rechten Seite in die Höhe. Dann benutze ich einen Clip oben am Harnisch, um mich in dieser Position einzuhaken. Die Bedingungen sind keineswegs ideal, aber wann sind sie das überhaupt schon mal?

Ich greife nach der Smith&Wesson .45, die ich im Holster an meiner Hüfte trage, schicke ein Stoßgebet zum

Himmel, dass der Wind nicht dreht, und ziele schnell. Es ist nicht das erste Mal, dass ich so etwas mache, wenn ich dabei auch sonst nicht in der Luft hänge. Trotzdem hatte ich sonst immer einen Partner an meiner Seite. Einer zertrümmert mit seinem Schuss das Glas, der andere feuert beinahe gleichzeitig ins Zimmer, sodass man hinterher nicht erklären muss, warum die tödliche Kugel abgelenkt wurde, als sie das Glas zerschmettert hat.

Aber jetzt habe ich keinen Partner an meiner Seite, und mir fehlt auch die Zeit für ausgiebiges Kalkül. Ich ziele, um ihn gleich beim ersten Mal tödlich zu treffen, stelle mich aber darauf ein, dass er noch die Flucht ergreifen kann und ich ein zweites Mal schießen muss. Falls es klappt, umso besser. Falls nicht, kann ich nur noch hoffen, dass Quince meinen Hintern schnell genug wieder aufs Dach zieht, bevor Cane seinerseits auf mich feuern kann.

Die Zeit scheint sich gefährlich in die Länge zu ziehen, aber das ist eine Illusion. Die Welt bewegt sich in Zeitlupe. Ich habe so rasend schnell nachgedacht, dass er jetzt noch nicht mal auf den Beinen ist. Aber ich habe die Waffe bereit, und als er mich ansieht, feuere ich. Das Glas zersplittert, und er steht nah genug, um von den Scherben übersäht zu werden.

Fliegende Glassplitter können tödlich sein, aber darauf werde ich mich nicht verlassen. Die Scherben fliegen noch immer, als ich ziele, erneut den Abzug drücke und die Kugel durch das frische Loch im Fensterglas surren lasse. Und zwar geradewegs in den Kopf dieses Mistkerls.

Ich stoße einen ironischen Fluch aus. Ironisch, weil ich ursprünglich auf seine Brust gezielt hatte, dann aber den viel schwierigeren Schuss auf die Kette bekam. Dennoch hasse ich es, wenn suboptimale Grundbedingungen mir mein Ziel streitig zu machen versuchen.

Ich hole tief Luft, um mich zu beruhigen, und fordere Quince auf, mich verdammt noch mal wieder hochzuziehen.

Sofort beginne ich, mich nach oben zu bewegen, und zwar in ziemlich schnellem Tempo. Aber in diesem Augenblick geht mir auf, dass er kein Wort gesagt hat. Ja. Er ist sauer.

»Hör zu, Bond«, sage ich seinen Decknamen benutzend, denn, hey, immerhin ist er Brite. »Das war …«

»Verdammter Mist«, knurrt Quince. Zuerst vermute ich, dass er noch saurer ist, als ich dachte, aber den Bruchteil einer Sekunde später befinde ich mich im freien Fall und bemerke, dass irgendwas mit unserem Equipment faul ist.

Der Clip, der mich aufrecht hält, ist nicht stabil genug. Zuckend schwebe ich ein paar Meter über Canes Zimmer in der Luft. Dann gibt der Clip nach, und ich werde so schnell nach unten geschleudert, dass die Luft mit einem Zischlaut aus meinen Lungen entweicht. Plötzlich hänge ich wieder kopfüber, sehe durch die Fensterscheibe in Canes Zimmer.

Er ist immer noch dort, immer noch tot, immer noch allein. Keine Sirenen. Kein Zeichen, dass jemand jetzt, um drei Uhr morgens, den Glasscherbenregen bemerkt hat, der sich unter mir auf den Parkplatz ergossen hat. Und nirgends Hotelsecurity, die das Zimmer stürmt.

Aber ein Problem habe ich trotzdem. Denn als ich kippte, verlagerte sich auch die Kamera. Nun baumelt sie von meinem Arm herab, nur noch festgehalten von dem Gurt, der meinen Körper umschließt.

Außerdem ist diese Kopfüberposition auch nicht unbedingt die sicherste. »Was zum Teufel tust du da oben?«, frage ich.

»Der Rückholmechanismus klemmt. Gib mir eine … *da.*«

Das letzte Wort ist unnötig, denn nun schieße ich förmlich nach oben. Der Motor der Kurbel ist offenbar wieder angesprungen.

Die Kamera beginnt zu fallen, aber wegen des Gurts um meinen Körper kommt sie nicht weit.

Schön wär's! Zu spät merke ich, dass der Metallclip, der den Gurt mit einer Seite der Kamera verbindet, sich gelockert hat – und nun zieht die Schwerkraft das verdammte Ding schneller nach unten, als ich danach greifen kann.

»Gottverdammt«, knurre ich, als meine Finger so gerade noch das Ende des Gurts berühren, ihn aber nicht zu fassen bekommen. Und dann sehe ich hilflos zu, wie die Kamera durch die Nacht stürzt, um irgendwo in der Dunkelheit des Parkplatzes unter mir zu zerschellen.

Immerhin besteht noch die – wenn auch ganz geringe – Chance, dass die SD-Karte es überlebt hat. Aber ich erwarte nicht zu viel. Stattdessen knurre ich ins Mikro. »Sag mir, dass das Wi-Fi funktioniert hat. Sag mir, dass der Image-Transfer geklappt hat.«

»Ohne Störungen«, versichert Quince mir. »Wenn du erst oben bist, bestätige ich den Transfer. Kannst du sehen, wo die Kamera gelandet ist?«

»Mehr oder weniger. Wir holen sie uns, wenn wir von hier verschwinden.« Einen Augenblick später stoßen meine Füße an die Absperrung, die die Dachkante umgibt. Ich stemme den Oberkörper hoch und schaue mich mit erhobenem Kopf um wie eine Art Trapezkünstlerin.

Dann bekomme ich die Dachkante zu fassen, ziehe mich hinauf und sehe ihn neben der wieder arretierten Kurbel stehen, den Blick unverwandt aufs Tablet vor sich gerichtet.

»Hab sie. Gehen wir.«

Ich rechne es ihm hoch an, dass er nichts mehr sagt, während wir innerhalb weniger Sekunden unser Equipment zusammenpacken und dann mit dem Lastenaufzug ins Erdgeschoss fahren. Wir verlassen das Gebäude durch den Lieferanteneingang, wobei wir unsere durch schwarze Allerweltsbasecaps beschirmten Köpfe gesenkt halten.

Erst nachdem wir die kaputte Kamera wieder an uns genommen und uns davon überzeugt haben, dass die Bilder sicher und wohlbehalten auf das Tablet transferiert wurden, das wiederum in einigen Meilen Entfernung in dem einfachen schwarzen Toyota – ohne Nummernschilder – liegt, wendet Quincy sich mir zu und sagt: »Was zum Teufel sollte das alles?«

Er sitzt am Steuer und fährt nun auf einen verlassenen Parkplatz am Ufer. Ich verziehe keine Miene. Schließlich habe ich eine solche Reaktion erwartet.

»Ist was Persönliches«, antworte ich ihm. »Und genehmigt. Keine Sorge. Negative Auswirkungen wird es keine geben.«

»Genehmigt«, wiederholt er. »Aber nicht von meiner Firma.« Er schaltet den Motor aus und sieht mich an – die Miene unbeweglich wie Glas. Dann wirft er einen Blick auf den Rücksitz, wo unsere Ausrüstung, einschließlich eines der Stark Security Tablets, sicher in einer Reisetasche verstaut ist. »Ich nehme an, die Fotos sind wichtig, und du hast nicht nur deine artistischen Fähigkeiten erprobt, bevor du den Typen umgelegt hast.«

Ich senke den Kopf, mache mir nicht mal die Mühe zu antworten.

»Also Folgendes. Du sagst mir jetzt, worum es hier geht, und ich hole dir die Fotos. Lässt du mich aber im Dunkeln, musst du das verdammte Tablet stehlen und das Passwort hacken. Und nichts für ungut: Aber ich glaube nicht, dass du so gut mit Technik umgehen kannst. Wahrscheinlich kann das niemand. Die Sicherheitsprotokolle der SSA sind nicht leicht zu knacken. Vielleicht findest du ja sogar irgendwann jemanden, der es schafft, aber ich würde nicht drauf wetten.«

»Quince.« Im Laufe der Jahre habe ich mir eine feste und einschüchternde Stimme angeeignet. Nur bei dem Freund meiner Schwester wirkt sie leider nicht.

»Nein.« Seine Stimme klingt barsch. Sachlich. Dies ist der Mann, der sogar Folter überstanden hat. Der Mann, der meine Schwester gerettet hat. Und der Mann, der sie jetzt beschützt, genau wie ich früher.

Ich spüre, wie meine Entschlossenheit dahinschwindet.

»Das hier ist keine SSA-Mission«, fährt er fort. »Und auch wenn du so getan hast, als du mich gebeten hast, dich zu begleiten, stehst du keineswegs kurz davor, bei der SSA anzufangen, oder?«

Ich gebe keine Antwort.

»Na gut. Sag mir, was hier verdammt noch mal los ist, oder der ganze Aufstand hier war für die Katz.«

»Eliza sagte schon, du seiest ein totaler Prinzipienreiter.«

»Sie kennt mich gut. Also rede.«

»Ist persönlich. Und betrifft mich und Eliza.«

»Das macht es auch für mich persönlich.«

»Oh? Hast du ihr einen Antrag gemacht?«

Seine Lippen zucken, und trotz des Dämmerlichts sehe ich, wie eine zarte Röte seinen Hals hinaufwandert.

»O mein Gott. Du *hast* ihr einen Antrag gemacht. Ich kann nicht glauben, dass sie mir noch nichts gesagt hat.«

»Noch nicht. Aber bald. Ich habe den Ring schon in der Tasche.«

»In deiner Tasche«, wiederhole ich. »Hier? Jetzt?«

Er zieht eine Schulter in die Höhe. »Bis er auf ihrem Finger ist, lasse ich ihn nicht aus den Augen. Und selbst danach werde ich ihn nicht allzu weit fortlassen.«

Ich spüre, wie mein Herz ein wenig schmilzt, ein einigermaßen ungewohntes Gefühl. Ja, wenn meine Schwester mich gelegentlich dazu zwingt, mir irgendwelche rührseligen Filme reinzuziehen, breche ich durchaus schon mal in Tränen aus, aber insgesamt sind Beziehungen und das ganze Chaos drumherum echt nicht mein Ding.

Zugegeben, ich hatte im Laufe der Jahre ein paar Freunde *mit gewissen Vorzügen*, aber da ging es nur um Sex und Lachen und eine gute Zeit. Nichts Ernstes. Denn was sollte ich auch damit? Ich habe Eliza. Ich habe meinen Freundeskreis. Und das ist viel. Die Welt ist ohnehin grausam genug, und je näher du jemandem kommst, umso verletzlicher bist du.

Trotzdem freue ich mich für Eliza. Sie schwebt förmlich wie auf Wolken, seit Quince und sie nach einer ziemlich heftigen Trennung vor vielen Jahren wieder zusammengekommen sind.

Seither hat er sich hundertfach rehabilitiert. Und da er eine wichtige Rolle bei der Rettung meines Lebens und dem der besagten Prinzessin gespielt hat, muss ich zugeben, dass ich den Kerl beinahe wieder mag.

Am wichtigsten aber ist, dass ich weiß, dass er sie liebt.

»Die Mission«, hakt er nach.

Ich zögere, dann nicke ich. Er hat mir geholfen, ohne Fragen zu stellen. Und ja, ich hatte vielleicht angedeutet, dass Stark einverstanden damit sei, aber ich weiß verdammt genau, dass er mir das nicht abgenommen hat. Zumal das Briefing nur unter vier Augen in meinem Jeep vor dem Taco Bell stattfand.

Und ja, ich hatte irgendwie vergessen, ihn von meinem Vorhaben, Cane zu töten, zu unterrichten.

Es war also nur fair, ihn einzuweihen. Außerdem sollte ich mich wahrscheinlich so langsam an die Tatsache gewöhnen, dass Quincy Radcliffe ebenfalls zur Familie gehört.

Familie. Was für ein schräges, verdammtes Wort. Als ich klein war, glaubte ich, es meinte Blut und Geburt und diesen ganzen Abstammungsscheiß. DNA und Gene.

Aber das ist Bullshit. Blutsverwandtschaft hat nichts mit Familie zu tun. Jedenfalls nicht mit der Art von Familie, die zählt.

»Unser Vater hatte vorgehabt, uns zu verkaufen«, berichte ich ihm, überrascht, dass der wütende Lärm in meinem Kopf nur als Flüstern in der Dunkelheit herauskommt.

Ich lese Schmerz auf seinem Gesicht, aber keine Überraschung. Ich weiß bereits, dass Eliza ihm unsere Geschichte erzählt hat. Von diesem speziellen bösen Plan unseres liebreizenden Daddys hat sie allerdings keine Ahnung, aber angesichts der restlichen Verbrechen des Mannes ist dieses zusätzliche Wissen wohl kaum ein Schock für Quince.

»Ich habe es Eliza nie erzählt, aber ich verstehe, wenn

du sie jetzt einweihst. Ich weiß, dass ihr beiden nicht gern Geheimnisse voreinander habt, und wahrscheinlich hätte ich ihr das schon vor vielen Jahren enthüllen sollen.«

Er schüttelt den Kopf. »Sie musste es nicht erfahren, und du hast nur das getan, was du schon dein ganzes Leben getan hast. Du hast sie beschützt.« Er streckt die Hand aus und streichelt beiläufig meine Hand. »Es verändert nicht das Geringste, aber du sollst trotzdem wissen, dass es mir wichtig ist.«

Ich nicke und senke den Kopf, weil mir plötzlich Tränen in die Augen schießen, was eigentlich überhaupt keinen Sinn macht. Oder vielleicht doch? Denn er liebt den Menschen, den ich liebe, und das ist etwas Gutes.

»Also war Cane der Käufer?«

Ich schüttele den Kopf. »Nein, das war jemand anders. Ein absolutes Mega-Arschloch, das seine Finger gleichermaßen in legalen wie illegalen Geschäften hatte. Aber dieser Typ ist tot.«

»Und Cane war der Nächstbeste.«

Ich nicke. »Er hat den Deal vermittelt. Er hat viele Deals vermittelt. Tut es noch.«

Er nickt langsam. »Das hättest du mir vorher erzählen sollen.«

»Wärest du denn dann mit mir gekommen?«

»Natürlich.«

Ich zucke mit den Schultern. »Was spielt es dann für eine Rolle?«

Er reibt sich die Schläfen. »Emma …« Er bricht ab, reibt

sich wieder die Schläfen. »Natürlich hätte ich dir geholfen. Du weißt, was ich getan habe. Für wen ich gearbeitet habe.«

Ich nicke. Er war beim MI6 und bei Deliverance, einer Bürgerwehr, die sich gebildet hatte, um Männer wie Cane zu beseitigen und Entführungsopfer zu retten.

»Du musst nicht immer allein arbeiten«, sagt er.

»Das tue ich auch gar nicht. Da ist noch Lorenzo. Und es gab auch noch andere.« Lorenzo ist ehemaliger Polizist, und als private Ermittlerin arbeitete ich häufiger mit ihm zusammen. Er half mir damals, mich und Eliza von der Straße zu holen. Aber auch wenn wir an manchen Fällen zusammenarbeiteten, folgten wir in Wahrheit immer getrennten Spuren. Die meiste Zeit über ist es tatsächlich so, wie Quince sagt: Ich arbeite allein. Und das gefällt mir.

»Du weißt, dass das hier böse enden könnte. Ich hätte dir geholfen. Aber du hättest mich einweihen müssen. Wenn die Polizei sich einschaltet … wenn sie das alles zu uns zurückverfolgt …«

»So weit kommt es nicht.«

Er runzelt die Stirn.

»Bis morgen früh wird der Tatort sauber sein. Und selbst wenn der Leichnam vorher entdeckt wird, wird die ganze Geschichte unter den Teppich gekehrt. Wir haben nichts zu befürchten.«

Einen Augenblick lang schweigt er. Er weiß, für wen ich früher gearbeitet habe, was für Connections ich habe.

»Du wolltest Cane umlegen. Und die Regierung wollte wissen, in wessen Auftrag er Geld wusch.«

»Du bist ein kluges Kerlchen, Mr. Bond.«

Er wartet darauf, dass ich noch mehr sage, aber ich schweige. Er weiß Bescheid. Ich glaube, er versteht sogar, was mich antreibt.

Cane zu töten, konnte zwar die Vergangenheit nicht verändern, sorgte aber für etwas wie Gerechtigkeit. Zumindest ansatzweise.

Eliza hat das verdient. Und ich glaube, ich auch.

KAPITEL 3

Ich sitze am Rande des Infinity Pools und blicke auf die Hügel Malibus und den dahinterliegenden Pazifik hinaus. Zwar bin ich nicht zum ersten Mal in Damien Starks Garten, aber an dieser Aussicht kann ich mich trotzdem nicht sattsehen.

Kein Wunder, denn das Haus meiner Kindheit war eher ein Drecksloch. Hinzu kam, dass ich mir mit meiner Schwester zusammen nur ein fensterloses Kellerverlies teilen durfte. Das hatten wir unserem Arschloch von Vater zu verdanken, dem wir erst entkamen, als ich selbst fünfzehn und Eliza acht Jahre alt war. Ihn kümmerte es damals nicht, ob seine Kinder eine hübsche Aussicht hatten. Er interessierte sich nur für sich selbst, seine perversen Neigungen und den billigen Whiskey, den er flaschenweise konsumierte.

Mistkerl.

Missbräuchlicher, widerlicher, zwielichtiger, toter Mistkerl.

Ich habe in meinem Leben schon viele Dinge getan. Einige davon verdammt riskant. Aber sie alle führten mich hierher. In ein Leben, das sauber und meistens auch sicher ist. Für mich, ja, aber vornehmlich für Eliza.

Wie immer halte ich nach ihr Ausschau. Obwohl sie eine erwachsene Frau ist und wir räumlich oft getrennt sind, kann ich anscheinend nicht aufhören, mich ständig nach ihr umzusehen. Sie steht neben Quince, und das schimmernde, mahagonifarbene Haar fällt ihr auf die Schultern. Der Wind bauscht den Saum ihres Sommerkleides an den Knien.

Quince trägt ein verwaschenes blaues T-Shirt und abgewetzte Jeans. Er sieht absolut nicht aus wie der schwarz gekleidete Partner, der vor zwei Nächten meinen Hintern davor bewahrt hat, vierundzwanzig Stockwerke tief auf den Beton zu donnern. Und nicht nur seine Kleidung ist anders. Nein, auf unserer Mission war er der knallharte Profi. Jetzt sieht er aus wie ein Liebender.

Und obwohl ich jahrelang der wichtigste Mensch in Elizas Leben war, kann ich mich nicht nur damit abfinden, dass er jetzt diese Stelle einnimmt, sondern ich freue mich sogar aufrichtig für sie.

Und tatsächlich auch für mich. Eliza und ich hatten nie Familie. Zum Teufel, wir hatten noch nicht mal gute Freunde. Da gibt es Lorenzo, den Partner in meiner Detektei. Oder besser meiner *ehemaligen* Detektei. Vergangenheit, denn ich habe ihm meinen Anteil verkauft. Aber das war's dann auch.

Nun hat Eliza Quince sowie die Freunde bei Stark Security und die Leute im Umfeld der Firma. Und ich profitiere von diesem Überschuss ebenfalls.

Deshalb bin ich hier, auf einer Party, und feiere Dallas

und Jane Sykes und ihr neues Baby. Ein Paar, das ich nicht näher kenne, obwohl ich im Laufe der Jahre online und in den Zeitungen viel über sie gelesen habe. Einen Playboy und reichen Erben, der letztendlich seine Schwester heiratet, kann man wohl kaum übersehen.

»Hey.«

Beim Klang der Stimme hinter mir fahre ich zusammen, dann fluche ich leise. Nicht weil ich nicht mit Cass reden will, sondern weil ich so verdammt entspannt war, dass meine Wachsamkeit nachgelassen hat. Das darf sie *nie!*

Das ist also meine erste Lektion – sei ein Teamplayer, das schon. Aber bleibe trotzdem immer auf der Hut.

Ich setze ein Lächeln auf, dann wende ich mich zu meiner Ex um. Gewissermaßen Ex. In Wahrheit hatten wir einfach eine gute Zeit, nicht mehr und nicht weniger. Cass hatte gerade eine schlimme Trennung hinter sich. Und was mich anging …?

Nun ja, ich bin halt die, die ich bin. Ich mag Cass. Ich mag Sex. Sonst gibt es dazu nichts zu sagen.

»Dich hab ich hier gar nicht erwartet«, nimmt Cass mir das Wort aus dem Mund. Obwohl ich wahrscheinlich durchaus mit ihrer Anwesenheit im Garten des Milliardärs Damien Stark hätte rechnen sollen.

Immerhin ist Sylvia, Damiens Schwägerin, Cassidy Cunninghams beste Freundin. Und da dies kein Arbeitsessen ist, ist Sylvia natürlich ebenfalls hier – mit Cass im Schlepptau. Aber selbst wenn dies eine offizielle, ausschließlich berufliche Veranstaltung für Stark Security gewesen wäre, wäre Cass eingeladen gewesen. Sie und Denny hatten sich während der Zeit, in der Dennys Mann Mason verschollen war, miteinander angefreundet. Denny wiederum ist eine der ersten Agentinnen, die von Stark Security angeworben wurde, und sie ist zudem verdammt gut. Jetzt hat sie einen Babybauch, und ich frage mich, wie die SSA ohne sie klarkommen wird, wenn sie geht.

Wenn ich an all das denke, was sie ertragen musste, überläuft mich ein Schaudern. Ich selbst habe zwar keine Lust, mich zu binden, aber das heißt noch lange nicht, dass ich mir nicht vorstellen kann, was für ein Albtraum es sein muss, wenn plötzlich der Ehemann verschwindet. Und dann auch noch das Sahnehäubchen auf diesem entsetzlichen Dessert, als er zurückkehrte und sie einfach nicht mehr erkannte.

Eine furchtbare Geschichte. Vielleicht ein weiterer Grund, warum ich mich nicht zu sehr an andere Menschen binden will. Mein Leben lang habe ich mir Sorgen um Eliza gemacht. Und ich weiß ehrlich nicht, ob in meinem Herzen noch mehr Platz für mehr potenzielle Angst und Schmerz ist.

Und für Liebe?

Die leise Stimme kommt aus dem Nichts, und ich dränge sie zurück. Seit Eliza und Quince wieder zusammen sind, habe ich einen gewissen Hang zum Kitsch entwickelt. Und das passt nicht zu mir. Ganz und gar nicht.

»Erde an Emma.«

Ich schüttele den Kopf, wie um die geistigen Spinnweben abzuschütteln. »Sorry. Ehrlich gesagt habe ich auch nicht erwartet, dich hier zu sehen. Ich hoffe, es ist dir nicht peinlich.«

Cass winkt nur ab, dann streift sie ihre Sandalen ab und setzt sich an den Rand des Pools und lässt ihre Füße ebenfalls ins Wasser baumeln. Wie immer sieht sie fantastisch aus. Heute hat sie platinblondes Haar, und außer einem kleinen Nasenring trägt sie keinerlei Schmuck. Ihr ärmelloses Top gibt den Blick auf den Großteil des exotischen Vogels frei, der auf ihre Schulter tätowiert ist und dessen leuchtende Schwanzfedern ihren Arm hinabfließen. »Nein, alles okay«, sagt sie. »Wir sind doch noch Freundinnen, oder?«

Ich sehe ihr in die Augen. »Immer.«

»Ich hab kapiert, warum du verduftet bist. Ich wünschte nur, wir hätten offen drüber reden können.«

Ich hebe eine Schulter und lasse sie wieder fallen. »Das ist drei Monate her. Schnee von gestern.« Unter gar keinen Umständen werde ich mit ihr über meine Gefühle reden. Und definitiv auch nicht darüber, dass Cass eine perfekte Freundinnen-mit-gewissen-Vorzügen-Geschichte vermasselte, indem sie eine ernste Beziehung vorschlug. Aber wahrscheinlich hätte ich so etwas kommen sehen müssen. Cass ist der Typ, der eine feste Partnerin sucht. Ich nicht.

Cass seufzt.

»Was?«

»Nichts. Ich hoffe nur, dass du eines Tages jemanden finden wirst, dem du dich anvertrauen kannst, mit dem du reden kannst. Noch jemand anderen als Eliza, meine ich.«

Ich sage nichts. Ich weiß, dass sie es gut meint, aber ich habe nun mal nichts übrig für tiefschürfende Gespräche, bei denen ich irgendwem meinen Mist anvertraue. So bin ich nicht gestrickt. Und so will ich auch nicht sein. Außerdem, wenn ich wirklich mal Dampf ablassen muss, habe ich immer noch Eliza, die mich liebt und immer für mich da sein wird. Warum sollte das nicht genügen?

»Na gut«, sagt Cass und steht auf, als ich keine Antwort gebe. »Du solltest wieder mit den Mädelsabenden in deinem Haus anfangen. Auch wenn du mich nicht dazu einlädst.«

»Dass ich damit aufgehört habe, hatte nichts mit dir zu tun.« Früher veranstaltete ich einmal die Woche einen Mädelsabend für die Frauen, die mittlerweile allesamt zu Elizas Hofstaat gehören, weil sie jetzt endgültig nach L.A. gezogen ist, um mit Quincy zusammen zu sein. Bei derlei Veranstaltungen setzte ich meine muntere Gastgeberinnenmiene auf und versuchte, die Heitere herauszukehren. Im Laufe der Jahre habe ich viele verschiedene Persönlichkeiten entwickelt. Und man sollte bei keiner aus der Übung geraten. Wer weiß denn schon, wann ich mich für einen Job mal wieder in jemand anders verwandeln muss. Oder um mich zu verstecken.

»Wirklich«, füge ich noch hinzu, da Cass mich zweifelnd ansieht. »Während der letzten drei Monate war ich aus beruflichen Gründen gar nicht in der Stadt.« Beruflich war relativ. Immerhin war die Cane-Geschichte etwas rein Persönliches gewesen. Ich hatte Informationen über Canes Pläne gesammelt, war damit zu meinem Boss gegangen und hatte ihm vorgeschlagen, den Mistkerl außer Gefecht zu setzen. Und als Gegenleistung dafür, dass die Regierung diese Aktion deckte, würde ich dem Special Operations Command, dem Kommando für Spezialoperationen der Vereinigten Staaten, die Informationen über Canes Kunden zuspielen. »Eliza organisiert diese Treffen jetzt, deshalb hatte ich nicht vor, wieder damit anzufangen.«

»Verständlich«, antwortet Cass. »Ich wollte ja auch nur wissen, ob zwischen uns alles in Ordnung ist.«

»Aber klar. Voll und ganz.«

Cass runzelt die Stirn, und beinahe muss ich seufzen. Ganz sicher wird es jetzt keine weitere Runde Deeptalk geben. Doch dann sagt sie plötzlich: »Schau mal da.«

Mir wird klar, dass ihr Stirnrunzeln gar nicht mir, sondern irgendjemandem hinter mir gilt. Ich drehe mich um und atme scharf ein, als ich ihn entdecke.

Nicht, dass ich ihn kennen würde, diesen Typ mit dem dunklen Haar, dem gequälten Blick und gerade genug Bartschatten, um lässig zu wirken. Keine Ahnung, wieso, aber irgendwie bringt er in mir etwas zum Klingen. »Knackig«, sage ich. »Wer ist das?« Er unterhält sich mit Damien, es muss sich also um einen Partygast handeln.

»Er heißt Antonio Santos.«

»Du kennst ihn?«

Cass schüttelt den Kopf. »Ich stand bei seiner Ankunft zufällig in der Nähe. Der Wachmann am Garteneingang erkundigte sich nach seinem Namen und checkte seine Papiere, bevor er Damien rief.«

»Interessant«, sage ich, und Cass lacht.

»Was ist so witzig?«

Ein Grinsen umspielt ihre Lippen. »Ich bin nur erleichtert. Anscheinend können wir jetzt tatsächlich wieder entspannt und Freundinnen sein, wenn du so ohne Weiteres ausflippst, weil ein Typ heiß ist.«

»Ich flippe nicht aus. Habe nur die Aussicht bewundert.«

»Die ist nicht übel, aber ich bin nicht interessiert«, sagt Cass. »Er ist nicht mein Typ. Siehe Pronomen.«

Ich mustere das Exemplar ausgiebig und genüsslich. »Ich persönlich bin auf dem Gebiet für Gleichberechtigung.«

Cass verdreht die Augen. »Komm mit. Wenn wir uns einen Drink holen, müssen wir direkt an ihm vorbei. Du könntest dieses sexy Zwinkerdings, das du so gut drauf hast, an ihm erproben. Vielleicht beißt er ja an. Sicher hat Damien nichts dagegen, wenn du dir einen seiner Gäste sicherst.

»Ich erprobe kein Zwinkerdings.«

»Doch, tust du. Und jetzt komm.«

Ich denke noch darüber nach, ob ich ihr noch einmal widersprechen soll, verzichte dann aber darauf, denn ein gemeinsamer Drink klingt echt verlockend. Und das nicht etwa, weil ich dem Typen schöne Augen machen will. Ich bin einfach nur froh, dass ich Cass nicht mehr wie ein rohes Ei behandeln muss.

Leider sind wir noch nicht allzu weit gekommen, als Damien und Antonio Santos sich auch schon umdrehen und einen der Pfade entlangwandern, die sich durch den Garten schlängeln. Einen Augenblick lang bleibe ich wie angewurzelt stehen und ärgere mich über mich selbst, weil ich enttäuschter bin, als ich sein sollte.

»Holen wir uns trotzdem einen Drink?«, erkundigt sich Cass.

»Klingt gut.« Jetzt könnte ich *wirklich* einen gebrauchen.

Wir haben die Bar beinahe erreicht, als Quince sich zu uns gesellt. Er bleibt neben mir stehen, richtet seine Frage aber an Cass. »Kann ich sie mal kurz entführen?«

Ich schaue Cass an, und die zuckt mit den Schultern. »Okay«, sage ich zu Quince und dann zu Cass: »Wir unterhalten uns später noch?«

»Klar. Ich treibe mich hier noch eine Weile herum.«

Nachdem sie sich abgewandt hat, lege ich den Kopf schief und warte auf Quinces Kommentar. Ich weiß genau, was er mir sagen will.

»Du hast bei Stark Security angeheuert, obwohl du mir noch vor zwei Tagen auf einem ganz bestimmten Dach versichert hast, dass du absolut kein Interesse hast, dort mitzumachen. Nach dieser Mission hätte ich eigentlich angenommen, dass du wieder zum Special Operations Command zurückkehrst.«

»Enttäuscht?«

Er macht ein finsteres Gesicht. »Nein, eigentlich bin ich sogar ziemlich begeistert. Du bist ein verdammter Gewinn für die Firma und hast deine Schwester sehr glücklich gemacht. Aber es stinkt mir ein bisschen, dass du mir nichts gesagt hast.«

Ich überlege, ob ich ihn höflich abwimmeln soll, beschließe aber dann, ihm die Wahrheit zu sagen. Das hat er verdient. »Du warst eine Art Testlauf.«

Er schweigt, aber sein Gesichtsausdruck lässt keinen Zweifel daran, dass ihm das noch nicht reicht.

»Meine Freiheit ist mir wichtig, okay? Aber für Begabung und Loyalität habe ich ebenfalls was übrig. Und eine Prise Rebellion und Regelbrechen ist auch nicht verkehrt, okay? Starks Angebot war zudem ziemlich großzügig, und das Team ist toll, also …«

»Also hast du diesen Testlauf mit mir gestartet, um dir darüber klar zu werden, ob du wirklich bei der SSA anheuern wolltest.«

»So ungefähr«, gebe ich zu.

Er denkt darüber nach. »Na ja, dann muss ich mich wohl bei dir bedanken.«

Ich runzele die Stirn. »Warum?«

»Weil ich mir vorstellen kann, wie begeistert Eliza sein wird, wenn sie erfährt, dass ich maßgeblich zu deiner Einwilligung, bei Stark zu arbeiten, beigetragen habe. Ich beabsichtige, daraus meinen Vorteil zu ziehen.«

Seine grauen Augen funkeln boshaft, und ich halte mir

die Ohren zu. »Von deinen schlüpfrigen Plänen mit meiner Schwester will ich nichts hören.«

»Schlüpfrig?«, erklingt Elizas amüsierte Stimme hinter mir. Ich drehe mich zu ihr um und grinse. Allerdings gilt mein Grinsen nicht ihr, sondern Quince. »Könntest du das etwas genauer ausführen?«

»Wage es nur ja nicht!«, rufe ich und muss mir ein Lachen verkneifen, als Quince die Hand hebt, als wolle er fünf wilde erotische Aktionen aufzählen, die er sich für meine kleine Schwester ausgedacht hat.

Wir grinsen, und Eliza schmiegt sich in seine Arme und legt den Kopf in den Nacken für einen schnellen Kuss. Wieder spüre ich diese unerwartete Enge in meiner Brust. Ich sage mir, dass ich nur ein bisschen wehmütig bin. Wie eine Mom, deren Tochter heiratet und ihr jetzt nicht mehr allein gehört.

»Kaum zu glauben, dass du mir dein Engagement bei der SSA verschwiegen hast«, sagt Eliza, nachdem sie den Kuss mit einem Seufzer beendet hat.

»Als Frau muss man auch mal ein paar Geheimnisse haben.«

»Und jetzt soll ich sie zu Damien bringen«, fügt Quince hinzu. »Hol mir einen Drink, dann komm ich später wieder zu dir, ja?«

»So machen wir's.« Sie wirft mir ein spitzbübisches Lächeln zu. »Schon Ärger mit dem Boss?«

»Verschwinde«, sage ich. »Du Quälgeist.«

Sie lacht und hüpft davon, nicht ohne noch einmal

sacht an Quincys Fingern entlangzustreifen, bis sie so weit voneinander entfernt sind, dass sie einander loslassen müssen.

»Ihr beiden passt gut zusammen.«

»Stimmt. Und jetzt komm.«

Ich folge ihm und bade in der Liebe zu meiner Schwester, die in seiner Stimme mitschwingt. Unsere Kindheit war nun mal beschissen, das lässt sich nicht leugnen, auch wenn ich immer versucht habe, es auszugleichen. Eliza hat ihr Glück verdient, und ich bin froh, dass die beiden einander gefunden haben.

Im Geiste schüttele ich den Kopf, um meinen emotionalen Ballast loszuwerden. Im Augenblick sollte ich mich lieber darauf konzentrieren, in die Party für das neue Baby der Sykes einzutauchen oder mich zu fragen, warum Stark mich sprechen will. Ich entscheide mich für Letzteres. »Ich habe mich doch schon mit Damien und Ryan unterhalten, als ich die Stelle annahm. Was ist denn noch?« Damien Stark ist der Gründer von Stark Security, Ryan Hunter der Leiter.

»Habe nicht die geringste Ahnung. Er hat mich nur gebeten, nach dir zu suchen. Und meine Befehle führe ich nun mal treu und brav aus. Hab keinen einzigen rebellischen Knochen im Leib.«

»Sehr witzig«, antworte ich und folge ihm mit immer mulmigerem Gefühl zum Haus. Stark kann mich nur aus einem einzigen Grund zu sich rufen: um mir einen Auftrag zu geben. Doch damit würde er wahrscheinlich bis Montag warten. Vielleicht hat er doch etwas von meinem Ausflug mit Quince am Donnerstag mitbekommen. Und da Quince und ich gemeinsam in Starks Malibu-Villa gerufen werden, wird er uns sicher gleich den Kopf waschen.

Und mit *uns* meine ich eigentlich *mir*.

Doch dann stellt sich heraus, dass wir das Haus gar nicht betreten. Wir umrunden das prächtige Gebäude auf einem Pfad, der zu einem professionellen Tennisplatz führt. Nicht dass ich Expertin für Tennisplätze wäre, aber da Damien früher Profispieler war, liegt die Vermutung nahe. Er sitzt an einem kleinen Tisch im Innern des umzäunten Bereichs, und gleich neben ihm entdecke ich Antonio Santos, das stoppelige Kinn auf eine Faust gestützt, während er mich mustert.

Unruhig trete ich von einem Fuß auf den anderen. Normalerweise bin ich kein unsicherer Mensch, aber sein Blick ist dermaßen eindringlich, dass ich dem Drang widerstehen muss, die Schultern zu straffen. Stattdessen nehme ich eine bewusst lässige Haltung ein und betrachte ihn mit ähnlich intensivem Blick.

Er verzieht keine Miene. Und zuckt auch nicht zusammen, als Damien sich wiederholen muss, um Antonios Aufmerksamkeit zu erregen. Erst da sieht er Damien an und nickt als Antwort auf dessen Bemerkung.

Dann fokussiert er den Blick erneut auf mich. Damien überquert den Tennisplatz und bleibt vor uns stehen.

Er sieht zwischen Quince und mir hin und her, und ich

bin sicher, dass er uns wegen der Aktion im Hotel jetzt die Leviten liest. Doch er sagt nur: »Danke, dass du Emma hergebracht hast. Ab hier übernehme ich.«

Überraschung flackert über Quinces Gesicht. Offensichtlich hat er zumindest einen Klaps auf die Pfoten erwartet. Aber dann wirft er mir einen *Jetzt-bist-du-dran-Blick* zu, winkt Antonio, der noch immer am Tisch sitzt, und geht davon. Mir wird klar, dass ich mir eine wichtige Gelegenheit durch die Lappen habe gehen lassen, nämlich ihn nach Santos zu fragen. Ich hätte doch zumindest gern gewusst, wer er ist.

»Ich habe mit Anderson gesprochen«, sagt Damien, und ich brauche eine Minute, um die Bedeutung dieser Bemerkung zu erfassen.

»Colonel Seagrave«, rutscht es mir unnötigerweise heraus. Natürlich meint Damien ihn. Mein früherer Boss und Mentor beim SOC, wo ich lange Jahre meines Lebens als Agentin – oder besser als Ghost – tätig war. Der Mann, dem ich Canes Liste versprochen hatte im Austausch einer James-Bond-Lizenz, um den Hurensohn zu töten.

»Ich habe ihm erzählt, dass Sie jetzt bei uns unter Vertrag sind.«

Ich spüre, wie die Anspannung nachlässt. Ich hatte erwartet, dass er mir den Kopf zurechtrücken würde, weil ich ohne offizielle Autorisierung SSA-Ressourcen genutzt hatte. »Ich wollte ihm das heute selbst sagen. Er weiß, dass ich darüber schon seit einer Weile nachdenke.«

»Er war erfreut. Aber aus unserer Unterhaltung zog

ich den Schluss, dass Sie für den SOC stets solo gearbeitet haben.«

»Überrascht Sie das?«

»Nein. Aber ich will nochmals betonen, dass unsere SSA-Firmenpolitik vornehmlich Teamarbeit vorsieht. Natürlich gibt es Ausnahmen, aber eine Organisation aus lauter Einzelkämpfern ist absolut nicht nach meinem Geschmack. Die Arbeit der SSA ist wichtig, und oft haben wir es mit prekären Fällen zu tun. Alle Teammitglieder müssen sich dessen bewusst sein und einander vertrauen – die Agenten, die technischen Mitarbeiter, die Büroangestellten bis hin zu den Haushaltshilfen. In meinem Unternehmen ist kein Platz für einen einsamen Wolf.«

»Ich dachte, das hier sei Ryans Unternehmen.«

Ich habe recht, und das weiß ich. Damien Stark leitet einen internationalen Multimilliardenkonzern, und soviel ich gelesen habe, ist er in all seinen Unternehmen ziemlich aktiv. Aber er ist kein Agent und verfügt über keinerlei Polizeierfahrung. Er pflegt keine täglichen Kontrollgänge durch die SSA zu veranstalten. Deshalb hat er ja auch Ryan Hunter die Geschäftsleitung übertragen, einem Mann, der jede Menge Qualifikationen bei der Strafverfolgungsbehörde und im Geheimdienstsektor vorzuweisen hat.

Also ja. Meine Äußerung ist zutreffend. Trotzdem zucke ich unwillkürlich zusammen, als Damien mir antwortet: »Mein Name steht an der Tür, Emma. Das hier ist meine Firma.«

»Natürlich«, sage ich und füge dann ein »Sir« hinzu.

Er entspannt die Schultern und fährt sich mit den Fingern durchs Haar. »Das ist nun auch übertrieben. Ich lege einfach nur Wert auf Teamwork und Kommunikation, das ist alles.« Er sieht mich scharf an, und ich erwidere seinen Blick, ohne zu blinzeln.

Tatsächlich hat er recht, und das weiß ich. Aber ich habe zu viele Jahre damit verbracht, das zu tun, was die hohen Regierungstiere mir sagten, ohne es zu hinterfragen oder Einwände zu erheben, weil sie mein Leben – und dadurch im weiteren Sinne auch Elizas Leben – in ihren Händen hielten. Jahrelang habe ich nur Befehle befolgt. Ausschließlich getan, was man mir sagte.

Natürlich gewann ich mit der Zeit dann doch ein paar Freiheiten hinzu. Die gewährten sie mir aufgrund meiner Fähigkeiten. Und vielleicht vertrauten sie mir am Schluss sogar ein wenig. Keine Ahnung. Ich weiß nur, dass ich für meinen Vater nicht mehr als ein Spielzeug war und später eine Marionette für die Regierung. Als es mir endlich gelungen war, mich davon zu lösen und mein eigenes Unternehmen zu gründen, in dem nur ich selbst sagte, wo's langging, war das Gefühl der Freiheit geradezu berauschend.

Und tief im Innern bin ich mir immer noch nicht so ganz sicher, ob es der beste Plan war, sich Stark Security anzuschließen.

Korrigiere – so tief im Innern ist das gar nicht. Die Angst brodelt ganz dicht unter der Oberfläche. Doch obwohl ich versucht habe, mich von der SSA fernzuhalten, zieht mich irgendetwas immer wieder in ihren Bann. Etwas, das über die Verbindung zu Eliza hinausgeht. Nur weil ihr Mann als Agent dort arbeitet, heißt das schließlich noch lange nicht, dass ich das ebenfalls tun muss.

Nein. Ich habe vielmehr gesehen, wie kompetent die Mitarbeiter sind, ganz zu schweigen von den umfangreichen Ressourcen, die einem Agenten zur Verfügung stehen. Und ich finde es extrem reizvoll, zu einer Gruppe zu gehören, die gute Arbeit leistet. Das sage ich mir jetzt schon seit Monaten. Und so langsam scheine ich sogar daran zu glauben. Zum Teufel, immerhin habe ich den Job angenommen. Und die Bezahlung hat mir die Entscheidung weiß Gott erleichtert.

Dennoch: Der nagende Zweifel in mir will einfach nicht verstummen. Und nun, nachdem er mich wegen meiner ersten Mission zurechtgewiesen hat, werden die Zweifel immer lauter. Aber natürlich war das eigentlich gar keine richtige Mission. Und natürlich haben wir sämtliche Regeln der SSA dabei gebrochen.

»Sie haben mich verstanden, oder?«, fährt Stark jetzt fort. »Keine geheimen Aktionen. Keine heimlichen Rachefeldzüge. Das erwarten wir von Ihnen. *Ich* erwarte es.«

Ich nicke, weiß aber jetzt schon, dass ich diese Regeln brechen werde, wenn ich muss, zum Beispiel weil es um etwas Persönliches geht – wie darum, Eliza oder mich selbst vor einem Geist aus unserer Vergangenheit zu schützen. Allerdings werde ich die SSA dann sicher nicht in meine Privatangelegenheiten hineinziehen. Glücklicherweise ist Cane jetzt tot, sodass die letzten Verbindungen zum Albtraum unserer Kindheit gekappt sind. Jetzt geht es nur noch um den Job, für den ich bezahlt werde. Und solange die Stark Security Agency die Rechnung begleicht, wird es keine geheimen Alleingänge meinerseits geben.

»Hab kapiert«, sage ich.

»Gut. Abgesehen von dieser gibt es nur noch eine Regel, die es in unserer Firma zu befolgen gilt.«

»Und die wäre?«

»Machen Sie einen verdammt guten Job.«

»Das mache ich immer.«

Er lächelt, und in diesem Moment wird mir klar, warum dieser Mann alle Welt schon so oft in seinen Bann gezogen hat. »Deshalb haben wir Sie engagiert.«

»Geht es hier um meinen ersten, offiziellen SSA-Auftrag? Soll ich mit Santos zusammenarbeiten?«

Er sieht sich nach dem Mann um. »Nein. Und ja.«

Ich sage nichts, sondern warte auf eine Erklärung.

»Er ist nicht bei der SSA. Aber ich schulde ihm einen Gefallen. Er hat einen Termin mit einem Informanten im Debauchery Resort. Aber er kann nicht rein …«

»… ohne eine Frau.« Ich nicke, wobei ich versuche, mir meine Verärgerung nicht anmerken zu lassen – ganz zu schweigen von meiner erneut wachsenden Befürchtung, dass es doch ein Fehler war, mich seinem Team anzuschließen. Ich dachte, man hätte mich wegen meiner Fähigkeiten eingestellt. Stattdessen soll ich die Begleiterin eines Mannes spielen, der nicht einmal für die SSA arbeitet?

»Ist das ein Problem?«

»Ja, eigentlich schon.« Ich verschränke die Arme vor der Brust und verlagere mein Gewicht. »Ich dachte, Sie hätten mich eingestellt, weil ich über allerhand Fähigkeiten verfüge. Aber stattdessen verpfänden Sie mich an irgendeinen Zivilisten, der eine Begleiterin braucht?«

»Punkt eins: Ich verpfände Sie nicht. Und zweitens, ich bin mir Ihrer Fähigkeiten absolut bewusst. Die haben Sie uns gestern Nacht noch einmal deutlich vor Augen geführt, indem Sie sich sehr geschickt zahlreicher Ausrüstungsgegenstände bedienten, die Quince für Sie aus dem SSA-Inventar abgezweigt hatte.«

»Das ist also so was wie eine Backpfeife. Sie sind sauer, weil ich mir keine Erlaubnis eingeholt habe, deshalb werde ich bestraft und muss mich in einen Bikini zwängen? Kommen Sie schon, Stark, von diesen Spielchen habe ich während meiner Arbeit für die Regierung nun wirklich genug erlebt.«

»Emma, so ist es nicht.«

»Ich weiß genau, dass es so ist.« Wem will ich eigentlich etwas vormachen, wenn ich glaube, dieser großen Familie angehören zu können, von der Stark immer lang und breit redet? Kann ich nicht. Ich weiß es. Und ich hätte es besser wissen und gar nicht erst versuchen sollen.

»Das hier ist ein Fehler«, sagte ich nun. »Und wissen Sie was, Stark? Wenn Sie ihm einen Gefallen schulden, dann ziehen Sie den verdammten Bikini doch selbst an. Ich stehe jedenfalls nicht zur Verfügung.«

Bevor ich mich eines Besseren besinnen kann, sind die Worte auch schon heraus, aber so ist es wahrscheinlich am besten. Und während die Detonation dieser absoluten Karrierekiller-Bombe noch auf dem Tennisplatz widerhallt, drehe ich mich auf dem Absatz um, werfe Antonio Santos einen halb wütenden, halb entschuldigenden Blick zu und marschiere über den Platz schnurstracks auf mein Auto zu.

KAPITEL 4

Als Tony über den Tennisplatz zu Stark hinüberging, bemühte er sich um eine bewusst gleichmütige Miene, aber leicht fiel ihm das nicht. Er wusste nicht so genau, ob er amüsiert, angetörnt oder einfach nur verdammt beeindruckt war. Aber eins war ihm sonnenklar – Emma Tucker hatte wirklich Courage.

»Ich werde mit Ryan reden, ob wir nicht Leah abberufen können. Sie hatte bislang noch nicht allzu viele Außendiensteinsätze, aber sie ist klug, gut ausgebildet und ...«

Tony hielt die Hand hoch. »Ich will Emma.«

Damien zog eine Augenbraue hoch, und Tony sah in seine merkwürdig hypnotischen, verschiedenfarbigen Augen. »Du hast doch mitbekommen, wie sie reagiert hat. Und ich kann sie wohl kaum dazu zwingen. Außerdem ist fraglich, ob sie überhaupt noch für mich arbeiten will.«

»Sie hat Mumm. Sie kann sich behaupten. Und ich habe schließlich keine Ahnung, worauf ich mich da tatsächlich einlasse. Natürlich könnte es ein entspanntes Zusammentreffen mit Informationsaustausch sein. Aber genauso gut kann mir auch plötzlich jemand eine Waffe an den Kopf halten.« Er verschränkte die Arme über der Brust und verlagerte sein Gewicht von einem Fuß auf den anderen.

Damien nickte mit nachdenklicher Miene. »In Paris habe ich dir ja schon gesagt, dass ich dir was schuldig bin, und das meine ich ernst. Aber noch mal: Ich kann sie nicht zwingen. Und ich werde es auch nicht versuchen. So arbeite ich nicht.«

»Schon klar. Das würde ich auch nicht von dir verlangen. Was mich angeht, sind wir jetzt quitt.«

»Ich weiß nicht genau …«

»Ich schon«, versicherte Tony. »Ich kam auf diese Party und sagte dir, dass ich eine Frau brauche. Und du hast innerhalb von weniger als einer Stunde die perfekte Partnerin für mich gefunden. Du hast deinen Teil der Abmachung erfüllt«, fügte er achselzuckend hinzu.

»Ich würde dir liebend gern noch eine andere Partnerin suchen«, sagte Stark. »Für dich bin ich durchaus bereit, mich ins Zeug zu legen. Ich will dich in meinem Team haben.«

»Dann weißt du ja, was ich über Emma denke. Ich will sie, Stark. Und ich werde sie bekommen.«

***

Tony lenkte seinen Hybrid-Land-Rover in die schmale Auffahrt vor Emmas Venice Beach Haus, dankbar, dass Quince sich bei ihrer Schwester für ihn eingesetzt hatte.

»Sie werden bei ihr nicht allzu weit kommen«, hatte Eliza ihm gesagt. »Emma ist halsstarrig und hat ihre eigenen Regeln. So hat sie es immer schon gehalten. Und anscheinend hat sie sich ja bereits entschieden.« Ihre Lippen hatten gezuckt. »Wenn sie sich einmal in ihr Schneckenhaus verkrochen hat, kriegt man sie nicht mehr heraus. Aber wenn Sie Ihre Zeit verschwenden wollen, dann nur zu«, hatte sie hinzugefügt und ihm Emmas Adresse genannt.

Und nun war Tony da. Einen Augenblick lang saß er da, den SUV in Parkstellung. Das lächerlich teure Soundsystem, das er einen Monat nachdem er sich den Wagen gekauft hatte, hatte installieren lassen, verbreitete einen schwermütigen, blauen Schein. Er wollte sich einen Moment gönnen, um noch einmal genau durchzugehen, auf welche Weise er sie zu überzeugen gedachte.

Aber die Chance bekam er nicht. Seine Gedanken wurden durch ein lautes Klopfen an sein Fenster unterbrochen, und da stand sie. Der schlichte Silberring an ihrer rechten Hand klickte an die Scheibe, und er sah ihr in das ernste Gesicht. Ihre haselnussbraunen Augen blickten ihn gelangweilt und emotionslos an.

Stark hatte ihm gesagt, dass sie ein Profi war, und ein Blick genügte, um ihn davon zu überzeugen, dass das stimmte.

Er hatte den Motor noch nicht ausgeschaltet, also drückte er auf den Knopf, um das Fenster herunterzulassen.

»Irgendein Problem?«

»Was zum Teufel haben Sie in meiner Auffahrt zu suchen? Hat Ihnen Stark allen Ernstes meine Adresse verraten?«

»Ich habe ihn danach gefragt, aber er hat sie mir verweigert. Ihre Adresse habe ich von Eliza«, fügte er hinzu, um sie auf elegant-subtile Weise darauf hinzuweisen, dass ihre Schwester auf seiner Seite stand.

»Oh, verdammt.«

Er hätte erwartet, dass sie noch etwas hinzufügte. Ihm befahl, ihren Grund und Boden zu verlassen. Oder dass sie zumindest eine Erklärung forderte, warum er hier war. Irgendetwas.

Aber sie drehte sich nur um und kehrte zum Haus zurück.

Einen Augenblick saß er regungslos da und starrte auf die Stelle, an der sie eben noch gestanden hatte. Dann bemerkte er, dass er lächelte. Diese Frau bedeutete mit Sicherheit verflucht viel Ärger. Trotzdem ließ ihn das Gefühl nicht los, dass sie es wert war.

Er schaltete den Motor aus, stieg aus dem Fahrzeug und folgte dem Pfad, der zu der blauen Tür ihres bezaubernden, kleinen Bungalows führte.

Sie öffnete sie, noch bevor er die Veranda erreicht hatte. »Sie geben nicht so leicht auf, oder?«

»Wenn ich schnell aufgäbe, würden Sie nicht mit mir zusammenarbeiten wollen.«

Ihre Antwort war ohne jegliche Ironie: »Ich will auch jetzt nicht mit Ihnen zusammenarbeiten.«

»Doch«, widersprach er. »Wollen Sie wohl.«

Er wartete darauf, dass sie ihm die Tür vor der Nase zuschlug. Stattdessen zog sie sie noch weiter auf. »Überzeugen Sie mich«, sagte sie und ließ ihn ein.

Er betrat den gefliesten Flur und folgte ihr dann in ein großzügiges, lichtdurchflutetes Wohnzimmer mit gemütlichem Mobiliar. An den Wänden aus Holz und Stein hingen unzählige farbenfrohe Gemälde und gerahmte Fotografien. Eine Wand säumte ein Bücherregal, und er unterdrückte den Impuls, die Buchrücken in Augenschein zu nehmen, nur um sich zu informieren, was Emma Tucker las. Immerhin war sie bereits ins nächste Zimmer gegangen, und eilig folgte er ihr in die Küche.

»Tolles Haus. Eigentum oder Miete?«

»Ich habe es vor ein paar Jahren gekauft«, sagte sie. »War ziemlich heruntergekommen. Ich habe ein paar Verbesserungen vorgenommen.«

Die Küche war offensichtlich erweitert worden. Er vermutete, dass sie ein Schlafzimmer geopfert hatte, um Raum für eine riesige Kücheninsel aus Granit zu schaffen, eine geräumige Arbeitsfläche und einen Essbereich, der von der Nachmittagssonne beschienen wurde, welche durch die riesigen Fenster fiel. Dahinter erkannte er einen winzigen Garten voller Blumen.

Er betrachtete all das, versuchte die ordentliche, aber dennoch eindeutig bewohnte Küche, die Blumen und den hereinströmenden Sonnenschein mit dem Bild in

Einklang zu bringen, das er sich von ihrer Persönlichkeit gemacht hatte. Es passte nicht ganz zusammen.

»Sie sehen ein bisschen verdattert aus«, bemerkte sie und deutete mit einem Kopfnicken auf einen der Barhocker an der Kücheninsel. »Kaffee? Wein? Whiskey? Etwas anderes?«

»Was Sie gerade da haben. Und ich bin nicht verdattert. Nur nachdenklich.«

Sie holte eine Flasche Charbay Release III aus dem Schrank. Er versuchte zwar, sich nichts anmerken zu lassen, spürte aber, wie seine Augen sich unwillkürlich weiteten. Zufällig wusste er, dass diese spezielle Flasche mehr als vierhundert Dollar kostete.

Ihre Mundwinkel zuckten. Sie hob eine Schulter und goss ihm einen Fingerbreit ein, pur. Dann schob sie ihm das Glas hin. »Ich finde, Sie haben etwas Gutes verdient. Immerhin haben Sie sich für nichts und wieder nichts hierher auf den Weg gemacht.«

»Das würde ich so nicht sagen«, widersprach er und deutete mit einem Kopfnicken auf das Glas. »Das Zeug ist schließlich nicht zu verachten.«

Wie erhofft, lachte sie. So langsam begann er, Emma Tucker zu durchschauen, dachte er. Überrumpele sie nicht. Sei ehrlich. Und wenn du nicht du selbst sein kannst, dann sei lieber gar nichts.

Zumindest war das im Augenblick sein Plan. Ihn beschlich der Verdacht, dass sie ihn auch weiterhin überraschen würde. Und verflucht: Das gefiel ihm.

Sie stand ihm gegenüber an der Kücheninsel, doch nun sprang sie leichtfüßig ab, landete auf der Arbeitsplatte neben dem Spülbecken und ließ die Beine baumeln. Es war nicht allzu viel Zeit vergangen, seit er ihr hinterhergefahren war, aber sie hatte sich bereits umgezogen. Jetzt trug sie Leggins und ein eng anliegendes Tanktop. Und ja, er hatte ihre Kurven registriert, während er ihr durch das Haus gefolgt war. Schließlich hatte er Augen im Kopf.

Aber auch ihre Kraft war ihm nicht entgangen. Das subtile Muskelspiel, als sie sich auf die Arbeitsplatte gesetzt hatte. Sie war tough, was man nicht nur an ihrem durchtrainierten Body, sondern an ihrer ganzen Körperhaltung merkte. Als könne sie einen Mann nur durch einen einzigen strengen Blick zur Strecke bringen – und wenn das nicht reichte, würde sie ihm einen soliden Tritt gegen den Kopf verpassen und ihm ein für alle Mal den Garaus machen.

Kraft und Macht. Das war die Emma Tucker, die er sah, hier in dieser Küche mit den Blumen hinter den Fenstern, mit Kräutern in Blumentöpfen auf dem Fensterbrett über der Spüle und Küchenhandtüchern, die mit kleinen bunten Cupcakes gemustert waren.

Um den Widerspruch komplett zu machen, waren die Zehen ihrer nackten Füße pink lackiert. Und ihr praktischer Pferdeschwanz wurde von den roten Haarsträhnen gemildert, die ihr hübsches Gesicht umrahmten.

»Gefällt Ihnen der Anblick?«

Ihre Stimme klang herausfordernd, aber er versuchte

gar nicht erst, ihr auszuweichen. Stattdessen antwortete er: »Ich habe nichts auszusetzen.«

Sie lachte schallend. Erster Punkt für die Heimmannschaft.

»Ich gehe nicht mit Ihnen auf irgendeine Insel, um Ihnen schöne Augen zu machen, während mir die Titten aus dem Bikini fallen.«

»Kein Problem. Wir sorgen vorher dafür, dass der Bikini gut sitzt. Und schöne Augen sind nicht nötig. Ein paar bewundernde Blicke sind vollkommen ausreichend.«

Beinahe hätte sie erneut losgelacht. Das sah er an der Art, wie sie die Lippen aufeinanderpresste. Schade. Sie hatte ein verdammt hübsches Lachen.

»Sie überraschen mich«, sagte sie.

»Dann sind wir quitt. Sie überraschen mich nämlich auch.«

»Ach ja? Inwiefern?« Sie beugte sich vor und enthüllte dabei ein verführerisches Stückchen ihres Dekolletés. Sein Körper reagierte auf eine Weise, die ihm ins Gedächtnis rief, dass er nun schon seit vier Monaten am Stück enthaltsam lebte.

»Yo. Antonio. Hier oben.«

Er blickte auf, ignorierte die Verlegenheit darüber, dass sie ihn ertappt hatte, und verlegte sich stattdessen auf die schonungslose Wahrheit. »Nur ein Grund mehr, Sie zu überreden mitzukommen. Es wäre schließlich ätzend, wenn mich eine Frau begleiten würde, die keine Wirkung auf mich hätte.«

»Gut pariert. Und jetzt erzählen Sie mir, inwiefern ich Sie überrasche. Mal abgesehen von meinem Dekolleté, meine ich.«

»Ihr Haus. Ich meine, Ihre Handtücher sind nicht nur mit Cupcakes bedruckt, sie passen auch noch zu den Ofenhandschuhen.«

»Nett, dass Sie das bemerkt haben.«

»Und für jemanden mit Ihrem Ruf und Ihrer Vergangenheit finde ich es überraschend, wie leicht zugänglich dieses Haus ist. Die Eingangstür ist zwar solide, aber nur aus Holz, und daneben befindet sich ein hohes, wenn auch mit Rollläden versehenes Fenster. Hinter Wohnzimmer und Küche gibt es noch eine Hintertür. Und diese Fensterfront? Wer hier eindringen will, den werden Sie so leicht nicht daran hindern.«

»Ach ja?«

Er sah sich weiter um auf der Suche nach versteckten Überwachungskameras. Er entdeckte keine, war sich aber sicher, dass es welche gab. »Sie können das Haus nicht rund um die Uhr überwachen. Offen gestanden hatte ich eher so etwas wie eine Festung erwartet.«

»Wie Starks Haus? Ich verfüge nicht über die Mittel, mir mehrere Morgen Land zu kaufen. Außerdem lebe ich gern hier. Ich wohne schon mein Leben lang in Venice Beach. Na ja, jedenfalls die Lebensspanne, die wichtig ist.«

»Ich hab ja auch gar nichts gegen die Location. Aber aus dem zu schließen, was Stark über Ihre Fähigkeiten gesagt hat …« Er verstummte, denn er war nicht sicher, wie viel ihm Damien weiterzugeben erlaubt hatte.

»Sie meinen, als Undercover-Agentin für eine top-secret, inoffizielle Regierungsbehörde?«

»So was in der Art. Sie müssen sich einige Feinde gemacht haben.«

Sie nickte bedächtig, doch ihre Miene blieb unergründlich. Ihre nächsten Worte überraschten ihn schon wieder. »Sie haben eine Waffe bei sich, stimmt's? Eine Glock 9mm. Rechtshänder. Ich nehme an, aus Gewohnheit und nicht, weil Sie mir misstrauen.«

Plötzlich war er sich des vertrauten Gewichts der Waffe überaus bewusst. »Aus Gewohnheit, ja. Woher …«

»Schießen Sie auf das Fenster.«

Er blinzelte. »Wie bitte?«

Sie deutete mit einem Kopfnicken auf die Fensterfront, durch die man Ausblick auf den hinteren Garten hatte. Dann griff sie hinter sich und öffnete eine Schublade. Sie warf ihm etwas Kleines zu. Er fing es mit einer Hand auf. »Los doch. Schießen Sie.«

Er öffnete die Hand. Ohrstöpsel. Sie war entweder wahnsinnig oder versuchte, ihm irgendetwas zu demonstrieren. So oder so, er hatte keine Lust, ihr zu widersprechen. Er stöpselte sich den Ohrenschutz ein, zog die Waffe und zielte nach einem letzten neugierigen Blick auf Emma auf das mittlere Fenster, feuerte und zuckte sofort zusammen, weil er das laute Splittern des Glases und herumfliegende Glasscherben erwartete, die es – vielleicht –

sogar bis zu seinem Platz an der Kücheninsel schaffen konnten.

Aber nichts von all dem geschah.

Stattdessen blieb die Kugel einfach stehen. Aus einigen Metern Entfernung wirkte es durch das beinahe zwanghaft saubere Glas, als schwebe die Kugel in der Luft.

Er warf Emma einen Blick zu, die lächerlich selbstzufrieden wirkte. »Nur zu, schauen Sie es sich näher an«, forderte sie ihn auf, und schon war er auf dem Weg. Tatsächlich steckte die Kugel anscheinend in einer zweieinhalb Zentimeter dicken Fensterscheibe fest. Und es gab nicht mal die Andeutung eines spinnwebartigen Risses, geschweige denn von zerborstenem Glas.

»Was ist denn das für ein Hexenwerk?«, fragte er und wandte sich zu ihr um.

»Heutzutage nennen wir das Wissenschaft.« Sie sprang von der Anrichte herunter und stellte sich neben ihn ans Fenster. »An meinem früheren Arbeitsplatz gab es eine sehr zukunftsorientierte Entwicklungs- und Forschungsabteilung. Ein paar der daraus hervorgegangenen Vorteile habe ich im Laufe der Jahre hier einbauen lassen. Das Scanningsystem hat Ihre Waffe erfasst und mir eine Textnachricht geschickt. Wenn Sie versuchen, ein Schloss aufzubrechen oder ein Fenster aufzustemmen, verpasst man Ihnen einen hässlichen Elektroschock. Und wenn Sie stattdessen versuchen würden, auf das Schloss zu schießen, na ja, dann wird's erst so richtig lustig. Wollen Sie es sehen?«

Er wich entsetzt zurück. »Sie wollen, dass ich auf Ihr Schloss schieße?«

»Nope. Ich zeige Ihnen nur, was passieren würde. Das kann ich auch manuell auslösen. Aber unter bestimmten Umständen läuft es halt auch automatisiert ab.« Sie tippte auf ihrem Handy herum, und sofort wünschte er, er hätte sich die Ohrstöpsel nicht schon wieder herausgezogen. Vor jedem Fenster und vor der Tür knallten Metalltore von der Decke auf den Boden, und gleichzeitig begann das durchdringende Warnsignal der Alarmanlage zu plärren.

Es hörte sofort wieder auf, und die Festung wurde wieder hochgefahren und verwandelte das Haus von einem Wahnsinnsschutzraum in den hübschen Strandbungalow zurück.

»Heiliger Strohsack«, sagte er. »Hat man ein Kopfgeld auf Sie ausgesetzt?«

»Nicht mehr«, antwortete sie mit lässigem Schulterzucken. »Aber man weiß schließlich nie, nicht wahr? Das hier sind übrigens nur die Basics. Es gibt noch viel mehr Schnickschnack.« Sie lächelte und schlug die Augen nieder. »Also verärgern Sie mich nicht, okay?«

Er lachte, obwohl er sich nicht ganz sicher war, ob sie das tatsächlich im Scherz meinte. »Ich dächte nicht im Traum dran. Und mir ist klar, dass Sie mich eigentlich zum Teufel schicken wollen, aber nachdem ich all das gesehen habe, will ich Sie auf dieser Insel mehr denn je an meiner Seite haben.«

Sie sah sich im Zimmer um, als laufe das Sicherheitssystem immer noch auf Hochtouren. »Sie kriegen einen Ständer von High-Tech-Security-Systems?«

Nein, aber von dir womöglich schon.

Glücklicherweise biss er sich noch gerade rechtzeitig auf die Zunge. Wahrscheinlich war es keine gute Idee, so etwas laut auszusprechen.

Stattdessen verlegte er sich auf eine andere Wahrheit. »Ich suche nach jemandem, der auf sich selbst aufpassen kann. Ich wage mich sozusagen blind in die Höhle des Löwen. Möglicherweise um jemanden dort zu treffen, der mir helfen will. Möglicherweise um jemanden zu treffen, der mich töten will. Ich brauche keine attraktive Begleiterin. Ich brauche eine Partnerin. Eine Frau, das schon. Aber jemanden mit Fähigkeiten und Erfahrung.«

Sie nahm ihr Glas zur Hand und trank es in einem einzigen Zug leer. Was für eine Verschwendung, dachte er, wenn man bedachte, was für ein exquisiter Whiskey das war. Aber dann goss sie sich einen zweiten ein, griff mit der anderen Hand nach der Flasche und machte sich auf den Weg ins Wohnzimmer. »Na gut«, sagte sie im Gehen. »Erzählen Sie mir den Rest.«

Er folgte ihr und nahm dann Platz an einem Ende des dick gepolsterten Sofas. Kaum hatte sie ihr Glas und die Flasche auf den Couchtisch gestellt, kippte er seinen restlichen Drink hinunter und goss sich ebenfalls noch einen Fingerbreit ein. Er nippte daran, behielt die Edelspirituose genüsslich im Mund, schluckte. Es sprach für sie, dass sie nicht nachhakte. Sie lehnte sich einfach nur zurück, zog ein Bein unter und wartete schweigend darauf, dass er weitersprach.

Er ließ die Schultern kreisen, registrierte, dass er sich wohlfühlte, und beschloss, ihr die gesamte Geschichte zu erzählen. Er gehörte nicht zu den besonders gefühlsbetonten Menschen. Normalerweise hielt er nichts davon, sich anderen Menschen anzuvertrauen, und er hätte sich lieber auf die Streckbank fesseln lassen, als einen ganzen Abend lang über seine Gefühle zu reden. Aber dennoch war ihm klar, dass Menschen besser kämpften und härter arbeiteten, wenn sie wussten, wofür sie es taten. Und niemand konnte kluge Entscheidungen treffen, ohne nicht sämtliche Fakten zu kennen.

Emma war klug – das sah er. Und sie würde sich mit aller Kraft für etwas einsetzen, woran sie glaubte. Auch das entging ihm nicht. Er wollte eine kompetente Person an seiner Seite. Deshalb war es jetzt an ihm, um das zu kämpfen, was er sich wünschte.

In diesem Augenblick wollte er sie. Und er war mehr als bereit, sämtliche Geschütze aufzufahren, wenn er letztlich als Sieger aus der Schlacht hervorging. »Ich suche nach einem Mann«, sagte er schlicht.

»Ist er es, mit dem Sie sich auf der Insel treffen wollen?«

Er schüttelte den Kopf. »Nein. Soweit ich weiß, treffe ich mich mit einer Frau.«

»Okay. Spulen Sie noch mal zurück, und schildern Sie es mir in chronologischer Reihenfolge.«

Das tat er. So war es sowieso einfacher. Er erzählte seine Geschichte nicht allzu häufig, aber immer von Anfang an. Das war ihm vertraut. Und bedeutete, dass er nüchtern und sachlich darüber berichten konnte. Nur eine Wiedergabe der Fakten, so wie er es bei jedem anderen Auftrag getan hätte.

»Mein Dad war ein Arschloch. Besser könnte man es nicht zusammenfassen. Aber ein kluges Arschloch. Hat die Business School mit Bravour durchlaufen – Harvard, natürlich«, fügte er hinzu, wobei er seinen erbärmlichen Bostoner-Akzent hervorkramte und sie damit zum Lachen brachte. »Schließlich landete er im internationalen Handel.«

»Ist das ein Euphemismus für Drogen?«

Tony schüttelte den Kopf. »Nein. Zumindest nicht am Anfang. Später versuchte er sich möglicherweise auch darin. Irgendwann kam er an den Punkt, da er sich für unbesiegbar hielt. Glaubte, so viel Geld verdient zu haben, dass er nach Belieben schalten und walten und auf Moral, Ethik und das Gesetz pfeifen konnte.«

Sie nickte. Den Typ Mann kannte sie.

»Er begann klein und spannte mit der Zeit ein weites Netz. Eine Weile lebte er in Texas und reiste regelmäßig nach Mexiko und wieder zurück. Schließlich zog er nach Kalifornien und verfuhr ganz ähnlich. Er begrenzte seine geschäftlichen Aktivitäten auf Mexiko und Mittelamerika. Er importierte alles Mögliche, angefangen von Einzelteilen für Automobile bis hin zu Tequila.«

»Bis dahin klingt die Geschichte nicht ungewöhnlich«, sagte sie. »Insbesondere nicht für seine Generation.«

»Nun, eins können Sie mir glauben. Mein Dad war kein gewöhnlicher Mann. Jedenfalls lernte er irgendwann meine Mutter kennen. Sie besuchte die UCLA. Ihr Vater war Mathematikprofessor. Und ihr Großvater besaß die Hälfte sämtlichen Grundbesitzes in Mexico City. Ganz zu schweigen von einer Rinderfarm vor den Toren der Stadt. Die Familie war so etwas wie lokaler Hochadel. Und soweit ich weiß, waren sie mächtig, ohne korrupt zu sein.«

»Wie hieß Ihre Mom?«

»Santos. Lucia Santos.«

Sie runzelte die Stirn. »Sie hatte den gleichen Nachnamen wie Ihr Dad. Was für ein Zufall.«

Einen Augenblick lang war er verwirrt. »O nein. Der Vater meines Dads war ein weißer, angelsächsischer Protestant, wie er im Buche stand. Vertrauen Sie mir«, fuhr er fort und hielt eine Hand in die Höhe, um eine weitere Frage zu verhindern. »Wenn ich mit meiner Geschichte fertig bin, werden Sie wissen, warum ich den Namen meiner Mutter angenommen habe.«

Sie nickte, und er fuhr fort. »Mein Großvater, der Professor, starb an Krebs, und meine Mom zog zu ihrem Großvater auf die Ranch in Mexiko. Mein Vater reiste ihr hinterher. Sie trafen sich miteinander, verliebten sich, heirateten. Zumindest erzählt man sich das. Ich persönlich glaube eher, dass es meinem Dad die ganze Zeit nur um den Grundbesitz ging. Und den bekam er. Zumindest, indem er meine Mutter heiratete.«

Er beobachtete Emma eindringlich und fragte sich, ob sie ihm gar nicht mehr zuhörte oder sie langweilte. Aber ihre Miene spiegelte nichts dergleichen. Im Gegenteil, sie wirkte fasziniert.

»Sprechen Sie weiter«, drängte sie ihn.

»Nach meiner Geburt zogen sie nach Kalifornien, und der liebe alte Dad wurde immer reicher und gemeiner. Er übernahm die Leitung der Ranch. Er stellte jemanden ein, der Tequila für ihn brennen sollte. Kleine Mengen, sehr hochwertig. Es gibt noch viel mehr zu erzählen, aber Fakt ist, dass er sehr reich wurde. Und mächtig. Er wurde oft stinksauer, wenn er nicht bekam, was er wollte und wann er es wollte. Denn was war schließlich der Zweck von Geld und Macht, wenn sie ihm keine hübschen Dinge und Respekt einbrachten?«

»Mein Vater hatte kein Geld und keine Macht, aber stinksauer wurde er dann auch. Es liegt nicht am Bankkonto, sondern am Charakter.«

Tony nickte, wobei er zwischen den Zeilen noch mehr heraushörte. »Ich weiß. Glauben Sie mir, ich kenne zu viele Leute, die tausendmal wohlhabender als mein Vater waren und mehr Freundlichkeit und Klasse besaßen, als dieser Mann je hatte. Es hat tatsächlich nichts mit dem Bankkonto zu tun. Nicht wirklich. Ich versuche nur, Ihnen ein Bild von seiner Persönlichkeit zu vermitteln.«

Sie zog die Knie hoch, legte ihre Armen darum und

sah ihm mit großen Augen ins Gesicht, während er fortfuhr.

»Als Kind war ich meiner Erinnerung nach nur dann glücklich, wenn er auf Reisen war. Dann war meine Mutter lebendig. Und mein Onkel kam vorbei, den ich abgöttisch liebte. Er war nicht wirklich mein Onkel. Nur ein Freund der Familie. Vielleicht war er sogar der Geliebte meiner Mutter. Ich hätte ihr weiß Gott keinen Vorwurf daraus gemacht. Aber genau erfahren habe ich es nie. Ich weiß nur, dass sie glücklich war, wenn mein Vater fort war. Wenn er jedoch zu Hause war, glich sie einem Einsiedlerkrebs, der sich verängstigt in seinen Panzer zurückzieht.«

Er holte tief Luft und beobachtete Emma. Ihre Miene war ausdruckslos. Als bemühe sie sich nach Kräften, keinerlei Reaktion zu zeigen. Ihm fiel ein, was sie über ihren Vater gesagt hatte, und ihn beschlich das Gefühl, dass sie seine Geschichte nur allzu gut verstand.

»Keine Ahnung, ob mein Vater sie geschlagen hat«, sagte er schlicht. »Aber mich schlug er durchaus. Und eines Tages hörte ich das Wort Scheidung. Ich war erst sieben, aber ich wusste, was es bedeutete. Die meisten Kinder würden bei solch einem Wort in Tränen ausbrechen. Aber ich hatte das Gefühl, endlich die Sonne zu sehen. Und dann, zwei Tage später, wurde die Sonne ausgelöscht.«

»Was ist passiert?« Ihre Stimme klang heiser, war kaum vernehmlich.

»Er kidnappte mich. Zog mit mir nach Mexiko. Und dann …«

»Warten Sie. Wie? Sicherlich nahm er Sie nicht mit auf die Ranch Ihres Urgroßvaters. Also wie konnte er dort Fuß fassen?«

»Oh, das hatte ich vergessen. Mein Großvater väterlicherseits konnte seine Ahnen bis zur Mayflower zurückverfolgen, aber meine Großmutter war in Monterrey geboren und aufgewachsen. Mein Dad war in Mexiko zur Welt gekommen, weil dies der Wunsch seiner Mutter gewesen war.«

»Also hatte Ihr Dad die doppelte Staatsbürgerschaft.«

Tony nickte. »Und so kehrte er mit seinem Sohn einfach in sein Land zurück und verschwand. Zumindest, bis meine Mutter sich das Leben genommen hatte und ihr Großvater kurz darauf ebenfalls starb. Dann plötzlich erbte er die Ranch von seiner Frau – die Scheidung war noch nicht vollzogen. Und wenn irgendwer Fragen stellte, nun ja, dann bestach er die Leute eben, damit sie den Mund hielten.«

»Sie sind also bei ihm aufgewachsen? Auf dem Familienanwesen Ihrer Mutter?« Er konnte das Schaudern in ihrer Stimme beinahe hören.

»Nein. Mein Onkel hat mich gerettet. Es dauerte zwei Jahre, aber er hat mich meinem Vater weggeschnappt, als ich neun war. Mittlerweile … mittlerweile wusste ich noch besser, was für ein Mann er war. Brutal. Mächtig. Böse. Und er umgab sich mit seinesgleichen.«

»Danach lebten Sie also bei Ihrem Onkel?«

Er nickte. »Bis zu meinem sechzehnten Lebensjahr. Da trat The Serpent in mein Leben.«

»The Serpent.« Ihre Stimme klang gepresst, und sie beugte sich vor, runzelte die Stirn, vermutlich verwirrt.

»Ein Söldner, der für meinen Vater arbeitete. Der die Drecksarbeit erledigte. In jenem Sommer tötete er meinen Onkel. Als Rache, weil er mich meinem Vater weggenommen hatte. The Serpent schlug ihn halb tot und ließ ihn zurück. Er starb im Krankenhaus an seinen inneren Verletzungen. Ich war bei ihm. Und mit seinem letzten Atemzug teilte er mir mit, dass meine Mutter sich das Leben gar nicht genommen hatte. Mein Vater hatte The Serpent befohlen, auch sie zu töten. Er hatte es nur wie Selbstmord aussehen lassen.«

»Das tut mir so unendlich leid.«

»Mir auch.« Er fuhr sich mit den Händen übers Gesicht, über seinen Dreitagebart. »Ich wollte ihn zur Strecke bringen. Meinen Vater, meine ich. Zumindest hatte ich es vor. Allerdings brauchte ich viel zu lange, um alle notwendigen Informationen zusammenzukratzen und Rache zu nehmen. Irgendwann geriet ich an ein paar Söldner, die mich unter ihre Fittiche nahmen. Die mich ausbildeten, obwohl ich noch ein Junge war. Ich wollte es richtig machen, wissen Sie. Ich wollte dafür sorgen, dass er litt.«

Er beobachtete Emma, hielt nach einem Zeichen des Abscheus Ausschau, weil er seinem eigenen Vater etwas hatte zuleide tun wollen. Er entdeckte nichts. Im Gegenteil, er glaubte, Hoffnung in ihrer Stimme zu hören, als sie fragte: »Und haben Sie es geschafft?«

»Nein«, presste er heraus. »Mir ist jemand zuvorgekommen. Hat ihn einfach weggepustet. Bauch. Brust. Gesicht. Sie haben wahrscheinlich davon gelesen. War eine Riesennachricht sowohl in Mexiko als auch in L.A. Clyde Morgan von unbekanntem Schützen umgelegt.«

Ihre Augen weiteten sich.

»Sie haben tatsächlich davon gehört.«

»Ich – nein. Es ist nur so ein Zufall, dass jemand anders ihn zuerst erwischt hat. In welchem Jahr war das?«

Er sagte es ihr, und sie nickte bedächtig, als ob das Jahr wirklich eine Rolle spielte. »Damals war ich fünfzehn«, sagte sie. »Das, ähm, war kein gutes Jahr für mich. Ich habe nicht sonderlich auf die Nachrichten geachtet.«

Er musterte sie. Eigentlich hatte sich nichts in ihrer Miene verändert. Aber irgendetwas war da – etwas, das man nicht fassen konnte. Etwas, das die Luft um sie herum veränderte. Er fragte sich, was für Schrecken auch sie erlebt haben mochte.

»Sie wollen also auf die Insel, um Informationen über The Serpent zu erhalten?«

»Genau. Der Mann hat Jagd auf meinen Onkel gemacht und ihn gefoltert. Er hat meine Mutter ermordet. Ich suche schon länger als mein halbes Leben nach ihm. Eine persönliche Mission, aber immerhin hat sie mich zu meinem Beruf geführt. Ich habe eine Ausbildung bei paramilitärischen Gruppen auf der ganzen Welt genossen. War häufiger, als ich zählen kann, für irgendwen als Söldner unterwegs. Und ich habe mich Deliverance angeschlossen, um etwas zu verändern. In all den Jahren habe ich auf eine weitere Chance gehofft. Denn ich habe nie aufgehört, nach The Serpent zu suchen.«

»Und jetzt haben Sie eine Spur.«

Er lehnte sich zurück und legte die Finger unter dem Kinn zusammen. »Möglich. Sie stammt von einem Kontakt aus dem Darknet, wobei es sich vielleicht um eine Frau handelt, vielleicht aber auch nicht. Ich strecke nun schon seit Jahren meine Fühler aus. Das hier könnte eine Spur sein. Aber genauso gut kann sie auch ins Nichts führen. Oder eine Falle sein.« Er breitete die Arme aus, dann sah er ihr in die Augen. »Und das, Emma, ist der Grund, warum ich kein Interesse an einer Partnerin habe, die nur zur Dekoration dabei ist. Ich brauche eine Person an meiner Seite, die, wenn es hart auf hart kommt, sich zu behaupten weiß.«

»Und doch«, sagte sie und lehnte sich mit der Andeutung eines Grinsens ebenfalls zurück, »ist es immer noch eine Sexinsel.«

»Stimmt.« Er warf ihr sein charmantestes Lächeln zu. »Was für ein Glück also, dass Sie mich attraktiv finden.«

Sie zog eine Augenbraue hoch, sagte aber nichts. Ließ lediglich den Whiskey in ihrem Glas kreisen. Dann kippte sie den Rest herunter und schluckte. »Na gut«, sagte sie schließlich. »Wie es aussieht, haben Sie sich gerade eine Partnerin beschafft.«

KAPITEL 5

Er hatte eigentlich erwartet, dass wir miteinander schlafen würden. Natürlich. Und wenn schon aus keinem anderen Grund als aus dem, einander ein wenig vertrauter zu werden, bevor wir auf die Insel kamen. Immerhin sind wir beide Profis. Und das bedeutet, stets vorbereitet zu sein. Seine Schwächen und Stärken zu kennen.

In diesem Fall heißt es vermutlich, nähere Bekanntschaft mit seinem Hintern zu machen. Und angesichts des Anblicks in diesen Jeans ist diese Aufgabe vermutlich keineswegs unangenehm.

Aber bedauerlicherweise wird es heute Abend keine Vorbereitungsarbeiten geben. Zumindest nicht dieser Art. Ich muss meine eigenen Arrangements treffen. Und da unser Flugzeug zur Insel morgen früh um elf startet, habe ich nur noch wenige Stunden zur Verfügung.

Also habe ich ihn nach Hause geschickt. Und wenn ihn das genauso unruhig und unbefriedigt zurücklässt wie mich … nun, er ist ja ein großer Junge. Ich bin sicher, dass er sich um sich selbst kümmern kann.

Ich schaue ihm durchs Fenster hinterher, und nachdem seine Rückscheinwerfer um die Ecke verschwunden sind, kehre ich in die Küche zurück. Vor der Spülmaschine befindet sich ein falsches Bedienungsfeld, das man aktiviert, indem man die Schaltknöpfe in einer bestimmten Reihenfolge drückt. Das tue ich jetzt, und die falsche Front wird entriegelt. Ich ziehe sie nach unten, sodass der Blick auf ein herkömmliches Schloss mit Zahlenkombination auf der dahinterliegenden Innentür frei wird. Ich gebe die Zahlenkombination ein, drehe den Knauf und öffne den schmalen, darin enthaltenen Safe, in dem sich meine falschen Ausweise befinden, inklusive Reisepass, Kreditkarten, Führerschein aus Nebraska, Bargeld und ein Wegwerfhandy. Ich war noch nie in Nebraska, aber damals hielt ich das für eine gute Wahl.

Ich brauche das Handy. Ich nehme es heraus, wähle die bekannte Nummer und lege nach drei Klingeltönen wieder auf.

Dann warte ich ungeduldig auf seinen Rückruf.

Beim ersten Klingeln gehe ich ran. »Ich muss dich sehen.«

»Du weißt, dass wir das Protokoll nicht brechen dürfen. Wenn jemand herausbekommt, dass wir uns von früher kennen …«

»Seit heute Morgen bin ich offizielle Mitarbeiterin bei deiner Firma. Dann habe ich gekündigt. Aber ich glaube, ich bin jetzt wieder dabei. Ehrlich gesagt habe ich keinen blassen Schimmer, verdammt.« Am Telefon benutzen wir keine Namen, aber ihm ist klar, dass es sich bei der Firma um die Stark Security Agency handelt.

Er schweigt lange, dann sagt er: »Ich war nur ganz kurz beschäftigt und abgelenkt, und schon geht alles, worauf wir uns geeinigt haben, zum Teufel.«

»Damit hat das nichts zu tun. Und dein alter Boss war dafür«, füge ich hinzu, womit ich Colonel Seagrave bei der SOC meine. »Wenn du und ich uns über die Firma zum ersten Mal offiziell kennenlernen, wird alles leichter.«

Winston Noble, auch bekannt als Winston Starr, war einer der ersten Mitarbeiter bei Stark Security und wurde wegen seiner atemberaubenden Erfolgsbilanz als Sheriff in West Texas und anderer Fähigkeiten eingestellt, von denen die anständigen Leute in Texas keine Ahnung haben. Bislang haben sich unsere Wege offiziell nur ein einziges Mal gekreuzt, nämlich als meine Schwester sich mit der SSA einließ. Aber wenn ich jetzt auch für diese Organisation arbeite, brauchen wir unsere Freundschaft nicht mehr zu verstecken, sondern können so tun, als knüpften wir eine ganz neue Verbindung.

Denn in Wahrheit hat er noch einiges mehr auf dem Kerbholz, als die SSA weiß. Aber *ich* weiß es. Eigentlich wissen wir ziemlich viel übereinander. Und dieses Wissen bindet uns aneinander. Geheimnisse schmieden häufig ein ganz besonderes Gefühl der Zusammengehörigkeit. Und gehen mit einer speziellen, ganz eigenen Verantwortung einher.

»Gut«, sagt er. »Guter Plan. Wir treffen uns im Büro.«

»Heute Abend«, bedränge ich ihn. »Bitte. Du weißt, dass

ich dich nicht darum bitten würde, wenn es nicht wichtig wäre, aber ich muss einfach jemandem davon erzählen, und dieser jemand darf nicht dein alter Boss sein. Bist du in der Stadt?«

»Bin vor einer Stunde zurückgekommen. Ich wollte erst zum Sport und dann schlafen gehen.«

»Es ist nicht mal zehn.«

»Einige von uns sind nun mal keine nachtaktiven Vampire. Und Leah und ich müssen vor Morgengrauen noch einen Informanten treffen.«

Leah ist seine momentane Partnerin bei der SSA. »Du kannst deinen Schönheitsschlaf auch verschieben. Komm schon, Mann. Ich muss dringend mit dir reden.«

»Na gut. In einer Dreiviertelstunde am Treffpunkt. Und wenn du nicht pünktlich bist, fahre ich gleich wieder nach Hause.«

»Ich werde da sein«, antworte ich und lege auf. Mir bleibt kaum genug Zeit, um etwas anderes anzuziehen und hinzufahren, aber ich schaffe das schon.

Ich schlüpfe in einen engen Lederrock, dessen Schlitz bis zur Hüfte verläuft und der beim Gehen ebenso praktisch ist wie zum Aufreißen von Typen. Dazu ein pinkfarbenes Glitzertop, das im Nacken und am Rücken zusammengebunden wird und viel Haut zeigt, aber überraschend viel Halt bietet. Ich stecke mir den Pferdeschwanz hoch und ziehe eine Perücke über. Dunkel und so lang, dass die Strähnen meine Schultern berühren.

Schließlich noch ein Paar Kreolen, ein paar Plastik-Armreifen und ein paar megahohe Stöckelschuhe. Ich schnappe mir meine Schlüssel, stakse zum Wagen hinüber und sause unserem Treffpunkt entgegen. Ich parke auf einem der Nachtparkplätze ein paar Straßen weiter, dann laufe ich zu dem ramponierten Zeitungsspender, der vermutlich älter ist als ich selbst.

Auf die Sekunde genau biegt Winstons alter Ford Pick-up um die Ecke. Er bleibt stehen, und ich beuge mich vor und schaue in das geöffnete Fenster.

»Willst du ficken?«, frage ich und schmatze auf meinem fruchtigen Kaugummi herum, das ich mir in den Mund geworfen habe – *just for show*.

»Steig in das verdammte Auto.«

Ich gehorche, und er fährt wieder los.

»Ich schwöre, wenn jemand mich dabei sieht, wie ich angeblich eine Nutte aufgabele …«

»Als sei das deine größte Sorge.«

Er funkelt mich wütend an, und sein sonst so freundliches, sympathisches Gesicht ist kalt.

Ich hebe entschuldigend die Hände. »Sorry, Galgenhumor.«

»Weißt du was, Emma. Du gehörst echt zu meinen Lieblingsmenschen. Und deshalb mache ich keinen Hehl daraus, wie stinksauer ich bin.«

»Witzbold.«

Schweigend fahren wir weiter. Er umrundet ein paar Blocks und steuert den Wagen dann in eine dunkle Ecke des Parkplatzes von Ralph's Supermarkt. Am liebsten würde ich ihm sagen, dass es vielleicht keine so gute Idee ist, seinen Old Blue zu fahren, wenn er sich solche Sorgen darum macht, erkannt zu werden, bin dann aber doch so klug, den Mund zu halten.

»Du wolltest mich treffen«, sagt er und schaltet den Motor aus. »Also rede.«

»Ich brauche deinen Rat.«

»Hast du schon gesagt.«

»Ich habe Cane umgebracht.«

Er lehnt sich zurück, die Augen vor Überraschung und Freude weit aufgerissen. »Hatte keine Ahnung, dass das überhaupt anstand.«

»Es ging ziemlich schnell. Ich erhielt ein paar Informationen über seinen Aufenthaltsort. Du warst nicht da, also musste ich mir eine andere Rückendeckung organisieren.«

»Nicht Eliza.«

»Bist du verrückt? Nein.« Eliza hat keinen Anteil an meiner Arbeit. Ich habe mein Leben damit verbracht, sie davor zu beschützen, und das einzige Mal, als sie dem nahe kam – als ich auf der Flucht war und sie versuchte, mich zu finden –, wurden sie und Quince beinahe getötet.

»Wer?«

»Quince«, gestehe ich, und er stöhnt.

»Schnee von gestern«, sage ich, »und momentan nicht das Problem.«

»Und jetzt soll ich im Nachhinein die Suppe für dich auslöffeln, stimmt's? Falls du geschnappt wirst. Du willst, dass ich zu Seagrave gehe und mich dafür einsetze, dass er dir rückwirkend die Lizenz zum Töten erteilt.«

Ich schüttele den Kopf. »Nein. Die hatte ich schon. Cane wusch Geld für ein paar Leute, die bereits ins Visier der Geheimdienste geraten waren. Im Austausch gegen die Informationen, die ich ihnen zuspielen sollte, hat Seagrave die Sache genehmigt. Ich glaube nicht, dass die örtliche Polizei seinen Tod jemals bis zu mir zurückverfolgt – oder bis zu Quince. Aber selbst wenn, haben wir eine Rückversicherung.«

»Warum sitzen wir dann hier?«

»The Serpent«, antworte ich. »Ich habe eine Spur.«

»Morgans rechte Hand?« Winston sieht genauso schockiert und beeindruckt aus, wie ich es war, als Antonio mir seine Geschichte erzählte. Nur muss Winston seine Reaktion nicht verbergen – so wie ich es musste.

Ich nicke. »Ein Typ namens Antonio Santos ist offenbar ebenfalls hinter ihm her. Und er hat mich als Partnerin bei seiner Mission auserkoren.«

»Wie zum Teufel kam es denn dazu?«

Ich gebe Winston einen vollständigen Bericht, lasse kein Detail aus.

Staunend schüttelt er den Kopf. »Nur du kannst auf die Idee kommen, Damien Stark an den Kopf zu werfen, er solle bleiben, wo der Pfeffer wächst, und sich selbst einen Bikini anziehen.«

»Na ja, ganz so habe ich es nicht gesagt.« Ich verziehe das Gesicht. Denn natürlich kommt das meinen tatsächlichen Worten ziemlich nahe.

»Also ist es gut, dass Antonio nicht lockergelassen hat. Du hättest sonst gar nicht erfahren, auf wen er letztlich abzielt.«

»Ein Vortrag darüber, dass ich die Beherrschung nicht verlieren und davonrauschen sollte, bevor ich alle Fakten kenne, ist unnötig. Lektion gelernt.«

»Was brauchst du dann?«

»Hab ich doch gesagt. Einen Rat. Ich gehe mit. Ebenso wie Antonio werde ich durch den Informanten Zugang zum Aufenthaltsort von The Serpent erhalten. Und sobald wir die Insel verlassen, werde ich diesen Mistkerl kaltmachen. Eigentlich hatte ich geglaubt, Cane sei der Letzte. Ich hatte angenommen, dass The Serpent gleichzeitig mit Morgan ums Leben gekommen war oder dass er sich zumindest so gründlich verkrochen hat, dass ich ihn ohnehin nie finden würde. Anscheinend war das ein Irrtum. Ich will, dass du mir dabei hilfst, Seagrave davon zu überzeugen, mir die Autorisation für seine Tötung zu geben.«

Winston schüttelt den Kopf. »Du darfst ihn nicht töten, Em. Das weißt du doch. Er hat einfach zu viele Informationen im Kopf.«

»Deshalb musst du dich ja auch für mich einsetzen. Der Typ ist zu gefährlich. Mir bleibt gar keine Wahl, als ihn umzulegen.«

»Dazu wird es nicht kommen, und das weißt du. Mir ist klar, dass du persönliche Motive hast. Aber der SOC – zum Teufel, jede Geheimdienstorganisation auf diesem Planeten – will ihn lebend.«

»Dann haben sie alle ein Problem, denn Antonio will ihn umbringen. Und bei dieser Jagd kämpft er in der ersten Reihe.«

»Sie werden die Informationen von dir haben wollen, wenn er herausfindet, wer The Serpent ist.«

»Scheiß drauf. Der Typ hat schon verdammt viel mehr getan, als nur für Morgan zu arbeiten. Er ist mir im Leben schon mehr als einmal in die Quere gekommen, und auf der Liste deiner Lieblingsmenschen steht er auch nicht gerade. Ich will ihn tot sehen, nicht im Gefängnis. Und ganz sicher nicht umgedreht und als Agent eingesetzt.«

»Emma …«

»Nein.« Ich spucke das Wort förmlich heraus, denn natürlich hat er in allen Punkten recht – es passt mir nur nicht. »Wenn Antonio ihn umbringt, ist es Mord. Aber wenn ich den Befehl dazu erteilt bekomme, löse ich nicht nur Antonios Problem, sondern erlebe auch noch die Befriedigung, ihm den Garaus zu machen. Hilf mir dabei, sie davon zu überzeugen, dass The Serpent ein zu großes Risiko darstellt, das man unmöglich kontrollieren kann. Er muss sterben.«

»Darauf werden sie sich nicht einlassen. Und Antonio wahrscheinlich auch nicht. Deiner Schilderung zufolge will er sich diese Befriedigung selbst verschaffen, ob die Tötung nun rechtlich gesehen Mord ist oder nicht.«

»Shit.« Ich will mir die Haare raufen, erinnere mich an die Perücke und halte inne. »Ehrlich gesagt wünsche ich, von all dem keine Ahnung zu haben.«

»Aber die hast du nun mal. Und eine der Bedingungen für deine Entlassung von der SOC bestand darin, dass du alles berichtest, was dir über aktive Untersuchungen zu Ohren kommt.«

»Jaja. Bla, bla. Ich weiß, worauf ich mich eingelassen habe.« Ich seufze tief. Winston ist so verdammt regelkonform. Für seinen Job als Sheriff war das optimal, aber im Moment macht es mich stocksauer.

»Aber es handelt sich doch gar nicht um eine aktive Untersuchung«, widerspreche ich, wenn auch lahm. »The Serpent ist für die SOC ein Cold Case. Ja, sie wollen ihn schnappen. Aber sie suchen nicht aktiv nach ihm. Genau wie ich gingen sie davon aus, dass er entweder tot sei oder nie wieder auftauchen würde.«

»Das ist doch Haarspalterei«, sagt Winston. »Rede du allein mit Seagrave, aber lass mich raus aus der Sache. Das Schlimmste, was passieren kann, ist, dass er Nein sagt.«

»Wenn er Nein sagt, muss ich seine Anweisungen missachten. Ist es denn besser, um Vergebung zu bitten, als um Erlaubnis?«

»Zum Teufel, Emma, warum bin ich überhaupt hier, wenn du mir gar nicht zuhörst?«

»Und wenn The Serpent mir nach dem Leben trachtet und es Notwehr ist …« Mir schwirrt der Kopf vor lauter Möglichkeiten.

»Etwas Entscheidendes hast du vergessen«, sagt er, und ich sehe ihn mit fragend hochgezogenen Augenbrauen an. »Wenn du die Sache weiter verfolgst, kommt womöglich auch der ganze Rest heraus. Du. Ich. Texas. Du magst auf die Vorsicht pfeifen, aber ich nicht. Die Vergangenheit ist tot und begraben. Meinst du, ich will, dass Stark und Hunter und der ganze Rest der Mannschaft mich auf diese Weise ansehen?«

Meine Brust wird eng. »Du weißt, dass ich das nicht will«, sage ich. »Aber warum muss das alles so schwierig sein. Ich bin keine Marionette mehr. Zumindest sollte ich das nicht mehr sein.«

Er zuckt mit den Schultern. »Manche Fäden kann man eben nie durchtrennen. Das weißt du, Em. Tu nicht so naiv«, fügt er hinzu. »Das steht dir genauso wenig wie diese Aufmachung.«

KAPITEL 6

Es hatte seine Vorteile, wenn Damien Stark einem etwas schuldig war, dachte Tony. Stretchlimos zum Beispiel.

Ein solches Gefährt hatte er nicht erwartet. Tatsächlich hatte er vorgehabt, erst Emma abzuholen und dann seinen eigenen Wagen einfach am Flughafen stehen zu lassen. Aber nachdem er Stark gestern Abend angerufen hatte, um ihm mitzuteilen, dass er sich mit Emma einig geworden war, hatte ihm der Mann seinen Privatchauffeur und seine Limousine für die Fahrt zum und vom Flughafen zur Verfügung gestellt. Und das wollte Tony sich nun wirklich nicht entgehen lassen.

Jetzt befand er sich wieder an Emmas Haus. Er hatte zwar vorgehabt, sie an der Tür abzuholen – wie bei einem normalen Date oder so, aber sie hatte den Bungalow schon verlassen und war ihm auf dem Gehweg entgegengekommen, noch bevor er selbst oder Edward, der Fahrer, überhaupt Zeit hatten, aus der Limo auszusteigen.

Sie war wie für einen Strandurlaub gekleidet: perlenbesetzte Sandalen, ein kurzer Jeansrock, der bis zur Mitte der Oberschenkel reichte, ein T-Shirt, das einen Streifen ihres ausgemacht muskulösen Bauches enthüllte. Es war mit einem aufgedruckten Cupcake und der Aufschrift *Eat Me* verziert. Er lächelte und fragte sich, ob sie dieses Shirt seinetwegen angezogen hatte.

Ihr Haar war jetzt dunkelbraun, und obwohl er das leuchtende Rot, das er für ihre Naturfarbe hielt, bevorzugte, konnte er ihr keinen Vorwurf daraus machen, dass sie ihr Erscheinungsbild ein wenig verändert hatte.

Sie hielt eine Reisetasche in der Hand, und Edward, der eilig den Wagen umrundet hatte, öffnete Emma die Tür und nahm sie ihr ab.

»Danke.« Sie zog den Kopf ein und schlüpfte hinein. Tony rutschte zur anderen Seite, um ihr auf der Bank Platz zu machen. Sie zog ein amüsiertes Gesicht, und er achtete peinlich genau darauf, todernst dreinzublicken, als sei das hier vollkommen normal für ihn.

»Wünscht einer von Ihnen einen Mimosa?«, fragte Edward.

»Warum nicht?«, antwortete Emma. »Es wird Stunden dauern, bis wir am Resort ankommen, und ich werde im Flugzeug ein Nickerchen machen. Wir landen am frühen Abend, stimmt's?«

Er nickte.

»Dann sollten wir ausgeruht sein. Ich habe so das Gefühl, dass dort ein reges Nachtleben auf uns wartet.«

Davon war auszugehen. Genau genommen war unter diesen Umständen ein Cocktail gar keine schlechte Idee.

Ein paar Sekunden später goss Edward ihnen zwei Gläser ein und verstaute den Krug in einem Behältnis, das in die Konsole hinter ihnen eingelassen war.

»Ihre Idee?«, erkundigte sich Emma, als sie wieder allein waren.

Beinahe hätte er behauptet, dass sie tatsächlich von ihm stammte, aber dann schüttelte er doch den Kopf. Nein. Im Gegensatz zu den meisten seiner Freunde schwamm Tony nicht im Geld. Das Anwesen seines Vaters – oder genauer, das Anwesen, das sein Vater seiner Mutter gestohlen hatte – war einer Stiftung zugefallen, nicht Tony. Und das Haus, das ihm sein Onkel in L.A. hinterlassen hatte, war mit einer Hypothek belastet und äußerst reparaturbedürftig.

Während seiner Jahre bei Deliverance hatte er gutes Geld verdient, hatte aber das meiste davon in seine Suche nach The Serpent investiert. Im Gegensatz zu dem, was Filme einem weiszumachen versuchten, war das Vendetta-Geschäft nicht allzu lukrativ. Und seit es mit Deliverance vorbei war, hatte er seine Suche durch Gelegenheitsjobs finanziert.

Mit etwas Glück näherte er sich nun dem Ende seiner unglaublichen Reise.

»Lassen Sie mich raten«, sagte sie. »Die Limo ist auf Starks Mist gewachsen.«

»Ist wahrscheinlich ein Friedensangebot an Sie.«

»Ach ja? Na ja, vielleicht habe ich ja etwas überreagiert.« Ihre Augen blitzten mutwillig. »Nicht, dass ich die Limo deshalb ablehnen würde.«

»Gut. Dann können wir wenigstens angemessen reisen.«

»Stimmt.« Sie hielt ihr Glas in die Höhe, und er stieß mit ihr an. Dann trank sie einen großen Schluck und machte es sich auf dem Sitz bequem.

Er beobachtete sie, genoss das Vergnügen, mit dem sie sich in die weichen Ledersitze sinken ließ. Doch kurz darauf verblasste ihr Lächeln auch schon, und sie sah ihn an. »Also, zwischen uns ist alles in Ordnung, ja? Sie sind nicht unsicher, wo sie stehen, ich muss mich nicht für irgendwas entschuldigen, und Sie haben keinen akuten Anfall von Kavaliersschmerzen?«

Er sah sie mit ausdrucksloser Miene an und streckte den Arm nach hinten aus, um die Trennscheibe hochzufahren. »Wovon reden Sie überhaupt?«

Sie sah nach vorn, dann deutete sie mit einem Kopfnicken auf die Scheibe. »Sie wissen sehr genau, wovon ich rede. Gestern Abend haben Sie erwartet, dass wir miteinander ins Bett gehen, und ich habe Sie mit eingezogenem Schwanz nach Hause geschickt.«

Er nippte an seinem Mimosa und überlegte sich seine Antwort genau. »Zuerst einmal habe ich den Schwanz nicht eingezogen. Zum zweiten, ja, in Anbetracht unseres Reiseziels und der Tatsache, dass unser Spiel echt wirken sollte, waren meine Erwartungen wohl kaum unvernünftig. Und ...«, fügte er hinzu und zupfte an dem Shirt mit der *Eat-Me*-Botschaft, »... Sie selbst sind offensichtlich der gleichen Meinung.«

»Stimmt schon. Wir könnten sicher einen Mordsspaß

miteinander haben. Das ist doch ein absoluter Pluspunkt bei dieser Mission, finden Sie nicht auch? Zumindest müssen wir die Zeit dann nicht mit Quartettspielen totschlagen.«

»Kommt drauf an, was für Spiele es sonst noch gibt«, sagte er mit einer Spur Sarkasmus in der Stimme.

Wie erhofft, lachte sie. »Ja, na ja, jedenfalls tut es mir leid. Gestern ist noch was passiert, worum ich mich kümmern musste. Daher der Rausschmiss.«

»Sie haben gar keinen Anruf bekommen. Eine Textnachricht?« Er hatte es nicht bemerkt, aber er war in ihrer Gegenwart auch ziemlich entspannt gewesen. Gar nicht so wachsam wie sonst, und das, obwohl er sie noch gar nicht so gut kannte. Es war durchaus möglich, dass ihm ihr Blick aufs Handy entgangen war.

»Ja«, antwortete sie. Wahrscheinlich war er paranoid, aber trotzdem hatte er dieses seltsame Gefühl, dass sie log.

»Und was ist passiert?«

Sie fuhr sich mit den Fingern durchs Haar, hob es hoch und ließ es wieder auf die Schultern herabfallen. Eigentlich hätte ihn das nicht so sehr anmachen sollen, aber verdammt, die Geste war ganz schön sexy. »Sie wollen sich bestimmt nicht mit meinem Mist belasten«, sagte sie.

»Wenn wir zusammenarbeiten, ist das wohl unvermeidlich. Aber wenn Sie lieber über Politik und Religion reden wollen, lassen Sie sich nicht aufhalten.«

»Witzig.«

»Nicht wirklich, aber was anderes ist mir auf die Schnelle nicht eingefallen.«

»Na ja, wenn es Ihnen so wichtig ist …« Sie verlagerte sich auf der Bank, bis sie ihn besser ansehen konnte, dann griff sie hinter sich, um ihr Mimosaglas zur Hand zu nehmen, das sie zuvor im Halter an der Tür verstaut hatte. »Ich hatte gestern Abend eine Meinungsverschiedenheit mit einem früheren Partner. Ich habe ein paar neue Informationen erhalten und wollte mich darum kümmern. Aber er sagt, ich solle die Sache auf sich beruhen lassen.«

Sie trank das Glas aus, dann streckte sie es ihm entgegen, um sich nachschenken zu lassen.

»Mehr steckt nicht dahinter«, fügte sie hinzu. »Sorry, dass ich Sie gestern aus so einem nichtigen Grund hinausgeworfen habe. Und sorry auch, dass ich deshalb heute deprimiert bin. Sie sollten sich nicht auf die Zusammenarbeit mit einer emotionalen Amateurin einlassen.«

»Also handelt es sich um Informationen zu einem Cold Case?«

»Etwas in der Art.«

»Und er wollte daraufhin keine Maßnahmen ergreifen?«

Sie wiegte den Kopf vor und zurück und runzelte die Stirn, als dächte sie darüber nach. »Ja. Ich glaube, so kann man es formulieren.«

»Hmm.«

Sie musterte ihn skeptisch. »Was genau meinen Sie mit *Hmm.*«

»Ich bin erstaunt, dass jemand einen Fall einfach so ruhen lässt, ob nun kalt oder nicht. Das habe ich weiß Gott noch nie fertiggebracht.«

»Genau.« Sie beugte sich vor und legte ihm die Hand auf den Schenkel, während sie ihm einen anerkennenden Blick zuwarf. »Das war auch mein Einwand. Er glaubt, wir müssten den Fall ad acta legen. Ich aber bin dafür, ihn weiterzuverfolgen.«

»Ganz meine Meinung.«

Sie lehnte sich ein wenig zurück, ließ aber die Hand auf seinem Schenkel liegen. Sie war warm, und er war sich der Verbindung zwischen ihnen überaus bewusst. Hände. Augen. Und noch etwas. Etwas nicht Greifbares.

Er hatte das Gefühl, dass sie einen Entschluss fasste, aber dann sagte sie nur: »Wir sind einander in vielen Punkten ähnlich. Sie jagen seit Ewigkeiten The Serpent hinterher. Ich bearbeite diesen Fall gefühlt auch schon mein ganzes Leben.«

»Es ist etwas Persönliches.« Das war keine Frage.

Sie nickte. »Wie ich schon sagte – wir sind einander sehr ähnlich.«

Einen Augenblick lang blieb sie so sitzen. Ihre Berührung war sanft, ihr Blick undurchsichtig, und er stellte sich vor, was man alles in einer Limo anstellen konnte. Fantasien ohne schlechtes Gewissen. Immerhin würde er einiges davon schon bald ohnehin auf der Insel tun müssen.

»Emma …«

»Bin ich Ihre Freundin? Oder Ihre Hure?«

»Wie bitte?« Sie sah ihm immer noch ins Gesicht, beugte sich immer noch vor, und er war so benebelt, dass er die Frage tatsächlich nicht verstand. »Wovon reden Sie überhaupt?«

Sie lehnte sich zurück, unterbrach den Körperkontakt. Er holte Luft und spürte, wie sein Gehirn wieder mit Sauerstoff versorgt wurde.

»Auf der Insel. Sind wir ein Paar, das im Debauchery Resort Urlaub macht? Oder sind Sie einfach nur ein Kerl, der einen draufmachen will und eine Frau für die Begleitung bezahlt?«

»Spielt das eine Rolle?«

»Könnte schon sein«, antwortete sie. »Zumindest müssen wir unsere Geschichte aufeinander abstimmen.«

»Na gut. Sie entscheiden.«

Sie grinste. »Ach ja? In diesem Fall bezahlen Sie mir fünftausend am Tag, damit ich Sie begleite.«

»Schön zu wissen, dass ich so viel Geld habe. Warum wollen Sie denn nicht meine hingebungsvolle Freundin sein?« Er konnte sich durchaus vorstellen, warum – nun, da sie die Frage gestellt hatte, hätte er sich womöglich ebenfalls für die professionelle Escort-Lady-Variante entschieden. Aber es würde interessant sein, zu erfahren, ob ihre Überlegungen in die gleiche Richtung gingen.

»Zuerst einmal kennen wir einander nicht allzu gut.

In jedem anderen Ferienresort könnten wir mit einer erfundenen Backgroundstory vielleicht durchkommen. Aber an diesem Ort geht es womöglich seltsam intim zu. Da empfiehlt es sich, sich näher an der Wahrheit zu bewegen.«

»Und die Wahrheit ist, dass wir einander kaum kennen.«

»Genau.« Sie trank ihren Mimosa in zwei großen Zügen aus, dann streckte sie ihn ihm erneut entgegen. Auch er leerte sein Glas. Ein wenig schwirrte ihm der Kopf – er hatte sich heute Morgen keine Zeit zum Frühstücken genommen –, aber nach ein paar Stunden Schlaf im Flugzeug war er sicher wieder topfit.

»Reden Sie weiter.«

»Auch wenn es an Orten wie diesen drunter und drüber geht, können Sie sich eher mit einer anderen Frau zurückziehen, wenn ich nicht als Ihre Freundin oder Ehefrau gelte. Und das müssen Sie vielleicht mit The-Asst tun.«

»Das hab ich mir auch schon gedacht.« Obwohl er hoffte, dass es nicht so weit kam. Er würde alles tun, was notwendig war, damit die Mission ein Erfolg wurde. Aber die einzige Frau, mit der er das Resort genießen wollte, war Emma.

Das war eine interessante Erkenntnis. Tatsächlich konnte Tony sich nicht daran erinnern, wann er eine Frau das letzte Mal so anziehend gefunden hatte. Ja, hier und da war die ein oder andere in seinem Bett gelandet. Aber Emma war die erste, die er nicht nur aus Lust oder

Langeweile aktiv begehrte. Natürlich war durchaus auch Lust im Spiel. Aber vornehmlich war es Faszination. Schon als sie an Quinces Seite den Tennisplatz überquert hatte, hatte sie seine Aufmerksamkeit erregt. Und seit sie Damien Stark die Meinung gegeigt hatte, ging sie ihm gar nicht mehr aus dem Kopf.

Sie hatte etwas an sich. Leuchtkraft. Kompetenz. Er wollte sie berühren. Halten. Besitzen. Also ja. Er wollte mit ihr schlafen.

Er hatte sich der Illusion hingegeben, dass sie ihn ebenfalls begehrte. Aber als sie nun die Möglichkeit erwähnte, dass er sich mit seiner Kontaktperson einlassen und sie allein lassen sollte, fragte er sich, ob er ihre Signale vielleicht doch falsch gedeutet hatte.

»Hoffen Sie das?« Kaum war ihm die Frage herausgerutscht, hätte er sich am liebsten auf die Zunge gebissen. Er klang wie ein bedürftiger Teenager, wofür er nur den Alkohol und seine Libido verantwortlich machen konnte.

»Was? Dass Sie mich in einem gemütlichen Klubsessel in der Sonne zurücklassen, während Sie dieser Informantin sämtliche Geheimnisse aus dem Leib vögeln? Nein, Tony, das wünsche ich mir nicht.«

Er bemerkte, dass sie ihn bei seinem Spitznamen nannte, korrigierte sie aber nicht. Der Klang seines Namens aus ihrem Mund gefiel ihm. Ebenso wie die Antwort.

»Ach nein?«

»Nein«, sagte sie. Dann glitt sie von der Bank herunter und kniete vor ihm nieder, die Hände auf seinen Knien.

Er versuchte, nicht zu reagieren, war aber sicher, dass sie die Wölbung unter seiner Jeans sehen konnte. »Was wollen Sie dann?«

»Das ist nicht die Frage«, antwortete sie mit leiser, sinnlicher Stimme, während ihre Hände an seinem Schenkel hinaufglitten. »Vielmehr sollten Sie mich fragen, ob ich noch mehr Gründe habe, lieber als bezahlte Escortdame zu fungieren, statt als Ihre Freundin aufzutreten.«

»Na gut. Gibt es die?«

Sie zwang seine Beine auseinander und glitt zwischen seine Knie. Dann richtete sie sich auf, um sich vorzubeugen und ihm etwas ins Ohr flüstern zu können. Dabei streiften die Fingerspitzen ihrer rechten Hand ganz leicht seinen Schwanz. Mit übermenschlicher Kraftanstrengung unterdrückte er ein Stöhnen.

»Einen weiteren Grund gibt es noch«, flüsterte sie. »Wenn du für mich bezahlst, kannst du alles von mir verlangen, was du willst. Und diese Fiktion müssen wir aufrechterhalten. Also benutze mich, wie immer du willst. Sanft, hart, versaut, schmutzig. Es liegt ganz bei dir. Du hast die Kontrolle.«

Er schluckte. »Tatsächlich?«

»Mmmh-hmm.«

»Und so willst du dieses Spiel spielen?«

»Ja.«

Die Antwort überraschte ihn. Seinen ersten Eindrücken zufolge hätte er sie nicht für fügsam gehalten. Andererseits, was sagte das schon aus? Man kannte einen Menschen erst dann ganz, wenn man ihn nackt gesehen hatte. »Warum?«

Sie setzte sich auf die Fersen, und ihr Gesichtsausdruck war nun nicht mehr sinnlich, sondern geschäftsmäßig. »Abgesehen von der schlichten Tatsache, dass es zu unseren Rollen passt?«

»Ja, abgesehen davon.«

Sie grinste rätselhaft. »Ich habe meine Gründe. Aber keine Sorge. Ich kriege das hin. Ich habe einen nicht unbeträchtlichen Teil meines Lebens damit verbracht, Nutte zu spielen. Habe mir damit sogar eine Weile meinen Lebensunterhalt verdient.«

Er musterte sie scharf und kam zu dem Schluss, dass sie die Wahrheit sagte. Und irgendetwas sagte ihm, dass sie nicht nur zur Tarnung auf den Strich gegangen war.

»Oder hast du was dagegen?« Sie lehnte sich zurück, und er fragte sich, was sie in seiner Miene las. »Wenn es dir lieber ist, kann ich auch deine unschuldige Freundin spielen. Die du auf die Insel gebracht hast, um zu sehen, ob sie auch eine wilde Seite in sich trägt.«

Er schüttelte den Kopf. »Nein. Nein, der Plan ist gut. Richtig. Keine Einwände.« Diese Tarnung war am sinnvollsten. Doch gleichzeitig beschlich ihn das Gefühl, dass es ihr um mehr ging als nur um Sex. Dass diese Unterhaltung ihre gesamte Partnerschaft bei dieser Mission beeinflussen würde. Und doch konnte er nicht abstreiten, dass die Vorstellung, über diese starke, schöne Frau zu gebieten, berauschend war. Und wie sie schon gesagt hatte: Für ihr Vorhaben war dieses Vorgehen am sinnvollsten.

»Nein«, wiederholte er. »Absolut keine Einwände.«

KAPITEL 7

»Wir sind hocherfreut, Sie bei unseren Ausschweifungen im Debauchery Resort begrüßen zu dürfen!« Die hübsche Flugbegleiterin des Charterfluges, die etwa so adrett wie die Herausgeberin eines Highschool-Jahrbuches aussah und so gar nicht Tonys Erwartungen entsprach, stand nun, da sie ihre Reiseflughöhe erreicht hatten, ganz vorn im Flugzeugraum.

»Wir landen um etwa sechs Uhr Ortszeit auf der Insel, und Ihren Zimmerschlüssel werden Sie gegen sieben in Empfang nehmen können. Sie haben also noch genug Zeit zum Ausruhen und für einen Snack, und anschließend können Sie sich dem Abendvergnügen am Pool hingeben – oder es sich einfach auf Ihrem Zimmer bequem machen. Das ist das Schöne im Debauchery Resort – man macht sich seinen eigenen Vergnügungsplan. Und vergessen Sie nicht, dass Ihre Concierge stets zugegen ist, um Ihnen mit Rat und Tat zur Seite zu stehen.«

Neben ihm formte Emma *Vergnügungsplan* mit den Lippen und zwinkerte. Er grinste ebenfalls. Sie befanden sich auf einer richtigen, einer ernsthaften Mission. Trotzdem würden sie offenbar auch ihren Spaß haben.

Die Flugbegleiterin ging zu einer Konsole hinüber und dimmte die Lichter. Es war noch nicht Mittag, aber sie waren auf dem Weg zu einer Sexinsel und hatten noch viele Stunden Flug vor sich. Die Auswahl der Filme, die man sich auf den in die Sitze eingelassenen Monitoren ansehen konnte, umfasste ausschließlich Pornos, angefangen von soft und sexy bis hin zu Hardcore. Und ein Bildschirm im Vorderbereich des Flugzeugs zeigte ein stummes Video von dem Resort selbst. Paare und nackte Menschen in Whirlpools. Spärlich bekleidete Frauen, die sich auf Liegen ergingen. Paare, die private Cabanas am Rand des Pools betraten – und wieder andere, die auf den Liegen von den Ausmaßen eines Doppelbettes lagen. Der Film zeigte Szenen in Nachtclubs. Tanzen. Fummeln. Alles sehr intim. Sehr aufreizend.

Tony wusste aus der Werbebroschüre, dass es auf der Insel auch Hardcore-Zonen gab, die vornehmlich von den Stammgästen oder sehr ambitionierten Neulingen genutzt wurden. Orgienzimmer und BDSM-Dungeons. Doch davon sah man in dem Video nichts. Alles war schwül, sinnlich und heiß, wahrscheinlich um die Nerven der Neuankömmlinge im Flieger zu beruhigen und sie in die richtige Stimmung zu versetzen, damit sie sich gleich nach der Landung den Feiernden anschlossen.

Er musste zugeben, dass es funktionierte. Er war jetzt schon ein wenig betrunken, außerdem ziemlich hart, und er bedauerte nicht im Geringsten, sich auf diese Mission eingelassen zu haben. Er verlagerte sich ein wenig und warf einen Blick auf Emma. Ihre Plätze waren ganz normale Airline-Sitze, aber die Armlehne dazwischen ließ sich nicht herunterklappen, sodass man sich fühlte wie auf einem winzigen Sofa. Vor etwa einer Viertelstunde hatten sie ihre Reiseflughöhe erreicht, und auf dem heruntergeklappten Tablett vor Emma standen ihre beiden Drinks. Wobei er eigentlich keinen weiteren nötig gehabt hätte. Sie hatten den gesamten Mimosa-Krug in der Limo geleert, und ihm war schon schummrig gewesen, als sie den Flugsteig entlanggegangen waren.

Dennoch hatte er den Champagner nicht abgelehnt, den die Flugbegleitung ihm angeboten hatte. Was hätte das auch für einen Sinn gehabt? Schließlich musste er sich ja nicht gleich ans Steuer setzen. Im Gegenteil: Er saß in einem Flugzeug mit fünfzehn anderen Paaren, von denen einige schon die Gurte gelöst hatten und – den intimen Geräuschen zufolge, die aus dem hinteren Bereich der Flugzeugkabine zu ihnen herüberwehten – bereits die Mitgliedschaft im Mile-High-Club beantragten.

Ja, es war schon gut, dass er sich noch einmal hatte nachschenken lassen.

Sein Blick fiel auf Emmas nackte Beine. Der Rock war im Sitzen sogar noch kürzer, etwas, das ihm schon in der Limo aufgefallen war, allerdings ohne dass er es sich zunutze gemacht hätte. Doch nun lag Sex in der Luft, und die Hemmungen wurden ebenso schwächer wie die Beleuchtung. Er wollte sie berühren. Nein, nicht wollte. Im Augenblick hatte er vielmehr das Gefühl, sie berühren zu *müssen*.

Er sagte sich, dass seine Lust vom Alkohol angeheizt wurde. Hinzu kam sicher das Bedürfnis, mit dem Körper dieser Frau vertraut zu erscheinen, wenn sie im Resort ankamen.

Das traf zwar beides zu, war aber jeweils nur die halbe Wahrheit. Emma faszinierte ihn. Aber darüber wollte er jetzt nicht nachdenken. Noch nicht.

Doch ihre Haut …

Die würde er nur allzu gern erkunden. Sie klappte die Broschüre zu und schloss die Augen. Dann streckte er die Hand aus und ließ eine Fingerspitze ganz sacht über die Haut direkt am Saum ihres Rockes entlanggleiten. Er wartete darauf, dass sie die Augen öffnete und ihn ansah, doch das tat sie nicht. Aber sie lächelte und stellte die bisher überkreuzten Beine nebeneinander, sodass ihre Schenkel gespreizt waren.

Hitze durchflutete ihn, und er ließ die Hand weiter hinaufgleiten, schob dabei den Rock in die Höhe, bis er ihren mit einem blassrosa Höschen verhüllten Schritt sehen konnte. »Zieh es aus«, flüsterte er.

Sie öffnete die Augen nur einen winzigen Spalt. »Wenn du willst, dass ich es ausziehe, musst du selbst dafür sorgen.«

Er zog eine Augenbraue hoch. »Ungehorsam? Bei dem Preis, den ich für dich bezahle, erwarte ich absoluten Gehorsam.«

Einen Augenblick lang starrte sie ihn nur an, dann zog sie ganz langsam die Zähne über die Unterlippe.

»Natürlich, Sir«, antwortete sie mit jener Art von Stimme, die einen Mann hart machte. Es wirkte. Und interessanterweise bemerkte er auch, dass ihre mittlerweile harten Nippel sich gegen ihr Cupcake-T-Shirt drängten.

Sie hob den Hintern ein paar Zentimeter an, schob den Rock hoch, um das winzige Seidenhöschen vollends zu enthüllen. Ihm stockte der Atem, und er spürte, wie sein Herz plötzlich unregelmäßig schlug, während ihre sonst so kühlen Augen ihn mit ungewöhnlicher Hitze ansahen.

Dann wackelte sie bedächtig mit den Hüften und schob das Höschen nach unten, sodass er ihre blasse Haut und ihre Pussy sehen konnte, die abgesehen von einem schmalen Landungssteg ganz glatt war. Sie wölbte eine Braue, dann reichte sie ihm das Höschen. Die Seide war noch warm von ihrem Körper, und er zerknüllte den Stoff in der Hand, hob ihn an die Nase und atmete den Duft ihrer Erregung ein. »Du bist angetörnt.«

»Was dagegen?«

»Keineswegs«, bekannte er. »Aber was mach ich jetzt mit dir?«

Sie legte den Kopf auf die Seite, dann spreizte sie die Beine noch weiter. »Ich bin sicher, Ihnen wird etwas einfallen, Sir.«

Oh, holy fuck. Offiziell galt er vielleicht als derjenige, der sie bezahlte und sagte, wo es langging, aber Emma wickelte ihn – und seinen Schwanz – jetzt schon um den kleinen Finger.

»Trägst du einen BH?« Er sah, dass sie keinen trug, aber er wollte, dass sie es aussprach.

»Nein.«

»War mir klar. Deine Nippel sind ganz hart. Ich sehe sie durch das Shirt hindurch. Stimmt die Aufschrift? Willst du, dass ich dich verschlinge?«

Sie stöhnte leise. »Ich glaube, damit könnte ich leben.«

»Sei brav, und wir werden sehen.« Er ließ die Fingerspitze an der Innenseite ihres Oberschenkels hinauf- und wieder hinabgleiten, wobei er ihrer Pussy nie näher als drei Fingerbreit kam. Er beobachtete sie in der schummrigen Beleuchtung. Sah, wie ihr Körper reagierte. Wusste, dass sie feuchter wurde, heißer.

Langsam ließ er die Fingerspitze über die Falte zwischen ihrem Schenkel und ihrem Oberkörper wandern. Mit der anderen Hand streichelte er seinen Schwanz, der unter seiner Jeans ganz hart geworden war. Sie biss sich auf die Lippen und gab ein leises Wimmern von sich, wie er es von einer so hartgesottenen Frau nie erwartet hätte.

Der Gegensatz von außergewöhnlicher Geheimagentin und bedürftiger Frau weckte in ihm das Verlangen, so schnell wie möglich in sie einzudringen. Sie zu besitzen. Es wäre so leicht gewesen. Er musste sie nur auf seinen Schoß ziehen. Ihr in die Augen blicken, während sie ihn ritt.

Mein Gott, wie sehr er sich das wünschte. Aber noch nicht, sagte er sich. Noch war es zu früh.

Stattdessen wollte er, dass sie unter seinen Händen dahinschmolz. Er wollte sie bis an den Rand des Abgrunds führen.

Er wollte, dass sie ihn anbettelte, und das nicht nur, weil er wusste, dass gespannte Erwartung das Lusterlebnis für sie letztlich umso intensiver machen würde, sondern auch, weil er sich nach dem befriedigenden Wissen sehnte, es einfach zu können. Sie würde sich ganz und gar seinen Händen überlassen. Und er beabsichtigte, ihr mehr als deutlich zu machen, dass sie damit die absolut richtige Entscheidung getroffen hatte.

»Schiebe deine Hände unter dein Shirt«, befahl er. »Schließ die Augen und spiel mit deinen Nippeln.«

»Tony …«

»Habe ich gesagt, dass du reden sollst?«

Sie zögerte, gehorchte dann aber. Ihr Kopf fiel in den Nacken, die Hände tauchten unter diesem albernen Cupcake ab. Und, o ja, sie schob die Beine noch weiter auseinander, ohne dass er sie dazu auffordern musste.

»Nun, das ist doch mal ein hübscher Anblick«, sagte er, saugte an seinem Finger, befeuchtete ihn, um sodann ganz sacht ihre Vulva zu liebkosen. Er streichelte zunächst ihre Schamlippen und lauschte, wie sie scharf die Luft einsog, als er sanft über die harte Knospe ihrer Klit strich. Sie war geschwollen und bereit, und er musste seine gesamte Willenskraft aufbringen, um nicht sämtliche, wenn auch vagen Pläne über Bord zu werfen und sie hier und jetzt und auf der Stelle zu ficken. Warum zum Teufel auch nicht? Alle anderen Fluggäste schienen es ebenfalls miteinander zu treiben.

Doch hier ging es nicht um sofortige Befriedigung. Es ging um …

Ehrlich gesagt hatte er keine Ahnung, worum es hier abgesehen von Lust sonst noch ging. Ihre Lust. Und seine. Denn zuzusehen, wie sie dahinschmolz, schenkte ihm eine Art der Befriedigung, die er schon seit Langem nicht mehr erlebt hatte. Wahrscheinlich, weil er niemals jemanden wirklich an sich herangelassen hatte. Sex diente ihm sonst vornehmlich dazu, nach einem anstrengenden Tag Dampf abzulassen.

Aber in diesem Augenblick ging es um sie. Darum, ihr Lust zu bereiten. Und das, offen gesagt, nur, weil er es wollte. Dass sie sich vor der Ankunft auf der Insel miteinander vertraut machen wollten, war nichts weiter als eine Ausrede.

Nein, er *wollte* das hier. Und die Tatsache, dass es ihr offensichtlich genauso ging, verfehlte seine Wirkung auf ihn nicht. Ein fremdartiges Gefühl, aber auch sehr, sehr befriedigend.

Sie seufzte leise neben ihm, als er ihre Vulva umfing, dann zwei Finger krümmte und in sie hineingleiten ließ. »Halt still«, befahl er, als sie seiner Hand entgegenwogte. »Das hier ist nur ein Vorgeschmack«, flüsterte er und zog die Finger wieder zurück, um sie über ihre Klit wandern zu lassen. Er sah, wie sie unter ihrem Shirt in ihre Nippel kniff, die Muskeln angespannt, den Mund geöffnet.

Er neckte sie noch ein wenig mehr, führte sie bis zum Abgrund, genoss die Macht, die er über sie hatte. Solch eine unglaubliche Frau, und doch schmolz sie unter seinen Händen dahin. Mein Gott, wie sehr ihm das gefiel! Zum Teufel, es gefiel ihm besser, als er je gedacht hätte.

Vor allem aber gefiel ihm das Wissen, dass er bei dieser Mission – seiner Mission – derjenige war, der die Verantwortung trug. Nicht nur für die Mission selbst. Sondern auch für sie.

Sie keuchte jetzt, stöhnte hin und wieder leise auf.

Er ließ die Finger wieder in sie hineingleiten, und spürte, wie ihn ihr Innerstes umfing. Doch um seiner Rolle treu zu bleiben, zog er sich anschließend komplett aus ihr zurück. »Gut gemacht«, sagte er. »Ich bekomme definitiv etwas geboten für mein Geld.«

Sie gab ein leises Wimmern von sich, dann öffnete sie die Augen, als er ihre Broschüre zur Hand nahm und sie durchzublättern begann. »Wir sollten uns womöglich noch mal näher mit den örtlichen Gegebenheiten auf der Insel befassen«, sagte er betont beiläufig.

Sie schluckte, die Hände noch immer unter ihrem Shirt.

»Hände runter«, befahl er und beobachtete befriedigt, wie sie zögernd gehorchte.

»Mistkerl«, sagte sie, allerdings ohne Feuer.

»Sir Mistkerl, heißt es«, korrigierte er sie.

Sie wandte den Kopf und musterte ihn, während sie sich den Rock nach unten zog, um sich zu bedecken. Auf das Unterhöschen musste sie allerdings auch weiterhin verzichten. »Ich weiß schon jetzt, dass ich unsere Mission sehr genießen werde. Aber eins will ich auf jeden Fall klarstellen.« Sie beugte sich vor und umfing seinen Schwanz, während sie ihm ins Ohr flüsterte. »In diesem Spiel kannst du nur gewinnen, wenn du dafür sorgst, dass ich komme.«

Er schüttelte den Kopf, schob sie sanft von sich und wandte sich demonstrativ wieder der Broschüre zu. »Im Gegenteil, Liebling. Ich gewinne, wenn ich dafür sorge, dass du mich darum anbettelst.«

KAPITEL 8

Durch meinen Job habe ich schon viel von der Welt gesehen. Atemberaubende Städte wie Paris, Sydney oder Moskau. Und gefährliche, beängstigende Orte wie unterirdische Tunnel, in denen unterjochte Frauen dazu gezwungen werden, nur mit Unterwäsche bekleidet für Kartelle Drogenpäckchen zu packen.

Ich habe mich als Revuegirl ausgegeben, um einen Mafiosi umzulegen, der die schlechte Angewohnheit hatte, hübsche Mädchen zu töten. Und ich arbeitete in einem Fall von Geldwäsche als Undercoveragentin auf einer Insel der Seychellen.

Mit anderen Worten, es gibt nicht mehr allzu viel, was mich noch überrascht. Aber noch nie überreichte man mir in einem Feriendomizil als Erstes eine Tasche mit Sexspielzeug statt eines Zimmerschlüssels.

Zur Ehrenrettung des Debauchery muss man sagen, dass das Spielzeug qualitativ sehr hochwertig ist. Außerdem befinden sich Sonnenöl, Souvenirhandtücher für sie und ihn, ein paar Kartenspiele mit erotischen Themen, Päckchen mit Snacks und Knabbereien, ein Atemerfrischungsspray und Kondome in der Tasche.

Die Goody-Bag enthält zudem Weingläser aus Plastik mit dem Logo des Resorts, die sich perfekt für den Poolrand eignen. Dort gibt es Bars mit Bier, Wein, Sangria und härteren Getränken, falls uns der Sinn danach steht.

»Die Mahlzeiten können Sie auf Ihrem Zimmer oder im Restaurant einnehmen, und am Pool selbst gibt es stets einen Vorrat an frischem Obst und eisgekühlten Meeresfrüchten.« Mindy, unsere persönliche Concierge und Betreuerin, lächelt uns an. Sie sieht nicht nur aus wie eine Mindy, sondern passt mit ihrer kessen Art und dem ebenso kessen Körper hervorragend in dieses üppige Resort, das dem wild-lebendigen Grün dieser Insel direkt zu entspringen scheint.

Auf der Shuttlefahrt zu unserem Hotel erfahren wir, dass es keine Ureinwohner auf dieser Insel gibt, aber ich kann mir kaum vorstellen, dass Mindy, die Concierge, jemals woanders gelebt hat. Wahrscheinlich ist sie wie Aphrodite dem Meer entstiegen, in ihrem Bikini-Top und dem um die Hüften gebundenen Sarong, unter dem sie splitterfasernackt ist.

Passend zum Gesamtthema, wie ich annehme.

Aber ich bin weit davon entfernt, mich zu beklagen. Antonio zufolge soll seine Kontaktperson sich erst übermorgen bei ihm melden. Wir werden also womöglich mehr als vierundzwanzig Stunden Zeit haben, um diesen Ort näher zu erkunden.

Bei einer normalen Mission würde ich mich über derlei Leerlaufzeiten ärgern. Aber jetzt?

Um die Wahrheit zu sagen: Ich könnte einen kleinen Urlaub gebrauchen. Und Sex. Ist schon eine Weile her. Außerdem müsste ich lügen, wenn ich nicht zugäbe – zumindest insgeheim –, dass die Vorstellung von Sex mit Tony nicht nur reizvoll ist, sondern dass ich mich geradezu danach verzehre. Mir gefiel, wie er mich auf dem Flug erregt hat. Die Art, wie er die Kontrolle übernahm. Und die Art, wie er mich dazu brachte, mehr zu wollen.

Im Augenblick wünsche ich mir nichts sehnlicher, als dass Mindy ihre aufmunternde Rede und die Besichtigungstour beendet. Sie hat uns bereits durch das Hauptgebäude geführt, hat uns den Eingang zum Dungeon gezeigt, ebenso wie die Tür zu dem Weg draußen, der zum Nachtclub führt, die Restaurants, die Bar im Innern und das Fitnesscenter.

Sämtliche Gästezimmer sind Cabanas, was für mehr Privatsphäre sorgt. Und für eine leisere Umgebung. Insbesondere, da man es an diesem Ort sicher mit jeder Menge Schreie, mit Stöhnen und dem lauten Knallen von Bettkopfteilen gegen die Wand zu tun hat.

Jetzt streben wir unserer Cabana entgegen, wobei Mindy uns durch eine der zahlreichen Outdoor-Erholungsflächen führt. Die Umgebung ist grün und einladend, Spas gesäumt von hohen und niedrigen Pflanzen, um je nach exhibitionistischer Neigung der Gäste im Wasser eben mehr oder weniger Privatsphäre zu bieten.

Als wir an einem dieser Spas vorüberkommen, das lediglich von niedrigen Büschen umgeben ist, greift Tony nach meiner Hand. Ich sehe ihn an, und er deutet mit dem Kinn auf das kleine, dampfende Wasserbecken. Ich spüre sofort, wie meine Brüste spannen, als ich eine vollkommen nackte, auf einer Steinmauer sitzende Frau dabei beobachte, wie sie sich voller Ekstase einem Mann entgegenbäumt. Er steht bis zur Taille im Wasser und hat den Kopf zwischen ihren Beinen vergraben. Ein weiterer Mann beugt sich über den ersten. Seine Hände sind im Wasser damit beschäftigt, den Schwanz des anderen Mannes zu streicheln.

Tony löst seinen Griff um meine Hand genug, um mir mit dem Finger über die Handfläche zu streichen, und vor lauter Vorfreude darauf, endlich mit ihm allein zu sein, bekomme ich beinahe weiche Knie.

»Am anderen Ende des Gebäudes befindet sich ein lagunenartiger Pool«, berichtet uns Mindy. »Und auf der Veranda wird abends getanzt, falls sie Outdoor-Veranstaltungen dem Nachtclub vorziehen. Im Nachtclub herrscht Kleiderpflicht, aber am Pool nie. Und falls Sie im Ozean baden wollen, führt dort rechts ein Pfad direkt an den Strand.«

Sie hält inne, erwartet wahrscheinlich, dass wir nicken und interessiert dreinblicken, was wir auch tun. Dann setzt sie erneut dieses Lächeln auf und geht redend weiter. »Tagsüber bieten wir eine Vielzahl von Kursen an – alles, angefangen von Yoga über Tauchen bis hin zum

Segeln. Nachts zünden wir im gesamten Umkreis des Areals die Fackeln an, und alles ist erlaubt. Handtücher können Sie sich im Gästeservice ausleihen. Und natürlich ist stets ein Mitarbeiter in der Nähe, um sie mit allem Gewünschten zu versorgen. Vom Kondom bis zum Cocktail, Sie müssen sich nur melden.«

Sie wirft uns ein strahlendes Lächeln zu, als hätte sie gerade den Werbeslogan der Insel heruntergeleiert. Und wahrscheinlich hat sie das auch.

»Lassen Sie mal sehen«, fährt sie fort, offensichtlich im Geiste eine Checkliste durchgehend. »Auf diesem Pfad zu Ihrer Rechten können Sie die gesamte Insel umrunden. Aber achten Sie darauf, nicht hinter die Absperrung zu geraten. Wir wollen Sie schließlich nicht im Dschungel verlieren.«

Pflichtschuldigst lachen wir über ihren kleinen Scherz, während sie mit einem Kopfnicken auf einen weniger urtümlichen Pfad deutet. »Hier geht es nach Wanton. In diesem Bereich des Resorts befindet sich Ihre Cabana. Ein wunderbarer Ort. Sehr abgeschieden.«

Wir wandern noch ein paar Meter weiter und kommen an einem Pool mit strandartigem, sandigem Eingangsbereich vorbei. Einige nackte Frauen nehmen ein Sonnenbad. Ein Blick auf Tony sagt mir, dass auch er es bemerkt hat. Ich spüre einen winzigen, verärgerten Stich, versichere mir aber sofort, dass es sich nicht um Eifersucht handeln kann.

»Halten sich die meisten Ihrer Gäste an die Begleitung,

mit der sie hergekommen sind?«, erkundigt sich Tony, und ich muss wieder gegen diesen Stich ankämpfen, obwohl ich doch weiß, dass er diese Frage nur stellt, um herauszubekommen, wie er seine Kontaktperson am besten findet.

»O nein. Im Debauchery hat jeder die Gelegenheit, jeden anderen bereitwilligen Gast auch auf intime Weise kennenzulernen.«

Ich schaue zu Tony auf und hoffe, dass mir die Lust deutlich ins Gesicht geschrieben steht. Er greift nach meiner Hand und drückt sie, was mir hilft, weiterhin eine überzeugende Show abzuziehen.

»Wir besuchen zum ersten Mal ein Resort wie dieses«, sagt er. »Wenn wir jemanden kennenlernen wollten, wie würden wir vorgehen? Gibt es Events? Irgendwelche organisierten Kennenlernveranstaltungen? Um ehrlich zu sein, wir sind beide ein wenig schüchtern. Die Vorstellung, irgendjemanden am Pool anzusprechen und ihn in unsere Cabana einzuladen, überfordert mich ein wenig.«

»Ich hoffe, Sie halten uns jetzt nicht für die totalen Amateure und Anfänger«, füge ich hinzu und versuche, albern und mädchenhaft zu kichern, bin aber nicht sicher, ob mir das wirklich gelingt.

Natürlich haben wir gar nicht vor, uns mit anderen Paaren einzulassen. Oder überhaupt mit irgendwem. Wir versuchen nur herauszufinden, wie man The-Asst am besten aufspürt. Denn bislang hat diese Frau uns keinerlei Hinweise gegeben, wie wir sie erkennen können.

Nach meinem Knapp-vorbei-ist-auch-daneben-beinahe-Orgasmus hatten Tony und ich im Flugzeug über eine Stunde über unser weiteres Vorgehen diskutiert.

»Du hast wirklich keinerlei Plan, wie du diese Frau finden willst?«, fragte ich, nachdem er mir detailliert geschildert hatte, wie The-Asst ihn in einem Forum des Darknet kontaktiert hatte.

»Nein.«

»Warum hat sie sich ausgerechnet Debauchery dafür ausgesucht?«

»Keine Ahnung. Sie hat den Zeitpunkt festgelegt. Danach habe ich nichts mehr von ihr gehört.« Er verzog das Gesicht. »Mehr ist nicht gelaufen.«

»Also keinerlei zuverlässige Informationen und kein klarer Plan, um deine Kontaktperson zu finden, und trotzdem bist du hier. Dir ist doch sicher klar, dass das auch eine Falle sein könnte, oder? Zum Teufel, es könnte sogar eine Falle sein, die gar nichts mit deiner persönlichen Vergangenheit zu tun hat. Bei Deliverance hast du dir doch sicher ebenfalls Feinde gemacht.«

Er warf mir einen *Was-du-nicht-sagst*-Blick zu. »Meinst du, daran hätte ich nicht auch schon gedacht? Ich hab dir doch gesagt, dass ich keine einfache Begleiterin brauche. Ich brauche eine Frau, die sich verteidigen kann. Mit Köpfchen und Können.« Sein Lächeln war so aufrichtig, dass es mich mitten ins Herz traf und mir bis in die Zehen fuhr. »Nur deshalb fiel meine Wahl auf dich.«

»Na ja, das zeigt mir zumindest, dass du über ein paar

gute Instinkte verfügst«, antwortete ich trocken. »Aber ehrlich gesagt gehst du ein verdammt hohes Risiko ein.« Das taten wir beide, aber diesen Hinweis verkniff ich mir dann doch.

»Dies ist die erste Spur, die ich seit einem Jahr überhaupt habe«, antwortete er. »Ich muss ihr einfach nachgehen.«

Ich nickte, gab aber keine Antwort. Was gab es noch zu sagen? Ich verstand ihn voll und ganz.

Und jetzt sind wir hier in diesem Paradies. Wir werden also herausfinden, ob diese Spur zu irgendeinem Ergebnis führt oder ob wir hinterher womöglich sogar ums Überleben kämpfen müssen. Beides ist absolut denkbar. Und auch deshalb finde ich Antonio Santos so faszinierend. Wie er sich trotz der mageren Informationen einfach ins Ungewisse stürzt.

Auch ich habe schon des Öfteren meinen Hals riskiert. Aber immer im Rahmen irgendeines Auftrags, bei dem es noch eine Fülle anderer Fakten gab, an die man sich halten konnte wie an eine Rettungsleine. Er aber steht buchstäblich vor dem Nichts – und soweit er weiß, gibt es auch keine Rettungsleine. Der Faktenpool ist leer. Das ist verdammt mutig. Und aufregend.

»Irgendetwas verschweigst du mir noch«, hatte ich kurz vor der Landung beharrlich behauptet. »Es gibt doch sicher noch einen anderen Grund, warum du hier bist. Einen weiteren Tagesordnungspunkt, den du abarbeiten willst.«

Er schüttelte den Kopf. »Im Gegenteil. Ich habe dir mehr erzählt als den meisten anderen Menschen.«

Eindringlich musterte ich sein Gesicht, ließ das, was er gesagt hatte, in Gedanken Revue passieren. Und als wir landeten, hatte ich mich durchgerungen, ihm zu glauben.

Weshalb das schlechte Gewissen an mir nagt. Schließlich habe *ich* ihm nicht die volle Wahrheit über mein Interesse an The Serpent erzählt. Andererseits, was hätte das schon für eine Bedeutung für ihn? Er will mich wegen meiner Fähigkeiten an seiner Seite haben. Er hat mich nie gefragt, ob ich eigene Absichten verfolge.

»Kari?«, fragt er, und ich bin so in Gedanken versunken, dass ich eine Sekunde brauche, um meinen falschen Namen zu erkennen. Er selbst hat seinen nicht geändert – das ist auch sinnvoll, damit seine Kontaktperson die Chance hat, ihn zu finden. Ich aber arbeite unabhängig, und so beschlossen wir, meine Anonymität zu wahren, für den Fall, dass jemand auf die Idee kommt, mich näher zu beleuchten.

»Erde an Kari.«

Jetzt zucke ich zusammen. Er deutet mit einem Kopfnicken auf Mindy, und das bringt mich in die Gegenwart zurück. Ich lächele entschuldigend. »Sorry. Ich habe gerade diesen wahnsinnig bunten Vogel gesehen, und anscheinend ist mein Geist mit ihm davongeflogen.« Ist nur eine kleine Notlüge. Eine kleine, rote Sommertangare sitzt in einem der Bäume zu meiner Linken. »Könnten Sie den letzten Satz noch mal wiederholen?«

»Ich sagte gerade, dass dies schließlich genau unsere Aufgabe ist«, zwitschert sie und scheint nicht im Mindesten ärgerlich auf mich zu sein. »Unsere Spiele und Events helfen unseren Gästen, sich gegenseitig kennenzulernen und miteinander einzulassen.«

»Irgendwelche Matching-Services?« Mit sinnlichem Lächeln greift Tony nach meiner Hand. »Wir wollen schließlich keine Zeit mit der Suche nach dem perfekten Begleiter oder der perfekten Begleiterin verlieren.«

»Sehr verständlich. Und ja, wir freuen uns, Ihnen weiterhelfen zu können, indem wir Ihnen Leute auf traditionellem Wege vorstellen. Haben Sie jemand Besonderen im Sinn? Ist Ihnen auf dem Weg hierher jemand aufgefallen?«

»Nein – noch nicht«, antworte ich. »Aber, nun ja, die meisten Leute hier sind Paare.«

»Wir würden gern eine alleinreisende Frau kennenlernen«, erläutert Tony. »Fällt Ihnen da vielleicht jemand ein?«

»Im Augenblick ist Claudia unser einziger Single. Sie ist seit Freitag hier und versteht sich hervorragend mit einem anderen Paar. Aber das bedeutet natürlich nicht, dass eine der anderen Frauen kein Interesse hätte. Und wenn Sie ein kleines Tauschgeschäft anbieten oder den momentanen Begleiter der betreffenden Person zusehen lassen …«

»Definitiv eine faszinierende Vorstellung«, sagt Tony. »Aber was ist mit den Gästen, die Sie noch erwarten?

Kommt nicht vielleicht in den nächsten Tagen noch eine Frau an, die allein unterwegs ist?«

»Was für eine gute Frage.« Mittlerweile sind wir an unserer Cabana angelangt, und Mindy bleibt vor der Tür stehen und starrt konzentriert auf ihr Tablet. »Anscheinend kommen morgen sogar drei alleinstehende Frauen an. Thea, Amy und Tracy Ann.«

»Nun, die würden wir morgen sehr gern kennenlernen«, teilt Tony ihr mit, drückt ihr einen Hundertdollarschein in die Hand und nimmt unsere Schlüssel entgegen. »Wir wären Ihnen sehr dankbar, wenn Sie sie uns vorstellen könnten.«

»Natürlich.« Mit einem Kopfnicken deutet sie auf die Tür. »Ich lasse Sie jetzt allein, damit Sie sich mit Ihrer Cabana vertraut machen können. Ihr Gepäck befindet sich bereits dort. Wenn Sie etwas brauchen, wählen Sie einfach die Null.«

Sie wackelt zum Abschied mit den Fingern, dann macht sie sich über den Pfad wieder auf den Rückweg.

Tony öffnet die Tür, tritt ein, nimmt meine Hand und zieht mich hinein. Ich stolpere, habe nicht erwartet, so schnell hineingezerrt zu werden. Mir entfährt ein Keuchen, als er nicht nur die Tür zuschlägt, sondern mich auch grob dagegen drängt.

Seine Hand gleitet zwischen meine Beine. Mein Höschen ist seit dem Flug immer noch in seinem Besitz, und so schmelze ich sofort dahin, als seine Finger meine nackte Scham finden. Seine Lippen bedecken die meinen, und ich öffne mich ihm, genieße die Art, wie seine Zunge meine liebkost.

Er löst sich von mir, meine Unterlippe zwischen den Zähnen. Ich schnappe nach Luft, bin erregter, als ich will, packe seinen Hintern und ziehe ihn wieder näher zu mir heran.

Seine Lippen beschreiben einen Pfad aus Küssen über meine Wange bis hin zu meinem Ohr. »Dieser Ort wird vermutlich überwacht. Kameras und Wanzen.«

Ich nicke. Der Gedanke ist mir auch schon gekommen. Soweit ich weiß, ist Debauchery so sauber, wie es bei einem Sexresort nur möglich ist. Das heißt aber noch lange nicht, dass sie ihre Kunden nicht aufnehmen und insgeheim hinterher erpressen. Oder ihnen vielleicht sogar anbieten, den Profit für ein Amateurporno als Nebeneinkommen mit ihnen zu teilen.

Ich vergrabe die Finger in seinem Haar und ziehe seinen Mund erneut zu mir herab. »Ich weiß«, raune ich. »Das hier ist nicht mein erstes Rodeo.« Ich lasse die Hand hinabwandern und umfange seinen Schwanz, der sich unter seiner Jeans hart wie Stahl anfühlt.

Er stöhnt und stürzt sich so wild auf meinen Mund, dass sein Kuss womöglich blaue Flecke hinterlassen wird. »Hast du überhaupt eine Vorstellung, wie sehr ich dich momentan begehre?« Seine Stimme klingt leise und direkt neben meinem Ohr. Seine Worte sind nur für mich bestimmt. »Wie sehr ich mir wünsche, dich zu ficken?«

»Doch, das weiß ich«, stöhne ich, und es ist mir egal, wie bedürftig ich dabei klinge.

»Du machst mich fertig«, sagt er. »Ich bin so froh, dass meine Wahl ausgerechnet auf dich fiel, aber gleichzeitig machst du mich fertig.«

»Geht mir genauso.« Mein Geständnis schockiert mich selbst. Nicht nur, weil es stimmt, sondern auch, weil ich es laut ausgesprochen habe.

Natürlich hat das nichts zu bedeuten. Schließlich strecke ich ihm jetzt nicht gleich die Hand entgegen und erwarte einen Goldring. Wir passen gut zusammen. Das ist alles. Und ich habe das Gefühl, dass wir das noch auf vielen weiteren Ebenen tun werden.

Ich wünschte, er würde sich beeilen. Mein Körper steht in Flammen, und ich weiß nicht genau, wie viel Vorspiel ich noch ertragen kann, bevor ich mich auf den Boden werfe und ihn anbettele. Ich will ihn in mir spüren. Ich will, dass er mich erst hart und schnell nimmt und dann langsam und sanft. Ich will ihn auch morgen noch in mir spüren. Ich will so wund sein, dass das Gehen schmerzt.

Und da ich wirklich nicht noch länger warten will, sage ich ihm das auch.

»Dann los«, sagt er, nimmt meine Hand und führt mich ins Bad. Er schaltet die Dusche ein, lässt das Wasser rauschen, checkt die Temperatur, zieht sich aus. Ich stehe nur reglos da und genieße den Augenblick.

Um seine Mundwinkel zuckt es. »Wartest du darauf, dass ich dich ausziehe?«

»Vielleicht«, antworte ich, knöpfe dann aber den Rock auf. Es gibt nicht viel, was ich ausziehen müsste. Da ich keinen BH trage, muss ich mich nur aus dem T-Shirt schälen. Mein Höschen hat er noch immer in der Tasche, also schüttele ich den Rock ab, und schon stehe ich nackt vor ihm.

Er zieht mich unter die begehbare Multijet-Massagedusche, umfängt meinen Hintern und zieht mich erneut an sich, um mich noch einmal innig zu küssen. Er ist steinhart, und sein Schwanz presst sich an meinen Bauch, als er mir ins Ohr flüstert. »Wenn sie uns filmen, kaufe ich eine Kopie.«

Ich lache und kreische auf, als er mich herumwirbelt. Ich stütze mich an den glatten Fliesen ab, während seine Hände meine Brüste umfassen, und seine Lippen meinen Nacken liebkosen. Ich spüre seine rauen Bartstoppeln an meiner Haut. Sein Schwanz drängt sich jetzt hart an mein Gesäß, und ich wimmere, als er eine Hand hinabwandern lässt, um meine Klit zu streicheln.

»Bitte«, bettele ich, ohne genau zu wissen, worum. »Berühre mich. Fick mich.«

»Bald«, versichert er, dreht mich erneut herum und drängt mich gegen die Fliesen. Er leckt und küsst meinen Körper, lässt seine Lippen hinabwandern, während das Wasser auf uns herabprasselt und uns wärmt.

Ich keuche auf, als er an meinem Nippel saugt und seine Finger im gleichen Rhythmus meine Klit streicheln. »Tony. Du hast gewonnen. Ich bettele. Nur bitte, bitte, fick mich jetzt.«

Er hält lang genug inne, um den Kopf nach oben zu wenden, und sein Blick ist so heiß, dass ich noch mehr dahinschmelze. »Glaub mir, Liebling«, sagt er. »Du hast noch nicht einmal angefangen zu betteln.«

KAPITEL 9

Ist das ein Versprechen oder eine Drohung?«, erkundigte sich Emma, und Tony wusste nicht, ob er lachen oder sie küssen sollte.

Er entschied sich fürs Küssen. Ein schneller sexy Kuss, der bald schon heiß und wild wurde. Jene Art von Kuss, die ihn bis ins Mark traf, seinen Schwanz hart machte und seine Haut brennen ließ. Ehrlich gesagt konnte er sich kaum daran erinnern, wann er das letzte Mal solchen Spaß beim Sex gehabt hatte. Er ließ die Hände über ihren seifenglatten Körper wandern, umfing ihre Brüste mit seinen Lippen und glitt dann wieder hinauf, um ihren gierigen Mund zu küssen. Er hatte sie wegen der Fachkenntnis, die sie im Laufe ihrer jahrelangen Tätigkeit als Undercoveragentin für Geheimdienste gesammelt hatte, dabei haben wollen. Aber nun entdeckte er zusätzlich ganz neue Seiten an ihr. Nie hätte er gedacht, dass sie auch beim Sex jegliche Erwartungen bei Weitem übertraf.

Tatsächlich war es schon lange her, dass er sich in Gesellschaft einer Frau derart wohlgefühlt hatte. Sie wünschte sich, dass er sie zum Betteln brachte? Nun ja, dieser Herausforderung war er auf jeden Fall gewachsen.

Er nahm die Handdusche vom Haken und spülte sie beide sanft ab. Dann ergriff er ihre Hand und zog sie aus der Dusche, legte ihr einen Finger auf die Lippen, als sie ihm eine Frage stellen wollte.

Die Handtücher des Resorts hingen auf einem Heizkörper, und er wickelte sie in eines hinein, bevor er sich selbst abtrocknete. Dann führte er sie aus dem Zimmer und zum Bett. Die Riemen hatte er schon beim Hereinkommen bemerkt. Nicht gerade die herkömmliche Hotelausstattung, aber das hier war ja weiß Gott auch kein herkömmliches Hotel.

»Auf den Bauch«, befahl er. »Arme auseinander.«

Sie zog eine Augenbraue hoch, gehorchte jedoch. Er wartete einen Moment und genoss den Anblick. Die Biegung ihres Rückgrats, die feste Wölbung ihres Hinterns. Die beiden Grübchen über ihren Pobacken. Ihre Beine waren lang, die Muskeln definiert, und er stellte sich vor, wie er tief in ihr versank, sie ihre Beine um ihn schlang und er in ihr explodierte.

Bald.

Doch vorläufig hatte er noch etwas anderes im Sinn.

Er begab sich zum Kopfteil des Bettes und zog die erste Fessel hervor. Er befestigte die gepolsterte Manschette an ihrem Handgelenk und zurrte sie fest genug, sodass sie die Hand nicht daraus befreien konnte. Dann wiederholte er das Ganze mit ihrem linken Handgelenk, während sie den Kopf wandte und ihn mit lustverhangenem Blick beobachtete.

Stumm sah er ihr in die Augen, dann setzte er sich auf die Bettkante und durchsuchte die Goody-Bag des Hotels, bis er eine Augenbinde gefunden hatte. Er sah Überraschung in ihrem Blick aufblitzen, aber sie protestierte nicht, als er ihr die schönen Augen damit verband. Doch als er weiter nach unten rückte, ihre Beine spreizte und ihre Fesseln festband, flüsterte sie doch: »Was hast du vor?«

»Ich dachte, du gehörst mir, und ich kann mit dir machen, was ich will. Bezahle ich dir nicht gutes Geld, damit du hier bei mir bist?«

Er wusste, dass sie grinste, auch ohne dass er es sah.

»Willst du irgendetwas davon nicht?«, hakte er nach, als sie schwieg.

»Nein.« Er glaubte, ein gewisses Zögern in ihrer Stimme gehört zu haben. »Ich will nur vorbereitet sein.«

Er befestigte die zweite Manschette an ihrem Fußgelenk und setzte sich dann neben sie. Sein Gewicht brachte dabei die Matratze zum Schwanken, und sie wandte ihm den Kopf zu, obwohl sie ihn nicht sehen konnte.

Er streckte die Hand aus und streichelte ihr feuchtes Haar. »Ich stehe nicht auf BDSM, wenn du das wissen willst. Du musst dich also nicht auf eine Peitsche oder einen Flogger und nicht einmal auf hartes Spanking einstellen.« Er beugte sich vor und liebkoste ihre Ohrmuschel mit der Zunge. »Hoffentlich bist du jetzt nicht enttäuscht. Und egal, was du dir erhofft hast, ich verspreche, dass du das, was ich mit dir vorhabe, genießen wirst. Und ja, du wirst mich anbetteln.«

Er streichelte ihr die Wange. Sie gab einen leisen Laut von sich, und er spürte, wie die Macht dieser Reaktion ihn durchflutete. Das Wissen, dass etwas anscheinend so Geringfügiges wie die Berührung von Haut an Haut ihr schon Lust bereiten konnte.

»Hast du eigentlich eine Ahnung, wie schön du bist? Dass deine Haut im Licht förmlich glüht? Weißt du das?«

Er erwartete, dass sie schüchtern reagierte, das Kompliment abwehrte wie die meisten anderen Frauen. Aber stattdessen flüsterte sie: »Durch dich fühle ich mich schön.« Und die Macht, die sie ihm mit diesen Worten verlieh, durchzuckte ihn wie ein Blitz, brachte sein Blut stärker in Wallung, als der innigste Kuss es vermocht hätte.

Er gab keine Antwort, aber er war sicher, dass seine Freude und seine Lust sich ihr allein durch seine Berührung übermittelten. Die sanfte Liebkosung seines Fingers an ihrer Ohrmuschel. Die Hitze seiner Handfläche, als er ihre Wange umfing. Der sanfte Druck seiner Fingerspitze auf ihrem Mund, wie er sie stumm drängte, die Lippen zu öffnen und ihm Einlass zu gewähren. Er ließ einen Finger zwischen ihre wunderschönen Lippen gleiten und hätte beinahe die Beherrschung verloren, als sie ihn einsog, mit so viel Druck, dass er das Gefühl hatte, sie habe eine direkte Leitung von seinem Zeigefinger zu seinem Schwanz gelegt.

Er schloss die Augen, verlor sich einen Augenblick lang in dieser Wahnsinnsempfindung aus Verlangen, die jedes

Atom seines Körpers lichterloh brennen ließ. Und dann, als er ihr seinen Finger entzog und sie ein protestierendes Stöhnen von sich gab, hatte er das Gefühl, von der wilden Lust in seinem Innern in Stücke gerissen so werden, so heiß und unerbittlich war sie.

Er wollte sie – das stand außer Frage. Aber er hatte seine Worte ernst gemeint. Hier ging es nur um sie. Mehr als das, es ging darum, sie zum Betteln zu bringen.

Mit sanften Fingern schob er ihr das Haar aus dem Gesicht und enthüllte den zarten Schwung ihres Halses. Sie war stark, das wusste er, aber nackt und gefesselt wie jetzt wirkte sie verdammt verletzlich. Geradezu zart und zerbrechlich. Sie war ihm komplett ausgeliefert, und wahrscheinlich gab es niemanden auf der Welt, der besser verstand als er, was das bedeutete.

Dieses Wissen machte ihn demütig und steigerte sein Verlangen umso mehr. Er wollte sie zum Abgrund führen, sie dort zum Taumeln bringen, bis sie seinen Namen schrie, wenn er sie endlich hinabstieß. Ihm wurde bewusst, dass genau diese Kontrolle ihn reizte. Nicht, weil er beweisen wollte, dass er stärker war als sie, sondern weil er wusste, wie stark *sie* war – und sich ihm dennoch so bereitwillig hingab.

Vor allem aber wollte er es langsam angehen lassen, sodass sich ihre Lust von einem feinen Nadelstich in etwas ganz und gar Gewaltiges verwandeln würde, dem sie sich einfach nicht entziehen konnte.

Langsam – unendlich langsam – ließ er die Fingerspitze

von ihrem Nacken an ihrem nackten Rückgrat hinabgleiten. Sie hatte einen wunderschönen Rücken. Ihre Haut war glatt, ihre Haltung gerade, und dann die sanfte Kuhle an ihrer Taille, die in die Wölbung ihres Hinterns überging.

Er wollte die Hände über diese weiche, schimmernde Haut gleiten lassen und sie nicht nur mit seiner Fingerspitze liebkosen. Diesem Drang gab er nach, als er die beiden Grübchen an ihrem Hintern erreichte. Zugegeben, dieser Anblick törnte ihn besonders an. Als Kind hatte er mal einen Bond-Film gesehen – er wusste heute nicht mehr, welcher es gewesen war –, aber das Bond-Girl hatte einen Bikini getragen, und danach hatte er wochenlang nur von diesen Grübchen geträumt.

Nun musste er sie schmecken, und so beugte er sich vor und ließ die Lippen und die Zunge sacht über beide Einbuchtungen gleiten, genoss die Art, wie sie sich unter ihm wand, während er sich an ihr labte.

Nach einer Weile trat er ans Fußende. Er kniete sich auf die Matratze und ließ die Hände an ihren Schenkeln hinaufgleiten, bis seine Daumen an ihrem Innersten angelangt waren. Sie war so feucht und stöhnte leise, während ihre Hüften sich unter seiner Hand regten. Aber sie bettelte nicht. Noch nicht.

Allerdings war er ja auch noch nicht mit ihr fertig.

Langsam strich er mit dem Daumen über ihre Öffnung, genoss ihre Feuchtigkeit und widerstand dem Drang, seine Finger tief in sie hineingleiten zu lassen. Zum Teufel, sie gleich von hinten zu nehmen. Aber hier ging es nicht um einen schnellen, harten Fick. Hier ging es darum, ihre Gefühle zu wecken. Sie an die Grenze sinnlicher Erfahrung zu führen und dann ihr Gesicht zu beobachten, wenn sie endlich die Kontrolle verlor und in seinen Armen zusammenbrach.

Anstatt sie also zu erfüllen, wie sie es sich offensichtlich wünschte, drang er nur mit der Spitze seines Daumens in sie ein. Gerade genug, um den empfindlichen Außenbereich ihrer Vagina zu reizen. Genug, damit sie ihm die Hüften entgegendrängte und leise stöhnte.

Aber sie bettelte immer noch nicht.

Sie würde es nicht tun, das wusste er. Sie würde es sich so lange verkneifen, wie sie konnte, und die Belohnung würde – für sie beide – umso süßer sein.

Er fuhr mit der erotischen Folter fort, ließ die Fingerspitze über ihre heiße Mitte wandern, glitt vor und zurück, seine Finger feucht von ihrer Essenz. Sein ganzer Körper stand in Flammen, und er glaubte, sich tagelang diesem genussvollen Anblick hingeben zu können, wie sie den Hintern bewegte und stöhnte.

Aber sie bettelte immer noch nicht.

Sie war so feucht, dass das Betttuch ganz nass war, und er wünschte sich so sehnlich, in ihr zu versinken – aber noch war es nicht so weit. Diese Befriedigung bekam er noch früh genug. In diesem Augenblick ging es nur darum, sie vorzubereiten. Eigentlich mehr als bereit zu machen. Und als er die Finger sacht von ihrer Mitte zur süßen Blüte ihres Hinterns gleiten ließ, wusste er, dass er sie immer weiter in den Himmel emporführte.

»Tony«, raunte sie, als er seinen feuchten Daumen an ihr Gesäß presste.

»Ist das okay? Willst du das, oder soll ich aufhören?«

»Nein, es ist okay. Es gefällt mir. Ich bettele nicht – dass es da kein Missverständnis gibt –, aber mir gefallen die Gefühle, die du in mir entfachst.«

Er konnte ihr Gesicht nicht sehen, hörte aber, wie sie lächelte. Aber auch das Verlangen in ihrer Stimme entging ihm nicht, und es machte ihn hart. Auch er wollte mehr. Er wollte tief in ihr sein. Aber er hatte ihr versprochen, sie dazu zu bringen, dass sie ihn anbettelte, und er würde definitiv keinen Rückzieher machen. Nicht einmal, wenn sie vorhatte, so lange auszuhalten, bis er derjenige war, der die Kontrolle verlor.

»Hinterhältig«, murmelte er. »Ja, genau das bist du.«

Sie lachte, und er wusste, dass er den Nagel auf den Kopf getroffen hatte. »Nichts hat sich geändert, Süße. Ich werde dafür sorgen, dass du mich anbettelst.«

Immer noch waren nur seine Fingerspitzen in ihrer Pussy. Gerade genug, um sie zu necken, während er an ihrem Bein entlangglitt und mit den Lippen ihre samtige Haut streifte, dann bewegte er sich langsam an ihrem Körper hinauf. Ausgestreckt und gefesselt lag sie da, sodass er ungehindert tun konnte, was er wollte. Und während er sich langsam seinen Weg bahnte, sie streichelte und küsste, begann sie, sich unter ihm zu winden. Ihre

Beine berührten sein Gesicht, ihr Körper regte sich unter seinen Liebesdiensten. Bis er endlich, ganz langsam, an ihrer feuchten Pussy anlangte.

Er zog seine Finger zurück, ersetzte sie durch seine Zunge. Er wusch sie, schwelgte in ihrem Geschmack, in ihrer Süße. Er konnte gar nicht genug von ihr bekommen und spürte, wie sein Schwanz sogar noch härter wurde, wie er sich verzweifelt nach eigenen himmlischen Freuden sehnte.

Er schob die Finger zwischen ihre Pussy und die Matratze, fand die geschwollene Knospe ihrer Klit und strich sacht darüber, während sie sich vor Lust aufbäumte. Er wollte ihr Gesicht sehen, also musste er sie umdrehen.

Ein Teil von ihm wünschte sich, dass sie weiter so dalag wie jetzt, auf dem Bauch und mit verbundenen Augen. Aber damit bestrafte er auch sich selbst. Er wollte ihr in die Augen sehen. Er wollte die wachsende Leidenschaft darin sehen.

Gedacht, getan. Also glitt er wieder auf ihrem Körper nach unten und löste langsam, sehr langsam, die Fesseln an ihren Knöcheln.

»Gibst du so schnell schon auf?«

Er lachte leise. »Willst du das denn?«

»Niemals«, sagte sie. »Ich will, dass du für immer weitermachst und dass du nie aufhörst, weil ich niemals zu betteln anfange.«

»Doch, das wirst du. Und weißt du auch, woher ich das weiß?«

»Woher?« Ihre Stimme klang atemlos, und er wusste, wie sehr sie sich wünschte, dass er sie wieder berührte.

»Weil ich dich kenne.«

Sie lachte. »Wirklich? So schnell?«

»Ja.« Er war sich sicher. Er kannte sie seit dem Augenblick, da er sie auf dem Tennisplatz erblickt hatte. Er kannte diese Frau. Aber zum Teufel, er wollte sie noch viel besser kennenlernen.

Im Augenblick jedoch wollte er nur eines: in ihr sein.

Er lockerte die Fesseln an ihren Handgelenken, um sie umdrehen zu können. Sobald sie jedoch auf dem Rücken gelandet war, zurrte er sie wieder fest, sodass sie mit gespreizten Beinen dalag, die Arme über dem Kopf gekreuzt. Gleichzeitig jedoch nahm er ihr die Augenbinde ab, denn er glaubte, es keinen Augenblick länger aushalten zu können, ohne ihre Augen, ihr Gesicht zu sehen.

»Und fesselst du jetzt auch wieder meine Füße?«

»Nein«, antwortete er. »Ich will deine Beine um meine Taille spüren, wenn ich dich ficke. Aber das werde ich erst tun, wenn …«

»Wenn ich bettele? Dann bekommst du doch blaue Eier«, neckte sie.

»Ein geringer Preis.«

Er stand vom Bett auf und blickte erneut in die Tasche mit dem Sexspielzeug, die das Resort zur Verfügung gestellt hatte. Er hatte bei der Übergabe durch Mindy nicht allzu gut darauf geachtet, aber eigentlich hatte er geglaubt – ja, da war es. Eine kleine Flasche mit erotischem Massageöl, das angenehm warm wurde, wenn man es in die Haut einmassierte.

Er holte das Fläschchen heraus, ebenso wie ein Kondom, denn ganz sicher würde er das bald brauchen. Dann stieg er wieder auf das Bett zwischen ihre noch immer gespreizten Beine. Er gab das Öl in seine Handflächen und strich dann sanft ihre Schenkel hinauf, wobei er kaum ihre Vagina streifte, bevor er den Bauch hinaufwanderte bis zu ihren Brüsten.

Sie bäumte sich ihm entgegen, als er sie massierte, ihren Nippeln dabei besondere Aufmerksamkeit schenkte in dem Wissen, dass das warm werdende Öl auf der empfindlichen Haut sie ganz wild machte. Anschließend konzentrierte er sich mit der einen Hand auf die eine Brust, während er mit den Lippen die Brustwarze der anderen umschloss, davon kostete, daran saugte und sie mit der Zunge liebkoste, bis sie sich unter ihm wand. Nachdem er sich zur Genüge an ihr gelabt hatte – würde es *wirklich jemals* genug sein? –, glitt er vom Bett und streifte das Handtuch ab.

Dann kehrte er zurück, beanspruchte ihren Mund mit seinen Lippen. Sein Schwanz lag genau vor ihrer Mitte, neckte sie, und sie wand sich erneut unter ihm, rieb sich an ihm, als wolle sie ihn in sich hineinziehen. Er verlagerte sich, schob sich ein Stückchen nach unten, um die Reibung, die sie spürte, ein wenig zu verringern

Wie erwartet, stieß sie ein enttäuschtes Wimmern aus.

»Du weißt, wie du mich zurückbekommst«, neckte er sie.

»Unfair.«

»Ich bin mir absolut sicher, dass hier im Bett alles vollkommen fair abläuft. Hast du einen besonderen Wunsch?«, fragte er unschuldig.

Sie ließ die Hüften kreisen. Ihr Körper bäumte sich ihm entgegen, ihre Schenkel umklammerten seine Hüften. Er gab ihr einen weiteren Kuss auf den Mund, zog sich dann zurück, wobei er heftig an ihrer Unterlippe sog, und beschrieb anschließend einen Pfad aus Küssen an ihrem Körper hinab, bis zu ihrer Klitoris. Er leckte und saugte daran, bis sie sich ihm entgegendrängte und die Beine noch fester um ihn schlang.

Als er aufhörte, ihre Klit mit seinem Mund zu liebkosen, krümmte sie sich unter ihm, als wolle sie ihn stumm anbetteln. Und ja, sie wimmerte.

»Schon gut«, sagte er. »Du weißt doch, wenn du das Spiel verlierst, gewinnen wir beide.«

»Mistkerl.«

Er lachte und blies dann sanft einen dünnen Luftstrom über ihre Vagina.

»Verdammt. *Bitte.*«

»Bettelst du mich etwa an?«

»Verdammt, Tony.«

»So hast du mich schon im Flugzeug genannt«, sagte er. »Ich wollte es dir da schon sagen. Nur meine engsten Freunde nennen mich Tony.«

»Oh.«

Er senkte die Stimme, sodass sie noch sinnlicher klang. »Und mir gefällt, wie du es sagst.«

Einen Augenblick lang sagte sie nichts mehr, doch dann: »Bitte. Tony, bitte, bitte fick mich.«

»Süße«, antwortete er. »Mit dem allergrößten Vergnügen.«

Er glitt an ihr empor; ihre beiden Körper waren glatt von dem Massageöl. Nun war sein Schwanz genau an ihrer Mitte, und er begehrte sie so sehr, dass es ihm beinahe den Verstand raubte. Gleichzeitig wollte er es in die Länge ziehen, ihre Lust steigern, aber er brachte es einfach nicht fertig, noch länger zu warten. Sie raubte ihm jegliche Selbstbeherrschung. Und Sekunden später war er tief in ihr.

Ihre Hüften bäumten sich auf, und ihre Beine umfingen ihn wie in einem Schraubstock, als könne sie ihn tief in ihr Innerstes ziehen, tief genug, um mit ihm eins zu werden. Er stieß in sie hinein und zog sich zurück, wieder und wieder. Sein gesamter Körper spannte sich an, während ein lodernder Feuerball in ihm die Explosion ankündigte. Sie riss an ihren Fesseln, schrie seinen Namen, und endlich, endlich, stürzte sie in den Abgrund. Ihre inneren Muskeln hielten ihn ganz fest und erschufen so seinen eigenen absolut monumentalen Supernova-Orgasmus.

Das Nächste, was er wahrnahm, war, dass er neben ihr lag, schwer atmete und sich nicht daran erinnern konnte, wann er jemals dermaßen befriedigt gewesen war.

»Binde mich los«, raunte sie, und irgendwie gelang es seinen Fingern und seinem Hirn, zusammenzuarbeiten, um dieser Bitte nachzukommen. Sie drehte sich zu ihm um, dann rollte sie sich neben ihm zusammen, die Augen geschlossen, und ließ die Finger über seine Brust gleiten. »Bei mir ist auf dieser Welt verdammt noch mal alles bestens.«

Er lachte, dann drückte er ihr einen Kuss auf den Scheitel. »Ich fühle mich geschmeichelt.«

Sie verlagerte sich so, dass sie den Kopf in den Nacken legen und ihm in die Augen sehen konnte. »Ich bewundere Männer, die ihre Versprechen halten. Und du bringst mich definitiv zum Betteln.«

»Und du hast mir absolut freie Hand gelassen«, gab er zurück. Nicht, dass er ihr die Wahl gelassen hatte, denn immerhin hatte er sie gefesselt, aber er wusste, dass es ihr gefallen hatte. »Es gibt noch etwas, was ich tun möchte«, verkündete er.

Sie zog interessiert eine Augenbraue hoch. »Schon so bald?«

Er lachte leise. »Ich will deinen Beweggrund erfahren.«

Kurz flackerte Verwirrung über ihr Gesicht, aber als es ihr dämmerte, nahm es einen harten Ausdruck an. »Beweggrund?«, fragte sie, obwohl er sicher war, dass sie ihn sehr gut verstanden hatte.

»Warum du die Gefügige gespielt hast«, flüsterte er, beugte sich über sie und flüsterte ihr die Worte direkt ins Ohr. »Die Frau, die ich bezahle, damit sie alles tut, was ich will. In der Limo sagtest du, dass du auch abseits der Tatsache, dass es für diese Mission sinnvoll ist, deine Gründe hast.«

Sie zog sich zurück, und einen Augenblick lang erwartete er, dass sie ihm keine Antwort geben würde. Dann hob sie eine Schulter und trug eine gleichgültige Miene zur Schau. »Man lernt einen Mann erst dann richtig kennen, wenn man ihm die volle Kontrolle überlässt.« Sie sah ihm geradewegs in die Augen, als fordere sie ihn zum Widerspruch auf. »Dann zeigt er seine wahre Gesinnung.«

Er zögerte, dann fragte er: »Wer hat dir wehgetan?«

Sie schluckte, dann stieß sie ihn von sich, sodass er wieder flach auf dem Rücken landete. Sie setzte sich rittlings auf ihn, und ihr Hintern erweckte seinen Schwanz erneut zum Leben. Langsam beugte sie sich vor, wie um ihn zu küssen, hielt ihm aber stattdessen die Lippen dicht ans Ohr. »Ich arbeite mit dir«, flüsterte sie. »Ich helfe dir. Ich ficke sogar mit dir. Aber ich lege mich nicht zu dir auf eine gottverdammte Therapeutencouch. Wenn du mir deine Probleme erzählen willst, gut. Dann höre ich zu. Aber erwarte nicht, dass ich dir ebenfalls etwas verrate. Das will und brauche ich nicht. Kapiert?«

Er umfing ihren Hintern und stellte fest, wie perfekt ihre Pobacken in seine Handflächen passten. Dann wandte er den Kopf und flüsterte ebenfalls. »Kapiert.«

Mit einer sanften Bewegung schob er sie von sich herunter und streckte dann den Arm aus, um Musik einzuschalten. Er hatte sein Handy ans Ladekabel angeschlossen, und nun verband er es mit dem Soundsystem im Zimmer und wählte eine Playlist von Nina Simone.

»Schön«, sagte sie.

»Ich habe es genossen, dich gefesselt vor mir zu sehen«, flüsterte er. »Ganz und gar mir ausgeliefert. Das gefiel mir, weil ich weiß, dass es deine Empfindungen steigert. Dich ganz und gar mit Lust erfüllt. Das ist der Grund, warum manche Leute auf BDSM stehen«, fuhr er fort, obwohl sie gar nicht danach gefragt hatte. »Das kann ich nachvollziehen. Aber als Kind habe ich selbst genug Schmerz erlebt. Manche Menschen mit meinem Background wären vielleicht selbst gewalttätig geworden. Hätten sich die Gewalt regelrecht zu eigen gemacht. Und wer Gewalt mag, dem bietet sie Lust und Erleichterung, ob im Leben oder bei Sexspielchen.«

Er schluckte und dachte an die Schläge, die ihm sein Vater verabreicht hatte. Er erinnerte sich, wie er zufällig seinen Vater dabei ertappt hatte, als er eine Frau an die Wand gefesselt hatte und ihr den Rücken mit einer Peitsche blutig geschlagen hatte. Und er rief sich das eine Mal ins Gedächtnis, da es kein Zufall gewesen war. Als sein Vater den achtjährigen Tony dazu gezwungen hatte, dazustehen und zuzusehen.

»So bin ich nicht«, sagte er schlicht, als sie das Gesicht von ihm abwandte.

Sie blieb so lange regungslos liegen, dass er schon glaubte, sie sei eingeschlafen. Dann sagte sie so leise, dass er sie über die Musik hinweg kaum verstehen konnte: »Anscheinend hatten wir eine sehr ähnliche Kindheit.«

Er schwieg eine ganze Weile, strich ihr nur über den Arm. Dann fragte er: »Was hast du damit gemeint, als du sagtest, du hättest dir deinen Lebensunterhalt als Nutte verdient?«

Sie drehte sich zu ihm um, und ihr Blick loderte. »Ist an diesen Worten irgendetwas unklar? Und nein, ich werde nicht näher darauf eingehen. Wir fangen jetzt ganz sicher nicht an, uns gegenseitig die Geschichte unseres Lebens zu erzählen. Das hier war nur Sex. Großartiger Sex, ja. Aber nur weil ich die Beine für dich breit mache, werde ich dir noch lange nicht alles über meine Vergangenheit anvertrauen. Verstanden?«

»Ja«, antwortete er. Trotzdem würde er nicht aufgeben.

KAPITEL 10

Mindy ist putzmunter und frisch wie der junge Frühling, als wir am darauffolgenden Morgen auf sie treffen. Ich hingegen habe nur eine einzige Tasse Kaffee getrunken und bin alles andere als hellwach. Und frisch wie der junge Frühling bin ich ohnehin höchst selten.

Wir unterhalten uns kurz mit ihr, und Tony fragt, ob die drei alleinreisenden Frauen schon angekommen sind. Insgeheim findet Mindy uns wahrscheinlich jetzt allzu fixiert auf einen flotten Dreier, aber immerhin gehört dergleichen zu den Vorzügen des Debauchery Resorts, und so erweist sie sich nach außen als dienstbeflissen und hilfsbereit.

»Tracy Ann hat sich auf ihr Zimmer zurückgezogen. Anscheinend hat sie einen unruhigen Flug hinter sich und wollte sich ausruhen, weil ihr übel ist.«

»Ach, wie schade«, sage ich. Da wir nichts über diese Frauen wussten, hatten Tony und ich uns aufs Raten verlegt. Und da Tracy Anns Initialen denen von The-Asst entsprechen, war sie die Erste auf unserer Liste, die wir kennenlernen wollten.

»Aber wenn Sie vielleicht Amy kennenlernen wollen«,

fährt Mindy fort. »Zufällig habe ich mitbekommen, dass sie sich momentan am südlichen Pool aufhält.« Hilfsbereit deutet sie zur Südseite des Resorts. »Dort bereitet sich gerade eine Gruppe darauf vor, unser berühmtes Dessert Delight Game zu spielen. Sie sollten vielleicht auch mitmachen. Es handelt sich um eines unserer beliebtesten Kennenlernspiele.«

Tony und ich wechseln einen Blick. »Und was ist mit Thea?«, fragt er Mindy nun. »Ist sie auch schon angekommen?«

»Sie soll mit dem Abendshuttle ankommen«, informiert Mindy uns. »Wahrscheinlich finden Sie sie heute Abend im Nachtclub. Die Gäste, die abends ankommen, besuchen fast alle als Erstes den Nachtclub.«

Sie blickt zwischen uns hin und her, und unwillkürlich fühle ich mich ein wenig getadelt. Tony und ich sind ebenfalls abends angekommen, haben den Nachtclub aber gemieden.

»Tony und ich haben uns gestern Abend allein amüsiert.« Ich sehe ihm in die Augen und spüre die Verbindung heiß von den Zehen bis hinauf zu meinen Brüsten emporlodern. Ich räuspere mich und versuche mich daran zu erinnern, worüber wir gerade sprachen.

»Die Cabana ist fantastisch«, eilt mir Tony zur Hilfe. »Sehr gut ausgestattet für Spaß und Spiel.«

Mindy strahlt, als hätte sie das Massageöl und die Fesseln höchstpersönlich dort platziert.

»Können Sie uns den Weg zum Südpool zeigen?«, frage

ich sie in dem Versuch, uns thematisch wieder auf Kurs zu bringen. »Wir werden versuchen, dort Amy aufzustöbern.«

»Das Dessert Game wird ihnen ganz bestimmt gefallen«, verkündet Mindy und macht sich auf den Weg in der Erwartung, dass wir ihr folgen. Wieder sehe ich Tony in die Augen. Diesmal forme ich mit den Lippen die Worte »Dessert Delight Game?«. Er zuckt mit den Schultern, wirkt aber genauso belustigt, wie ich mich fühle.

Wir folgen Mindy über den gewundenen Weg zum Südpool. Obwohl wir eigentlich Tracy Ann für Tonys Kontaktperson halten, könnte es im Grunde jeder sein. Deshalb drücke ich im Geiste die Daumen, dass Amy die Hinweise versteht, die Tony fallen lassen wird.

Da The-Asst keinerlei Anhaltspunkte auf der Nachrichtenplattform im Darknet hinterlassen hat, haben Tony und ich letzte Nacht einen Plan geschmiedet, um Erkennungszeichen in Unterhaltungen einfließen zu lassen. So werden wir beispielsweise auf Schlangen zu sprechen kommen. Der tatsächliche, englische Tarnbegriff *serpent* wäre natürlich noch besser, klingt aber wohl kaum natürlich.

Und natürlich wäre es noch besser, wenn wir die Möglichkeit fänden, im Gespräch mit ihr auch Bemerkungen über Nachrichtenplattformen oder das Darknet fallen zu lassen.

Hoffentlich beißt Amy an und erweist sich als die Richtige. Denn je eher wir Informationen über The Serpent erhalten, umso besser.

Mittlerweile sind wir am Pool angelangt. Er ist nierenförmig und wird an einem Ende von einem Whirlpool, am anderen von einem niedrigen Sprungbrett begrenzt. Umgeben ist er von einer weitläufigen, gefliesten Terrasse, auf der sich unzählige Klubsessel mit dick gepolsterten Kissen befinden. Dahinter entdecke ich mehrere Reihen von Cabanas, die breite, behaglich aussehende Liegen beherbergen. Jede Cabana ist mit Vorhängen ausgestattet, die vorgezogen für Privatsphäre sorgen, zurückgezogen die frische Luft einlassen.

Die Terrasse an der dem Meer zugewandten Seite des Pools ist mit Matten und Handtüchern belegt. Fünf Menschen stehen dort, allesamt angetan mit knapper Badekleidung. Ich vermute, dass eine der Personen Amy ist.

Ansonsten sehe ich Leute schwimmen oder nackt sonnenbaden. Sexgeräusche dringen aus den geschlossenen Cabanas an unser Ohr. Und offen gesagt dringen auch entsprechende Geräusche *und* Bilder aus den wenigen offenen nach draußen. Paare. Dreier. Sogar ein Vierer. Keine Ahnung, ob diese Leute einfach nur Exhibitionisten sind oder ob die offenen Vorhänge andere zum Mitmachen anregen sollen. Wie dem auch sei, ich habe nicht das geringste Interesse.

Angesichts der Tatsache, dass ich noch nie eine sexuelle Begegnung hatte, die mir nicht gefiel – zumindest keine von den *einvernehmlichen* –, ist mein kompletter Mangel an Interesse ein wenig merkwürdig.

Normalerweise würde ich das auf den Stress oder die

Konzentration auf meine Aufgabe zurückführen, aber bei diesem speziellen Job greift diese Erklärung nicht.

In Wahrheit liegt es an Tony. Ich bin schlicht und ergreifend noch nicht fertig mit ihm.

Natürlich betrachte ich ihn nicht als Dauerlösung. Zum Teufel, ich betrachte niemanden als Dauerlösung. Aber wenn wir nicht gerade im Dienst sind, beabsichtige ich, die Tatsache voll und ganz auszunutzen, dass ich ein Zimmer und ein Bett mit einem Mann teile, der auf sexuellem Gebiet definitiv einiges drauf hat.

Einen kleinen Vorgeschmack habe ich letzte Nacht bekommen. Jetzt sehne ich mich nach einer etwas herzhafteren Mahlzeit.

Tony ergreift meine Hand, und Mindy führt uns zu einer Frau von etwa Mitte vierzig mit kurzem, lockigem Haar, das ihre hohen Wangenknochen hervorhebt. Ein kleiner, diamantenbesetzter Ring ziert ihre Nase.

Sie trägt einen Sarong-Rock und ein Bikini-Oberteil. Ihre Haut schimmert vor Sonnencreme. Sie ist unglaublich braun gebrannt. Strahlend und fröhlich lächelt sie uns entgegen, und Mindy deutet mit der Hand auf Tony und mich.

»Amy, wie schön, Sie zu sehen! Darf ich Ihnen Kari und Tony vorstellen. Das sind die beiden, von denen ich Ihnen auf dem Weg zu Ihrer Cabana bereits berichtet habe.«

Amy wirft uns ein Lächeln zu so strahlend wie der Sonnenschein. »Wie sehr ich mich freue, euch kennenzulernen. Es ist so merkwürdig, zum ersten Mal an einen Ort wie diesen zu kommen, insbesondere wenn man ganz allein reist, aber ich habe erst vor Kurzem beschlossen, meinen Job aufzugeben und mich selbstständig zu machen. Deshalb fand ich, dass ich mich noch etwas verwöhnen sollte, bevor ich mich ganz und gar in die Arbeit stürze. Und hier bin ich.«

Sie zuckt mit den Schultern, wirkt ein wenig verlegen, aber umso aufgeregter. Außerdem scheint sie sich total wohl in ihrer Haut zu fühlen. Mag sein, dass sie zum ersten Mal im Debauchery Resort ist, aber ich bezweifle, dass sie sich zum ersten Mal auf Sexspielchen mit Fremden einlässt.

Aber vielleicht ist sie auch einfach nur ein extrovertierter Typ.

Mindy zieht sich zurück, sodass wir uns dem Rest der Gruppe selbst vorstellen. Einem gewissen Scott, einem stämmigen Mann in den Dreißigern mit nettem Lächeln und der Ausstrahlung eines Ordnungsamtsmitarbeiters. Er wird von der sehr jungen und kurvenreichen Beth begleitet. Und ich fresse meinen sehr durchsichtigen Sarong, wenn sie nicht tatsächlich eine bezahlte Escort-Lady ist.

Roy sieht wie die männliche Ausgabe von Beth aus und ist es womöglich auch. Er begleitet Clara. Die Augen der Brünetten sind zu klein für ihr Gesicht, dafür ist ihr Mund umso größer. Sie mustert Scott unentwegt, und mich beschleicht das Gefühl, dass sie sich sehr auf jenen Teil dieses Spiels freut, der sie mit ihm zusammenführt.

Die Vorstellungsrunde wird von Umarmungen und Berührungen und ein paar sehr intimen Küssen begleitet, die ich erwidere. Tony tut es mir gleich. Doch immer, wenn ich ihn ansehe, ertappe ich ihn dabei, dass er mich bereits im Blick hat.

Ich muss wohl nicht betonen, dass ich mich auf Partys sonst nicht so benehme, aber hier heulen wir mit den Wölfen …

Nachdem wir das Begrüßungsritual hinter uns haben, erläutert Scott uns die Regeln. Anscheinend wird es wegen der frischen Erdbeeren und der Sprühsahne auf dem Tisch in der Nähe als Dessert Delight Game bezeichnet.

»Wir haben alle eine Nummer«, erklärt uns Scott und zählt dann von eins bis sieben. Personen eins bis drei sollen sich auf den Boden legen, jeder bewaffnet mit einer Flasche Sprühsahne. Dort dekorieren wir ein paar Körperteile damit.

Die anderen drei stellen sich an und kommen nacheinander zu uns und »essen« ihr Dessert. Wenn sie wollen, können sie das Ganze sogar noch mit den Erdbeeren verzieren. Nachdem der Letzte in der Schlange alle Liegenden besucht hat, legt der Erste in der Schlange sich auf den Boden und der Letzte auf dem Boden steht auf. Abspülen, einseifen und wieder von vorn.

Offensichtlich wird das Spiel umso intimer, je nachdem, wo man die Schlagsahne platziert. Und natürlich spielen wir nackt.

Ich blicke zur strahlenden Sonne hinauf und frage

mich, wie mein Sonnenbrand morgen wohl aussehen mag. Aber ein Job ist nun mal ein Job, und nachdem mir die Nummer Drei zugewiesen wurde, löse ich meinen Sarong, ziehe den Bikini aus und lege mich auf die Matte, wobei ich versuche, lässig zu wirken. Als spielte ich solch ein Spiel jede Woche nach dem Lesezirkel.

In Wirklichkeit bin ich alles andere als gelassen.

Bei der Arbeit und um zu überleben, habe ich viele, viele Dinge getan, bei denen ich nackt sein musste, obwohl ich es eigentlich nicht sein wollte. Aber selbst mich schüchtert die Vorstellung ein wenig ein, mich auszuziehen, um ein Spiel zu spielen, das nichts anderes ist als eine wilde Variation von Flaschendrehen. So gesellig bin ich nun auch wieder nicht. Ich will einfach nur meinen Job erledigen. Ich will The-Asst finden.

Und dann will ich mit Tony auf unser Zimmer zurückkehren.

Diese Erkenntnis ist ein bisschen schockierend, und ich blicke zu ihm auf, versuche, seine Miene zu ergründen. Findet er dieses Spiel spannend?

Freut er sich darauf, an Fremden herumzulecken und sie zu berühren? Oder freut er sich nur darauf, mich zu berühren? Mich zu schmecken?

Beziehungsweise freut er sich überhaupt auf mich?

Die Möglichkeit, dass er nicht mal an mich denken könnte, verstört mich mehr, als sie sollte, und ich kann nicht aufhören, mich über meine eigene Reaktion auf ihn zu wundern. Bin ich etwa nicht mehr in Bestform?

Oder genauer: Büße ich diese Bestform etwa seinetwegen ein?

Keine Ahnung.

Nur eins weiß ich sicher: Ich will ihn.

Beth, die bereits nackt ist, obwohl sie noch steht, verteilt die Flaschen mit der Sprühsahne an uns drei anderen auf dem Boden. Ich liege in der Mitte. Und da ich nicht weiß, wer mein Partner sein wird, beschließe ich, erst mal behutsam vorzugehen und nur Schlagsahne auf meine Brüste zu geben.

Neben mir zeichnet Amy eine Linie aus Schlagsahne von ihrer Pussy bis hinauf zu ihrem Dekolleté. Dann taucht sie den Finger in die Sahne und verteilt sie auf ihren Lippen wie Gloss.

Auf der anderen Seite sehe ich, dass Scott Sahne nur auf seinen sehr aufrecht emporragenden Schwanz gegeben hat.

Anscheinend komme ich bei diesem Spiel als Einzige nur sehr langsam in die Gänge, worüber meine Schwester sich sicher kaputtlachen würde.

Die vier Stehenden, Tony, Clara, Beth und Roy, stellen sich hintereinander auf. Roy beginnt mit Scott, und ich drehe den Kopf und sehe zu in der Hoffnung, dass mich ein wenig Voyeurismus in die richtige Stimmung versetzen wird. Aber es funktioniert nicht. Doch dann sehe ich Tony an, der immer noch in der Schlange wartet. Und als Roy sich nun mir widmet, schließe ich die Augen und stelle mir vor, dass es Tony ist, der mich berührt, seine Zunge.

Ich spüre, wie er sich rittlings auf mich setzt, sich dann vornüberbeugt und mir die Schlagsahne sorgfältig von den Brüsten leckt. Ich halte die Augen geschlossen, will nicht reagieren, kann aber nicht anders. Die Sonne ist warm, die Schlagsahne kühl, und ich kann nicht abstreiten, dass sich seine Zunge an meinen empfindlichen Nippeln schön anfühlt.

Trotzdem stelle ich mir immer noch vor, dass es Tony ist.

Als Nächste ist Beth an der Reihe, und jetzt habe ich etwas mehr Mut gefasst. Ich lasse die Sahnespur direkt unter meinem Bauchnabel beginnen und nach oben zwischen meine Brüste wandern. Sie lächelt scheu, als sie zwischen meinen Beinen niederkniet. Doch dann berührt sie ohne ein weiteres Wort mit der Zunge meine Klit – auf der sich keinerlei Sahne befindet – und lässt sie langsam nach oben gleiten, bis sie endlich an einem Hautfleckchen anlangt, der tatsächlich sahnebedeckt ist.

Eine so intime Berührung habe ich nicht erwartet, und ich atme scharf ein. Trotzdem bereitet mir die Berührung durchaus einen gewissen Genuss, und Beth ist süß. Ich überlege, ob ich sie in die Cabana zu mir und Tony einladen soll, verwerfe den Gedanken aber sofort wieder. Nicht weil ich glaube, dass es mit Beth keinen Spaß machen würde. Das denke ich durchaus. Aber ich will Tony mit niemandem teilen und habe auch keine Lust, ihn einen Abend lang allein zu lassen, um mich jemand anderem zu widmen.

Auch das sieht mir nicht ähnlich. Irgendwie bringt mich diese Insel total durcheinander.

Statt mich Ausschweifungen hinzugeben, konzentriere ich mich nur auf einen einzigen Mann.

Aber eigentlich ist das ja auch richtig so, oder nicht? Immerhin bin ich wegen eines Auftrags hier und nicht um Urlaub zu machen.

Beth hebt den Kopf und lächelt mir zu, jene Art von Lächeln, das nahelegt, dass sie mich noch einmal allein treffen will, nachdem dieses Kennenlernspielchen vorüber ist. Ich grinse unverbindlich und schließe die Augen wie in Ekstase, während sie der Sahne auf meinem Bauch nachspürt. Als alles aufgeschleckt ist, flüstert sie mir die Nummer ihrer Cabana ins Ohr und verkündet, dass sie und Scott sich jederzeit freuen würden, wenn ich vorbeikäme. Ich gebe einen weiteren Laut von mir, den man als Zustimmung werten könnte, und dann ist Tony an der Reihe.

Diesmal bin ich etwas großzügiger mit der Sahne. Ich gebe eine dicke Schicht auf meine Klit, die man nur mit großem Zungeneinsatz herunterlecken kann. Dann zeichne ich eine Spur über meinen Bauch und tupfe mir noch etwas auf die Brüste und hinter beide Ohren, damit er mir etwas zuflüstern kann, ohne dass jemand es merkt. Ich hoffe, dass er Gelegenheit hatte, leise mit Amy zu kommunizieren, und will wissen, was sie zurückgeflüstert hat.

Ich winkele die Knie an, als Tony sich nähert, und er legt

die Hände darauf, kniet zwischen meinen Beinen nieder und schiebt sie sanft auseinander. Wegen all der Sahne bin ich seinen Blicken weniger offen ausgesetzt als denen seiner Vorgänger, und doch kommt mir diese Situation viel intimer vor. Weil ich es will. Weil ich *ihn* will.

Eigentlich sollte mich nur interessieren, was er von Amy in Erfahrung gebracht hat, aber im Augenblick wünsche ich mir nur eins, dass er sich vorbeugt und seinen Nachtisch verschlingt.

Anscheinend habe ich Glück, denn er will es ebenfalls. Er hält meine Beine so weit auseinander, dass meine Schenkel spannen. Dann beugt er sich vor, und sein warmer Atem streift meine Haut, so heiß wie die Sonne, die auf uns herabscheint.

Die Schlagsahne beginnt zu zerlaufen, und während er sie aufleckt, winde ich mich unter seiner Berührung, sehne mich nach mehr. Er lässt zwei Finger in mich hineingleiten – kühner als die beiden vor ihm –, und ich bäume ich mich ihm entgegen, keuche und beiße mir auf die Lippen, um ihn nicht anzubetteln, sogar noch mehr zu tun.

Unverdrossen leckt er mich sauber, wobei er meine Hüften festhält, um mich an jeglicher Bewegung zu hindern. Dann schiebt er sich nach oben, saugt die Sahne von meinen Brüsten und legt sich mit dem ganzen Gewicht auf mich. Ich spüre seine Erektion hart an meinem Bauch, während sein Mund meine Wange liebkost und einen Sahneklecks an meinem Ohr ableckt.

»Fehlanzeige«, flüstert er. »Ich habe ihr meinen Namen genannt, ohne Reaktion. Ich habe sogar Schlangen erwähnt, frag mich jetzt nicht, wie. Wieder keine Reaktion. Sehr wahrscheinlich ist sie es nicht – es sei denn, sie glaubt, dass man uns beobachtet, und ist deshalb übervorsichtig.«

»Ja«, antworte ich stöhnend und hoffe, dass ihm klar ist, dass ich nur auf seinen Kommentar reagiere und nicht auf irgendetwas, das er momentan mit mir treibt.

Doch ehrlich gesagt braucht er gar nicht viel zu tun, damit mein Körper auf ihn reagiert. Ich bin einfach nur heiß, angespannt und bedürftig, voller Verlangen, nur weil er mir so nahe ist.

Im Geiste fluche ich vor mich hin. Das muss aufhören. Ich muss mich wieder voll und ganz auf meine Aufgabe konzentrieren. Muss meinen Schneid wiederfinden. Immerhin habe ich in dieser Branche einen gewissen Ruf, und zwar keineswegs den eines kleinen Mädchens, das schon weiche Knie bekommt, wenn ein süßer Junge es küsst.

»Du bist dran«, sagt Tony nun, und ich brauche eine Sekunde, um zu verstehen, dass jetzt ich mich erheben muss und quasi Angreifer spielen muss. Aber das bringe ich einfach nicht über mich. Ich vertraue Tonys Urteil. Amy ist nicht die Frau, die wir suchen, und ich will weder Beth noch Clara noch Amy ablecken. Ich will nicht mit Scott oder Roy intim werden. Ich will The-Asst finden, und ich will Tony.

Niedere Bedürfnisse, vielleicht, aber ich rechtfertige mein Verlangen, indem ich mir sage, wie praktisch es für unsere Mission ist. Hier weiterzusuchen ist pure Zeitverschwendung.

Statt mich also anzustellen, strecke ich Tony die Hand hin, bevor er sich auf die Matte legen kann. »Herzblatt, ich habe ganz vergessen, dass wir uns doch für diese Session im Dungeon angemeldet haben.« Ich lächele bedauernd in die Runde. »Tut mir leid, aber wir müssen los.«

Er sieht mich verblüfft an, und dann sehe ich, wie es ihm dämmert.

»Hatte ich ja total vergessen.« Er wendet sich den anderen zu. »Ich finde gar keine Worte dafür, wie wundervoll es war, euch alle kennenzulernen«, sagt er und sieht all diejenigen an, die vor ihm auf dem Boden liegen. »Sicher treffen wir uns wieder.«

Noch bevor jemand Gelegenheit zu einer Antwort hat, führt er mich davon, und wir eilen den Pfad hinab. Schließlich wollen wir ja nicht zu spät zum Dungeon kommen.

»Suchen wir als Nächstes nach Tracy Ann?«, frage ich.

»Noch nicht«, sagt er und zieht mich auf den Pfad, der zu unserer Cabana führt. In diesem Moment fällt mir auf, dass er eine der Sprühsahneflaschen vom Tisch hat mitgehen lassen. »Zuerst«, sagt er, »brauchst du eine kleine Zwischenmahlzeit.«

KAPITEL 11

»Na ja, uns war doch klar, dass es wahrscheinlich nicht Amy war«, sage ich. Ich liege auf ihm, und unsere Körper sind klebrig von den Überresten der Schlagsahne. Ich hatte jedes Tröpfchen Sahne aufgeleckt, mit dem er sich verziert hatte, und sogar noch ein paar weitere Spritzer hinzugefügt, um mir eine zweite Portion zu gönnen.

Danach waren wir eingeschlafen und Stunden später für eine Wiederholung erneut aufgewacht. Nun kleben unsere Körper und unsere Bettwäsche gleichermaßen, aber das ist mir vollkommen egal.

»Ich halte Tracy Ann für die wahrscheinlichste Kandidatin«, sagt Tony. Seine Augen sind geschlossen, aber jetzt öffnet er sie und schenkt mir ein Lächeln. Seine Miene ist voller sinnlicher Befriedigung. »Nur leider haben wir sie bis jetzt noch nicht gefunden.«

»Aber zumindest wissen wir, dass sie da ist. Sie war auf ihrem Zimmer, oder? Fragen wir doch Mindy, ob sie uns ihre Zimmernummer gibt.«

Er stöhnt protestierend auf, dann packt er meine Schultern und dreht mich auf den Rücken. Nun liegt er auf mir, die Hände auf meinen Schultern und beugt sich herab, um mich zu küssen. Ein bedächtiger, inniger und sehr besitzergreifender Kuss. Es ist die Art von Kuss, vor der ich bei früheren Sexpartnern immer zurückgescheut bin, weil ich nur eine unverbindliche Beziehung wollte. Aber mit Tony wünsche ich mir mehr, und ich schlinge ihm die Arme um den Hals und ziehe ihn dicht zu mir heran, wünsche mir, dass dieser Kuss nie mehr endet.

Doch irgendwann müssen wir uns unweigerlich voneinander lösen und atmen beide schwer. Er verlagert sein Gewicht, sodass ein Bein über meinem liegt, er sich aber neben mir auf den Ellbogen stützen kann. »Eigentlich würde ich viel lieber hier bleiben, aber wahrscheinlich hast du recht.«

Er hat mein Hirn dermaßen außer Gefecht gesetzt, dass ich angestrengt nachdenken muss, um zu begreifen, was er meint. »Oh. Du meinst in Bezug auf Tracy Ann. Das Problem an diesem Plan ist, dass wir dann nach Mindy suchen, also das Bett verlassen müssen.«

»Und uns anziehen.«

Ich mache ein nachdenkliches Gesicht. »Eigentlich blöd. Aber na gut, ziehen wir uns an.«

Er grinst, dann zieht er mich aus dem Bett und unter die Dusche. Eins führt zum anderen, sodass wir natürlich eine weitere Dreiviertelstunde brauchen, bis wir die Cabana verlassen können. Aber hey – immerhin verhalten wir uns hier im Resort damit völlig regelkonform.

In Shorts und T-Shirts machen wir uns schließlich auf den Weg zum Hauptgebäude. Mittlerweile ist es nach sieben, und wir wollen uns ein leichtes Abendessen an einem der Outdoor-Take-away-Stände kaufen und dann nach Mindy suchen. Ich werde ihr sagen, dass wir uns mit dem Dessert-Spiel prächtig amüsiert haben. Überraschend wahr, besonders in Bezug auf unsere anschließende private Spielrunde in der Cabana.

Tony wird ihr sagen, dass Amy nicht ganz unser Typ war, es uns aber viel Spaß gemacht hat, andere Leute kennenzulernen, weshalb wir unbedingt Tracy Ann treffen wollen. Dann werden wir uns bei Mindy erkundigen, wo sie sich aufhält.

Wir wandern den Pfad entlang, der direkt zum Hauptgebäude führt, bleiben aber stehen, als wir sehen, dass ein Mann Nacktfotos von seinem Partner macht. Wir wollen ihre kleine Fotosession nicht unterbrechen und wählen eine Alternativroute, umrunden das Fitnesscenter und das Volleyballfeld, um uns aus der anderen Richtung den Büroräumlichkeiten zu nähern.

Wir haben gerade den Hof erreicht, als ich Scott entdecke, der ins Gespräch mit einer dunkelhaarigen Frau mit Basecap vertieft ist. Ich kann nur ihren Rücken erkennen, und sie trägt ein winziges Sommerkleid, unter dem sich vermutlich ein Bikini verbirgt.

Scott winkt uns zu und sagt etwas zu der Frau, die sich umdreht und uns ansieht. Sie ist jünger als ich, wahrscheinlich Ende zwanzig. Sie winkt ebenfalls und formt ein Danke mit den Lippen in Scotts Richtung, bevor sie mit strahlendem Lächeln auf uns zu eilt.

»Du musst Tony sein«, sagt sie.

Wir werfen uns einen Blick zu, und er nickt. »Stimmt. Und wer bist du?«

»Tracy Ann. Und ich habe schon die ganze Insel nach dir abgesucht.«

Mein Herz macht einen kleinen Satz, und Tony greift nach meiner Hand und drückt sie. Wir hatten recht. Tracy Ann. TA. The-Asst.

Dies ist die Frau, die uns sagen kann, wo The Serpent ist. Zumindest behauptet sie, das zu können. Es besteht nach wie vor die Möglichkeit, dass ihre Nachricht im Darknet eine Falle ist. Dieser Gedanke erinnert mich an die Tatsache, dass wir unbewaffnet auf die Insel gekommen sind, denn im Resort sind Waffen strengstens verboten, weshalb das Reisegepäck bei unserer Ankunft gründlich durchsucht wurde.

Wenn wir keine Waffen haben, hat sie wahrscheinlich auch keine. Trotzdem können wir uns auf diese Annahme nicht einfach so verlassen. Immerhin hat sie diese Insel aus einem bestimmten Grund ausgewählt.

In diesem Augenblick jedoch erkenne ich keine sichtbare Bedrohung, also strecke ich ihr die Hand entgegen und lächele freundlich. »Ich bin Kari. Wie schön, Sie hier zu treffen.« Ich werfe Tony einen Blick zu, der sie schweigend mustert. An seinen Augenwinkeln bilden sich kleine Fältchen, und ich habe bereits gelernt, dass die nur auftauchen, wenn er über irgendetwas nachdenkt.

Ich räuspere mich und mache ein Zeichen mit dem

Kopf, um ihm zu signalisieren, dass Scott und noch ein paar andere Gäste in Hörweite sind. »Sollten wir uns zum Reden nicht an einen etwas privateren Ort zurückziehen?«

»Zum Reden«, wiederholt sie und kichert. »Ja. Das klingt gut.«

Sie erzählt uns, dass sie eine natürliche heiße Quelle in der Nähe des Strandes kennt.

»Diesen Ort enthält Mindy Erstbesuchern meist vor«, erklärt Tracy Ann, als ich sage, dass ich von der Existenz einer solchen Quelle bisher nichts wusste. »Es gibt so viel anderes zu erkunden, und diese Quelle liegt wirklich sehr abgelegen. Fast wie ein besonderer Bonus für Gäste, die wiederholt anreisen.«

»Hast du diese Insel deshalb ausgewählt?«, fragt Tony, als wir den Pfad entlangwandern. »Weil du häufig herkommst?«

Ihr Lächeln ist so strahlend wie die Nachmittagssonne. »Warum sollte ich sie nicht auswählen? Was könnte man an diesem Ort nicht mögen?« Auf dem Pfad bleibt sie stehen, dann mustert sie uns beide von Kopf bis Fuß. »Immerhin trifft man außerordentlich interessante Leute.«

Ich ringe mir eine verbindliche Miene ab, und ebenso wie Tony zwinge ich meine Lippen zum Lächeln. Ich habe diese Frau noch nicht ganz durchschaut, und Tony geht es offenbar genauso. Aber wenn wir uns einmal von der Betriebsamkeit des Resorts entfernt haben, wird sich hoffentlich alles klären. Im Augenblick scheint sie jedenfalls nicht über The Serpent reden zu wollen und darüber, warum sie überhaupt Kontakt zu Tony aufgenommen hat.

Schweigend wandern wir bestimmt noch fünf Minuten nebeneinanderher. Dann biegen wir auf einen sogar noch schmaleren Weg ein, bevor wir eine Grünschneise durchqueren, die sich zu einer verborgenen Lagune hin öffnet. Felsen umgeben die sandige Strandfläche, und dort, zwischen Weinranken und dichtem Gras, befindet sich tatsächlich eine natürliche Quelle.

Tracy Ann wirft uns ein triumphierendes Lächeln zu. »Fantastisch, oder?«, sagt sie und zieht ihr Kleid aus, sodass ihr wohlgerundeter Körper nun komplett nackt ist. So viel zu meiner Vermutung, dass sie einen Bikini darunter trägt.

Sie geht zu Tony hinüber und beginnt, ihm die Shorts aufzuknöpfen. »Sei nicht so schüchtern«, sagt sie tadelnd, tritt einen Schritt zurück und wirft mir einen Blick zu. »Kommt, lasst uns anfangen. Es sei denn, ihr habt keine Lust auf das, was ich zu bieten habe«, fügt sie hinzu und sieht mich an, als wolle sie mir signalisieren, dass ich mich der Party doch bitte auch anschließen solle.

»Nein«, sagt Tony und räuspert sich. »Wir sind – äh – definitiv interessiert.«

Ich beobachte, wie er sich aus den Kleidern schält, erhebe im Geiste jetzt schon Besitzanspruch auf diesen Wahnsinnskörper. Er sieht mir in die Augen und legt unmerklich den Kopf schief, während er mir einen vielsagenden Wenn-ich-schon-mitmachen-muss-dann-du-auch-Blick zuwirft.

Anscheinend will er sich nicht allein auf dieses Spiel hier einlassen. Und ehrlich gesagt bin ich froh darüber.

Tracy Ann sieht sich noch einmal nach mir um, dann steigt sie in die Quelle.

Auch ich entkleide mich und eile ins Wasser. Ich komme mir ein wenig zu nackt vor und tadele mich selbst, weil ich plötzlich so zimperlich bin. Anscheinend verliere ich im Zusammensein mit Tony meinen üblichen Schneid.

Wie um meine eigene Theorie zu widerlegen, rücke ich näher an Tracy Ann heran. »Du hast nach uns gesucht«, sage ich. »Oder zumindest nach Tony.«

»Oh, nach dir auch«, sagt sie und streicht mit den Fingerspitzen über meine Lippen. Lächelnd sieht sie mir in die Augen. Sie hat einen sehr schönen Körper, nicht zu schlank, mit attraktiven Rundungen an den richtigen Stellen. Ihre andere Hand liegt auf meinem Oberschenkel. Noch vor einem Jahr in Santa Monica hätte ich mich bei einer Party auf eine solche Zufallsbekanntschaft mit Freuden eingelassen und meinen erotischen Fantasien freien Lauf gelassen.

Genau genommen tue ich das auch jetzt. Nur dass nicht Tracy Ann im Mittelpunkt meiner Fantasien steht. Der Einzige, mit dem ich glücklich sein will, ist Tony.

Ich runzele die Stirn und frage mich, was ich von diesem

neuen Ich oder meiner ach so schnellen, ach so heißen Reaktion auf diesen Kerl halten soll. Wie um meiner Verwirrung entgegenzuwirken, strecke ich die Hand nach ihrem Finger aus und nehme ihn sanft in den Mund.

Sie seufzt leise, und ich schließe die Augen. Und schon wieder stelle ich mir vor, mein Gegenüber sei Tony.

Ich öffne die Augen erneut und bemerke, dass er immer noch nicht im Wasser ist und mich beobachtet. Ich löse mich von Tracy Ann und strecke die Hand nach ihm aus.

»Ich weiß nicht«, sagt er. »Vielleicht will ich ja einfach nur zusehen.«

»Was, wenn ich dich hier drin haben will?«

»Was, wenn wir das beide wollen?«, fügt Tracy Ann hinzu.

Tony lässt mich nicht aus den Augen, und stumm forme ich ein *Bitte* mit den Lippen.

Er nickt, sieht die ganze Zeit nur mich an, als er in den kleinen, natürlichen Teich steigt und vor Behagen seufzt, als das heiße Wasser seinen Körper umschließt.

Dieser Ort ist wirklich der pure Luxus. Ich weiß nicht, was ich von Tracy Ann halten soll, aber sie hat definitiv einen guten Ort zum Reden ausgewählt. Außerdem ist mir klar, warum sie ausgerechnet diese Insel für ein Treffen auserkoren hat. Offensichtlich kommt sie häufiger hierher. Als Stammgast kann sie sich darauf verlassen, dass die Belegschaft ein Auge auf sie hat. Immerhin geht auch sie durch ihre Kontaktaufnahme mit Tony ein Risiko ein. Würde sie plötzlich verschwinden, würde man es hier sicher bemerken – und versuchen, sie zu finden und ihr zu helfen.

Dieser bekannte Ort stellt einen zusätzlichen Schutz für sie dar.

Tony lässt sich auf einem Felsvorsprung neben mir nieder, und sofort geht Tracy Ann zu ihm hinüber und setzt sich rittlings auf seinen Schoß. Sie grinst mich an. »Machst du mit, oder schaust du zu?«

Auf gar keinen verdammten Fall werde ich einfach zusehen, wie sie meinen Partner bumst, also schiebe ich mich näher an die beiden heran.

»Hast du ein Kondom?«, erkundigt sie sich.

Und obwohl ich weiß, dass er eines der inseleigenen Kondome in der Tasche seiner Shorts hat, sagt er. »Nein, leider nicht.«

»Oh, na ja«, trällert sie, greift nach seiner Hand und zieht sie unter Wasser zwischen ihre Beine. »Dann müssen wir uns eben so begnügen«, murmelt sie, und ich beginne zu schäumen – und das nicht etwa, weil Seife im Wasser herumschwimmt.

Er öffnet den Mund – wahrscheinlich will er etwas sagen –, aber sie beugt sich vor und umfängt seine Lippen in einem Kuss. Dann unterbricht sie ihn, ermutigt mich, näher zu kommen, umfasst meinen Nacken und zieht mich ebenfalls zu sich, um mich langsam und bedächtig zu küssen.

Ich scheue nicht zurück. Anscheinend ist das die einzige Möglichkeit, um unsere Kontaktperson kennenzulernen.

Und so verhasst ist mir die ganze Situation nun auch wieder nicht. Immerhin küsst sie verdammt gut. Was mich aber tatsächlich antörnt, ist die Art, wie Tony meine andere Hand hochhebt und an meinem Finger saugt. Hart. Sodass die Empfindung geradewegs bis in mein Innerstes schießt. Ein Innerstes, das er eindeutig gerade *nicht* berührt – und eiskalte Eifersucht durchfährt mich, als mir einfällt, was er gerade mit seiner anderen Hand treibt.

Ich unterbreche den Kuss und ziehe mich von Tracy Ann zurück, um Tony in die Augen zu sehen. Seine Hand taucht aus dem Wasser auf und gleitet an ihrem Körper hinauf, um ihre Brust zu liebkosen. Ich spüre, wie ich die Augen zusammenkneife, und bin sicher, dass er meine Eifersucht registriert. Seltsamerweise ist mir das gleichgültig. Dann lächelt er; ich spüre seine andere Hand auf meinem Oberschenkel, und schon schmelze ich dahin. Insbesondere als er um mich herum greift, meinen Hintern umfasst und mich näher zu sich heranzieht. Ich gehorche, und schon bald schiebt er mit der gleichen Hand meine Schenkel auseinander – mühelos, denn ich erweise mich als äußerst entgegenkommend. Und als ich seinen Daumen auf meiner Klit spüre – und er zwei Finger in mich hineingleiten lässt –, schließe ich die Augen und seufze leise.

Ich öffne sie wieder, als ich die sachte Berührung von Fingern auf meiner Brust spüre. Erstaunlicherweise gehören sie nicht Tony, sondern Tracy Ann, die sich vorbeugt und meinen Mund für sich beansprucht. Ich verspanne mich, denke an Tony, aber er stößt nur noch tiefer in mich hinein. Und da es ihn offensichtlich nicht stört, verliere ich mich in Tracy Anns Kuss und den unglaublichen Empfindungen, die Tonys Finger in mir entzünden. Und ja, es ist erregend, zu wissen, dass er uns gern zusieht.

Ich strecke meine eigene Hand aus und finde seinen Schwanz, streichele ihn unter Wasser. Wir sind ein Gewirr aus Gliedmaßen und Empfindungen. Mir gefallen die Gefühle, die mich durchtosen, aber noch mehr Lust empfinde ich, als ich mir vorstelle, mit Tony hier allein zu sein, allein unter dem immer dunkler werdenden Himmel.

Tracy Anne vergräbt die Finger in meinem Haar, zieht mich näher zu sich heran, während sie den Kuss intensiviert. Tonys Finger streicheln mich geschickt, aber erst, als er meine Hand unter Wasser festhält, öffne ich die Augen. *Nur du*, formt er mit den Lippen, und es kommt mir vor wie eine Beschwörungsformel. Plötzlich brechen die Wellen über mir zusammen, ziehen mich in den Abgrund. Ich löse mich von Tracy Ann, lehne mich zurück und greife nach Tony. Er nimmt meine Hand, zieht mich über die wenigen Zentimeter durchs Wasser zu sich und küsst mich lang und hart, während das letzte Beben meinen Körper erschüttert.

»Na, wenn das kein Grund zur Eifersucht ist«, sagt Tracy Ann.

»Ich gestehe, dass ich nicht so genau weiß, wie man sich hier benimmt. Muss ich mich bei dir entschuldigen?«

Sie schüttelt den Kopf. »O nein. Du hast dafür gesorgt, dass ich auch den restlichen Abend über scharf bleibe.« Sie wirft mir einen sinnlichen Blick zu. »Dafür habt ihr beide gesorgt.«

Tony grinst mir boshaft zu, dann sieht er sie wieder an. »Sollten wir vielleicht jetzt über die Schlange sprechen?«

Tracy Ann zieht die Brauen hoch, dann blickt sie zu Boden. »Nennt ihr ihn jetzt so? Mein Ex nannte ihn Roger. Das habe ich auch nie verstanden.«

»Nein«, sage ich. »Es geht nicht um Tonys bestes Stück. Die Schlange – The Serpent. Ist sie nicht der Grund, warum du nach uns gesucht hast?«

Tracy Ann runzelt die Stirn und schüttelt langsam den Kopf. »Ich habe nach euch gesucht, weil ihr nach mir gesucht habt. Mindy hat es mir ausgerichtet.«

Tony und ich sehen einander in die Augen, und ich weiß ehrlich gesagt nicht so genau, ob wir lachen oder weinen sollen.

»Ich dachte, wir hätten uns vielleicht früher schon einmal getroffen«, fährt Tracy Ann fort, steigt aus der Quelle und zieht das Kleid über ihren nassen nackten Körper. Im schwindenden Licht sieht man, wie der beinahe überall durchsichtige Stoff an ihrem Körper klebt. »Oder dass ihr von dem Freund eines Freundes von mir gehört habt. Was ist denn nun mit dieser Schlange? Ist das eine Art neues Sexspielzeug?«

»Äh, nicht ganz«, antwortet Tony.

»Na ja, dann gehen wir doch etwas trinken, und ihr erzählt mir davon.«

»Warum wartest du nicht auf uns? Wir kommen dann nach.«

»Klar.« Sie zwinkert uns zu. »Aber amüsiert euch nicht zu sehr ohne mich. Und seid nicht sauer, wenn ich schon wieder mit jemand anderem zugange bin, wenn ihr kommt. Das liebe ich an diesem Ort nämlich am allermeisten. Es ist so einfach, neue Leute kennenzulernen.«

»Ja«, antworte ich. »Wir sind auch sehr gesellig.«

Tracy Ann lacht, wackelt mit den Fingern und macht sich auf den Weg.

Tony zieht mich dichter zu sich heran, liebkost mein Ohr und flüstert: »Was zum Teufel war das?«

Ich lache, setze mich auf seinen Schoß und spüre, wie sein Schwanz sich der Situation ebenfalls gewachsen zeigt. »Was mich betrifft, war das das Vorspiel. Nimmst du mich wieder mit zurück in unsere Cabana?«

»Keine Chance«, sagt er und verlagert sich so, dass wir von der steinernen Bank hinab und wieder ins Wasser gleiten. »Ich werde dich gleich hier nehmen.«

KAPITEL 12

»Endlich allein«, sagt er.

Ich grinse und rücke näher heran, um mich dann rittlings auf ihn zu setzen. »Genau das hab ich mir gewünscht«, sage ich. Ich lege ihm die Hände um den Nacken und ziehe ihn dichter zu mir heran, beuge mich hinab zu einem Kuss, der nach Salzwasser schmeckt. Dann reibe ich mich an ihm und spüre, wie sein Schwanz zwischen meinen Beinen ganz hart wird und meine Pussy so sehr reizt, dass ich sofort noch mehr will.

»Du hast gelogen, weißt du?«

»Ach ja?«

»Du hast Tracy gegenüber behauptet, kein Kondom dabeizuhaben. Ich wäre wirklich sehr traurig, wenn das wahr wäre.«

»Habe nur versucht, unsere Ressourcen für wirklich wichtige Gelegenheiten aufzusparen«, antwortet er.

»Gut zu wissen.« Ich lege ihm die Hände auf die Schultern und lasse sie dann langsam nach unten wandern. Gestern Abend war ich die meiste Zeit über gefesselt, und obwohl meine Hände durchaus frei umherstreifen konnten, als er vor Schlagsahne nur so klebte, habe ich mich noch lange nicht genug an seinem Körper ergötzt.

Jetzt werde ich meinen Vorteil voll und ganz ausnutzen.

Er ist noch ganz glitschig vom Wasser, sodass meine Hände mit Leichtigkeit über ihn hinweggleiten. Er schließt die Augen, und ich erkunde ihn, winde mich unter ihm vor Lust, erkenne, dass er es genauso genießt, berührt zu werden, wie ich es genoss, nachdem er mich gefesselt hatte.

Ich lasse die Hände tiefer nach unten wandern bis unter die Wasserlinie, dann wieder durch sein Brusthaar, wo ich Muster nachzeichne. Dann liebkose ich seine Nippel und beuge mich gleichzeitig vor, um ihn zu küssen, nehme seine Unterlippe zwischen die Zähne und ziehe daran, während meine Hand weiter nach unten wandert.

Ich spüre der Haarlinie von seiner Brust über seinen Bauch bis hin zu seinem Schwanz nach, der nun stocksteif emporragt.

»Interessant«, sage ich, schlinge die Hand um seinen Penis und streichele ihn bedächtig und in gleichmäßigem Rhythmus.

Er schließt die Augen und raunt. »Oh, Liebling, ja.«

Ich lächele, freue mich über seine Reaktion. Sein lustvolles Stöhnen. Seine offensichtliche Erregung. Und natürlich das Rasen seines Pulses.

Ich fühle mich mächtig. Habe ihn in der Hand. Das

gefällt mir. Gestern Nacht habe ich erfahren, wie gern ich mich diesem Mann unterwerfe. Aber andererseits hat es auch etwas unglaublich Befriedigendes, einen so starken Mann in die Knie zu zwingen.

Und wie um es zu beweisen, schlinge ich die Finger noch fester um seinen Schwanz und erhöhe das Tempo meiner Auf- und Abbewegungen, übe noch mehr Druck aus und necke die Schwanzspitze bei jedem Aufwärtsschwung mit dem Daumen.

»Komm, Süße«, fordert er. »Hol das verdammte Kondom heraus und reite mich.«

Eine solche Einladung werde ich wohl kaum abschlagen. Ich nehme das Kondom, das er ungeschickt aus der Tasche seiner Hose auf dem Boden gezogen hat. Mit einer Hand und den Zähnen öffne ich das Päckchen, dann lasse ich seinen Schwanz lang genug los, um es ihm überzustreifen.

Ich setze mich rittlings auf ihn, reibe die Spitze seines harten Schwanzes an meinem Innersten, reize mich selbst und ihn, bevor ich mich endlich auf ihn herabsinken lasse, mich mit einem machtvollen Stoß pfähle, sodass wir beide die Intensität unserer Verbindung überdeutlich spüren.

Ich verkneife mir einen Aufschrei, als er mich ganz ausfüllt, und er stöhnt auf und schreit meinen Namen so laut, dass er in der Luft um uns herum widerhallt, was uns noch mehr antörnt. Er umfasst meinen Hintern, hebt mich hoch und sogleich wieder herunter. Dabei flüstert er mir zu, ich solle gleichzeitig meine Klit und seinen Schwanz streicheln.

Ich gehorche, und das Übermaß der Empfindungen überwältigt mich, die Druckwelle ist zu gewaltig, erfüllt mich mit so wilder Intensität, dass ich mich mit der freien Hand an seiner Schulter festhalten muss, um nicht geradewegs ins All geschleudert zu werden.

Er hält mich mit einer Hand fest und küsst mich hart und tief mit Zähnen und Zunge. Wir küssen und ficken so wild, dass es beinahe zu viel ist. Ich werde von meinen Gefühlen übermannt, und doch will ich immer mehr. Ich will alles. Alles von Tony. Alles, was er mir zu geben bereit ist.

Es ist intensiv. Beängstigend sogar, und doch weiß ich die tiefe Verbundenheit jetzt schon zu würdigen. Und ich fürchte mich davor, was passieren wird, wenn wir diese Insel verlassen, denn ich will nicht, dass es endet. Ich will nicht, dass *wir* enden.

»Hast du überhaupt eine Ahnung, wie wunderschön du gerade bist. Dein Körper gerötet, dein Mund offen. Du bist so kurz davor, zu kommen, und ich will nur das eine: dir dabei zusehen.«

Seine Worte steigern mein Verlangen aufs Äußerste. Er gibt mir das Gefühl, schön zu sein! Mein Körper spannt sich an, und mir entfährt ein Stöhnen. Ich spüre, wie meine Pussy ihn heftig umkrampft, als wolle sie ihn nie mehr loslassen, als wolle mein Körper unser Zusammensein besiegeln, als sei es absolut unumgänglich.

»Bitte«, bettele ich.

»Bitte was?«

Aber ich kann nicht antworten, denn ich weiß es nicht. Ich denke an alles und nichts. Kein klarer Gedanke mehr. Immer näher und näher und näher komme ich jener unvermeidlichen Explosion in meinem Innern, und er senkt den Mund auf mich herab und nimmt mich in einem so wilden, harten, besitzergreifenden Kuss, dass ich wahrscheinlich auch zum Höhepunkt gekommen wäre, wenn er gar nicht in mir gewesen wäre, wenn er nicht mit meiner Klit gespielt hätte. Der Druck wird immer unerträglicher. Denn er fickt mich mit seinem Mund und seinem Schwanz, und ich bin kurz davor, in den Abgrund zu stürzen.

Und dann, o Gott, explodiert die Welt. Ich bäume mich auf, unsere Körper immer noch miteinander verbunden, meine Augen weit aufgerissen, und ich sehe zu den Sternen empor und frage mich, ob ich sie wirklich und wahrhaftig erreicht habe.

***

»Wow«, flüstere ich und lehne mich im Wasser zurück, wobei seine gespreizten Hände mich an der Wasseroberfläche halten. »Möglicherweise müssen wir jetzt die ganze Nacht hierbleiben, denn ich kann mich nicht mehr bewegen.«

»Wenn du es nicht schaffst, trage ich dich.«

Mühsam hebe ich den Kopf, um ihn im Dunkeln zu erkennen. »Du hast echt Durchhaltevermögen.«

Er lacht. »Für dich? Habe ich unendlich viel Energie.«

Mein zufriedener Seufzer geht in ein erstauntes *Oh* über, als er mich zärtlich näher zieht und auf seinen Schoß setzt. Er vergräbt die Finger einer Hand in meinem Haar, presst mich an sich und küsst mich innig. »Keine Ahnung, ob es an dir liegt oder an dieser Insel, aber anscheinend kann ich gar nicht genug von dir bekommen.«

Ich will ihm sagen, dass ich ebenso empfinde, bin aber zu nervös. Denn anscheinend meint er mehr als nur Sex. Seine Worte klingen, als sei diese Sache zwischen uns etwas Reales und nicht nur Teil einer lusterfüllten Inselmission.

Also schiebe ich meine Gefühle beiseite und hauche ihm einen federleichten Kuss auf die Lippen. Dann raune ich: »Dieser Abend war sehr, sehr heiß und sehr, sehr merkwürdig.«

»Tatsächlich?« Seine Hände wandern an meinem Körper empor, und er umfasst meine Brüste. »Ich will dich nicht mit anderen teilen, muss aber zugeben, dass ich mich trotzdem amüsiert habe. Wenn wir auch eigentlich auf etwas ganz anderes hinauswollten. Und nachdem Tracy Ann fort war, war es geradezu fantastisch.«

»Fand ich auch«, gebe ich zu.

»Ich habe gern zugesehen, wie du sie geküsst hast. Dir schien es ebenfalls zu gefallen.«

Ich beuge mich vor, um ihm etwas ins Ohr zu flüstern. »Ich verrate dir jetzt ein Geheimnis – ich treibe es auch gern mit Pussys. Stört dich das?« Ich war schon mit Typen zusammen, die die Vorstellung von zwei Frauen, die miteinander schlafen, widerlich fanden. Andere Männer wiederum träumten davon, zuzusehen, als seien die andere Frau und ich womöglich so was wie ihr persönlicher Pornokanal. Ich gehe nicht davon aus, dass Tony eine voyeuristische Neigung hat – er scheint lieber mitzumachen als zuzuschauen. Aber auf dieser Insel spielen wir beide eine Rolle, und plötzlich merke ich, dass ich den Atem anhalte und hoffe, dass ihn meine Bisexualität nicht abstößt.

Seine Hände erkunden mich überall, als könne er gar nicht genug von meiner Haut an seiner bekommen. »Solange dir meine Ausstattung auch gefällt«, sagt er, nimmt meine Hand und legt sie um seinen Schwanz, »habe ich damit absolut kein Problem.«

Langsam bewegt er meine Hand unter Wasser auf und ab. »O ja, sogar sehr«, bekräftige ich, und schon wieder trieft meine Stimme vor Verlangen, als ob auch ich niemals wirklich genug von diesem Mann bekommen könnte.

Ich wimmere, verlagere mich, sodass ich nicht mehr rittlings auf seinem Schoß, sondern nur noch auf einem Bein sitze – mich also im Rhythmus unserer Hände an ihm reiben kann. »Deine Ausstattung gefällt mir sogar sehr.«

Ich lege ihm den freien Arm um den Hals, beuge mich näher zu ihm heran und überrasche mich selbst, als ich ihm flüsternd gestehe: »Aber dass du diese Frau berührt hast, hat mir ganz und gar nicht gefallen.«

»Ach nein?« Seine Stimme klingt ehrlich überrascht. »Es hat dich nicht angetörnt?«

»Doch«, räume ich ein. »Aber gefallen hat es mir trotzdem nicht. Es ist nur …«

Ich verstumme. Ich will nicht zugeben, dass ich eifersüchtig bin. Eifersucht bedeutet, Gefühle zu haben. Und ich weiß, dass man definitiv keine Gefühle für einen Partner auf einer Mission entwickeln darf. Oder überhaupt Gefühle.

Ich mag Tony. Wirklich. Und im Bett passen wir unglaublich gut zueinander. Er ist klug. Er ist kompetent. Er bringt mich zum Lachen, und Gott weiß, dass er mir Wahnsinnsorgasmen bereitet. Aber wir sind in einem Sexresort. Hier ist es leicht, Gefallen an allem Möglichen zu finden. Danach werden wir wohl kaum nach L.A. zurückkehren und Vater-Mutter-Kind spielen.

»Willst du bei Stark Security unter Vertrag gehen?«, höre ich mich fragen.

Er runzelt die Stirn. Vermutlich irritiert ihn der plötzliche Themenwechsel – ganz fort vom Sex. »Schon möglich«, gibt er zu. »Momentan konzentriere ich mich noch darauf, The Serpent das Handwerk zu legen. Zum Teufel, seit Ewigkeiten kann ich an nichts anderes mehr denken. Und falls – nein, *wenn* – ich es tue …« Er zuckt mit den

Schultern. Dann fährt er fort: »Na ja, dann kann ich mich vielen Dingen widmen, die ich bisher gemieden oder aufgeschoben habe.«

»Wie einem richtigen Job?«

»Einem richtigen Job. Einem richtigen Leben. Bislang war ich ein Nomade. Der Gedanke, irgendwo Wurzeln zu schlagen, gefällt mir.«

Er sieht mich dabei an, und wieder spüre ich, wie mein Puls schneller geht. Ich will mich nicht in ihn verlieben. Freunde, Familie, Liebe – all das macht einen Menschen verletzlich. Eliza ist bisher mein einziger wunder Punkt, aber damit komme ich klar, weil sie es wert ist.

Gleichzeitig weiß ich nicht so genau, ob ich überhaupt eine Wahl habe. Denn ob ich will oder nicht, ich kann nicht leugnen, dass dieser Mann mein Herz immer intensiver berührt.

KAPITEL 13

Kannst du das nicht nachvollziehen?«, reißt Tonys sanfte Stimme mich aus meinen Gedanken.

Ich schüttele den Kopf. »Nein, nein, sorry.« Ich lächele verlegen. »Deine Worte haben mich nur nachdenklich gemacht. Wurzeln können etwas Gutes sein, weißt du. Vertrau mir. Ich habe lange Zeit ohne gelebt.«

Sein Blick wird warm und mitfühlend. »Warum? Was geschah, als du … ach, egal.«

Unvermittelt verstummt er, und einen Augenblick lang weiß ich sein Zögern nicht einzuordnen. Dann fällt mir wieder ein, wie ich ihm von meiner Zeit als Prostituierte erzählte und ihm fast den Kopf abriss, als er nachfragte.

»Nein, schon gut.« Ich hole tief Luft, dann spreche ich das Wichtigste aus: »Heute habe ich nichts mehr dagegen, darüber zu reden.« Aber ich verschweige ihm, dass ich es ihm tatsächlich aktiv erzählen *will*. Ich will ihn besser kennenlernen. Und ich will, dass er auch mich besser kennt. »Unterm Strich hatte ich eine beschissene Kindheit, eine Jugend in Angst und Schrecken, und als junge Erwachsene führte ich ein ziemlich einsames Nomadenleben. Danach wurde es langsam besser.«

Das ist allerdings nur die Spitze des Eisbergs. Ich mustere ihn eindringlich, versuche zu ergründen, ob er wirklich mehr über mich erfahren will. Aber daran besteht kein Zweifel, denn er nimmt meine Hand. »Erzähl es mir«, fordert er mich auf. Er fragt nicht lange, ob ich darüber reden will. Sagt nicht, ich kann ihm mein Herz ausschütten, wenn mir danach ist. Er sagt einfach nur »Erzähl es mir« mit einer Stimme, die deutlich macht, dass er nicht nur neugierig ist, sondern sich wirklich für mich interessiert.

»Fang mit deiner Kindheit an«, drängt er mich. »Ich habe das Gefühl, dass sie auch nicht besser war als meine eigene. Ehrlich gesagt vermute ich sogar, dass sie noch schlimmer war.«

Tränen brennen in meinen Augen, und ich hoffe, dass er es nicht bemerkt. Ich bin keine Heulsuse. Man hat mir beigebracht, meine Gefühle für mich zu behalten, sie zu überwinden und mich auf das Ziel zu konzentrieren. Aber vielleicht sollte mein jetziges Ziel darin bestehen, genau diese Gefühle zuzulassen. Jemandem zu erzählen, was ich durchgemacht habe, der nicht Eliza ist oder ein von der Regierung gestellter Psycho, der mich zu analysieren versucht, mich aber gleichzeitig an den Lügendetektor anschließt.

»Hey«, sagt er und legt mir die Arme um die Taille. »Kein Druck. Ich will es wissen, aber nur, wenn du es mir auch wirklich erzählen willst.«

»Das will ich ja.« Mein Lachen klingt falsch. »Ich glaube,

ich will es wirklich.« Noch einmal hole ich tief Luft. »Na gut. An … an meine Mutter kann ich mich kaum erinnern. Ich weiß noch, dass sie schwanger war. Ich war fast sieben. Ich erinnere mich, dass sie mir vorgelesen hat, mich im Arm gehalten und mir über das Haar gestrichen hat. Und ich weiß noch, wie ich in ihr Schlafzimmer kam und sie in einer Ecke zusammengekrümmt lag. Sie hatte die Arme um ihren Bauch geschlungen und weinte. Ich habe nicht oft mitbekommen, wie er sie schlug, aber trotzdem erinnere ich mich lebhaft daran, obwohl ich noch so klein war. Denn ich wusste, dass ein Baby in ihr heranwuchs, und ich hatte solch furchtbare Angst, dass meiner kleinen Schwester etwas zustoßen könnte.«

Ich ringe mir ein schwaches Lächeln ab. »Ich war mir ganz sicher, dass es eine Schwester werden würde, obwohl Mom selbst noch keine Ahnung von dem Geschlecht des Kindes hatte. Vielleicht kannte sie es ja auch, verschwieg es meinem Vater aber. Er wünschte sich natürlich einen Jungen.«

»Klingt nach einem absoluten Dreckskerl.«

Ich spüre, wie mein Blick hart wird. »Im Laufe der Jahre habe ich eine Menge kranker Wichser hochgehen lassen. Und mehr als genug davon getötet. Jeder einzelne war böse und gefährlich, und ich bereue nicht einen einzigen dieser Jobs. Aber keiner von ihnen war so erbärmlich und entsetzlich wie mein Vater. Nicht ein einziger.«

»Ich glaube dir.« Er löst eine Hand von meiner Taille und streichelt mir übers Haar, während er mir unverwandt in die Augen blickt. »Was geschah nach der Geburt deiner Schwester?«

»Ich weiß noch, wie glücklich ich war. Sie war so süß und so klein, und meine Mom sagte zu mir, dass ich immer auf sie aufpassen müsse, denn ich sei ja ihre große Schwester.« Eine meiner Hände liegt auf seiner Schulter. Mit der anderen fahre ich durchs Wasser und betrachte die kleinen Wellen. »Damals habe ich nicht darüber nachgedacht, aber später kam ich zu dem Schluss, dass es nicht das übliche Große-Schwester-Gerede war. Du weißt schon, nach dem Motto: *Sei bloß nicht eifersüchtig, denn schließlich gehört sie jetzt zu uns.*«

Das Sonnenlicht verblasst langsam, aber ich sehe trotzdem, wie seine Züge hart werden und seine Kehle beim Schlucken arbeitet. »Er hat sie umgebracht.«

»Ja.« Ich schließe die Augen, nehme mich zusammen, setze erneut an. »So muss es gewesen sein, aber ich weiß es nicht sicher. Sie – sie verschwand einfach, als Eliza noch ein Kleinkind war. Ich glaube, sie kann sich gar nicht mehr an Mom erinnern. Aber er muss sie getötet haben. Sie hätte uns nicht einfach so zurückgelassen, nur um sich selbst zu retten.« Ich schaue ihm direkt in die Augen, wie um ihn zum Widerspruch aufzufordern.

»Nein. Das kann ich mir auch nicht vorstellen. Sie muss gewusst haben, wie schlimm es für euch beide würde, wenn sie nicht mehr als Puffer da war.«

Jetzt rinnt mir doch eine dieser verdammten Tränen die Wange hinab. Von den Erinnerungen und der schlichten

Tatsache, dass er alles so mühelos erfasst, bricht mir beinahe das Herz. Zugleich fühlt es sich unerwartet gut an.

Dennoch kommt es mir seltsam vor, über meine Vergangenheit zu reden, weil ich das so selten getan habe. Warum auch. Sie ist entsetzlich und schmerzhaft, und nachdem ich für den SOC rekrutiert worden war, musste ich sie bei einer Million verschiedener Seelenklempner vorwärts und rückwärts erzählen. Ich hatte damals dauernd das Gefühl, untersucht und verurteilt zu werden, was ätzend war. Nachdem mich also niemand mehr zwang, darüber zu reden, tat ich es auch nie wieder. Nicht einmal mit Leuten, denen ich nahestand. Nicht mit Lorenzo, meinem Partner bei der Detektei. Noch nicht mal mit Cass, die durch ihre Gespräche mit Eliza eine Menge mitbekommen hat. Auch bei ihr waren meine Lippen versiegelt.

Aber bei Tony fühlt es sich weder merkwürdig noch schmerzhaft an. Vielleicht weil ich weiß, dass auch er gelitten hat. Der Verlust seiner Mom. Die Boshaftigkeit und Herrschsucht seines Dads.

»Willst du mir erzählen, was er dir angetan hat?«

Ich schüttele den Kopf. »Egal, was du dir vorstellst«, sage ich, »es war schlimmer.«

»Du hast Eliza beschützt.«

Ich mache mir nicht mal die Mühe, mir die Tränen abzuwischen und nicke. »Das musste ich. Sie war alles, was ich hatte.«

»Und du liebst sie.«

Ich nicke. Manchmal vergesse ich, was für eine wichtige Rolle das spielt. Wenn man so aufwächst wie ich und im Grunde nur ans Überleben denkt, scheinen Dinge wie Liebe keine Rolle zu spielen. Oder vielleicht sind sie ja auch so wichtig, dass man sie gar nicht sieht. Sie sind der Stoff, aus dem dein Leben ist. Das, was alles zusammenhält. Aber selbst dann kann Liebe einem weder Nahrung noch Klamotten noch ein Dach über dem Kopf verschaffen. Nicht dass ich wüsste, jedenfalls.

»Aber du bist ihm entkommen«, sagt Tony, der offensichtlich errät, worauf meine Geschichte hinausläuft. »Wie?«

»Ich habe ihn getötet«, sage ich unverblümt. Unverwandt sehe ich ihm in die Augen, warte darauf, dass er erschaudert. Aber Tony zuckt nicht mal mit der Wimper. Ich spüre, wie ich mich sogar noch mehr entspanne.

»Wie?«

»Ich habe ihn die Treppe hinabgestoßen. Um ehrlich zu sein, wir versuchten lediglich zu entkommen. Unser Zimmer befand sich in der Vorratskammer im Keller. Keine Fenster. Gar nichts. Aber ich hatte Eliza versprochen, dass wir herauskommen würden, und so stieß ich ihn. Damals hatte ich gar nicht die Absicht, ihn zu töten – ich wollte ihn nur aufhalten und von ihm wegkommen –, aber hinterher hoffte ich, dass er sterben würde. Immerhin würden wir nur dann in Sicherheit sein, wenn er tot war. Nur dann konnte er uns nicht mehr erwischen. Und …«, füge ich hinzu, ohne mich für mein Geständnis auch nur im

Geringsten zu schämen, »… allein bei der Vorstellung, dass er weiterleben würde – dass er nach unserer Flucht weiter existieren würde –, wurde mir sterbensübel. Ich wollte ihn tot sehen. Und nach all den Malen, die er …« Mir versagt die Stimme. »Nach allem, was er mir zwischen meinem sechsten und fünfzehnten Lebensjahr angetan hatte … ja. Ich wollte, dass er starb.«

»Verdammter Scheißkerl«, stieß Tony hervor. »Ich hoffe, er musste leiden, lag lange mit gebrochenen Knochen da, litt jede Menge Schmerzen, bevor er zur Hölle fuhr.«

Ein trauriges Lächeln umspielt meine Lippen. »Ja, das hoffe ich auch. Aber ich weiß es nicht. Ich habe mich nie erkundigt. Habe nicht mal die Zeitungen gelesen. Ich war fünfzehn Jahre alt und mit meiner kleinen Schwester auf der Flucht. Wir nahmen einen Bus nach Los Angeles. Dort lebten wir auf der Straße.«

»Mit fünfzehn. Mein Gott.« Er löst die Hand von meiner Hüfte und fährt sich damit durchs Haar. Sofort vermisse ich die warme Berührung. Die Verbindung. »Warum bist du nicht in ein Obdachlosenheim gegangen?«

Ich schüttele den Kopf. »Dann hätten sie Eliza und mich vielleicht getrennt. Erst viele Jahre später erfuhr ich, dass er tatsächlich in diesem Keller gestorben war, aber zunächst hatte ich ja keine Ahnung, ob er überlebt hatte oder nicht. Wenn er noch lebte, hätte er uns durch die Behörden in einem Heim ausfindig machen können. Wenn er tot war, konnte jemand herausfinden, was ich getan hatte.«

Er sieht so unglaublich traurig aus, dass ich am liebsten die Hand ausstrecken und ihn trösten würde. Ein warmes Gefühl breitet sich in meinem Innern aus, weil ich weiß, wie betroffen ihn meine Geschichte macht. Einen Augenblick später sagt er gepresst: »Und du bist auf den Strich gegangen, um euer beider Überleben zu sichern.«

Keine Verurteilung. Kein Gefühl. Eine reine Feststellung, und genau diese Reaktion gibt mir die Kraft, ihm auch den Rest zu erzählen. Wie ich mich prostituierte, damit wir eine anständige Wohnung und das Geld für falsche Pässe hatten, ganz zu schweigen von dem Geld, das wir benötigten, um jemanden zu engagieren, der lang genug vorgab, unser Vormund zu sein, um Eliza in der Schule anzumelden. Ich selbst … ich hatte keine Zeit dafür.

Und ja, für Verbrechen muss man zahlen. Auch das erzähle ich ihm. Wie ich klaute. Wie ich alles tat, um das Überleben meiner kleinen Schwester zu sichern. Und Eliza über alles Bescheid wusste.

»Über alles?«, fragt er und zieht beide Augenbrauen in die Höhe.

»Ja«, bestätige ich. »Zugegeben, die Details wurden mit einer hübschen Schleife garniert, bis sie alt genug war, um tatsächlich alles zu verstehen, aber ja. Das volle Programm. Auch, dass ich auf den Strich ging.«

Er gibt keine Antwort, runzelt aber so stark die Stirn, dass ich mich gezwungen fühle fortzufahren. Bei jedem anderen hätte ich das Thema an dieser Stelle womöglich fallen lassen. Zum Teufel: Mit jedem anderen hätte ich diese Unterhaltung gar nicht geführt. Aber Tony ist anders. Ich will, dass er mich versteht.

»Ich hatte niemanden außer ihr. Und sie hatte nur mich. Wir waren in einem Haus voller Lügen und Schmerz aufgewachsen und mit Vorkommnissen, mit denen zwei Kinder niemals konfrontiert werden dürfen. Ich wollte ihr gegenüber hundertprozentig ehrlich sein. Nicht, dass ich unser Leben besser machen musste, als es war. Obwohl ich anschaffen ging, waren wir besser dran. Glücklicher. Gesünder. Sie war erst zehn, aber das kapierte sie.«

»Ich auch«, versichert er sanft. »Aber ich finde es entsetzlich, dass du das alles durchmachen musstest.«

Ich zucke mit den Schultern und widerstehe dem Drang, mich aus seinen Armen herauszuwinden. Gefühlsduselei ist mir zuwider, und mit Mitgefühl kann ich schlicht nicht umgehen.

»Ja, na ja, später wurde es erheblich schwieriger, dieses Versprechen zu halten.«

»Aber du hast es getan.«

Ich nicke. »Ja. Immer.«

»Was hat dazu geführt, dass es schwieriger wurde?«

Ich sehe ihm in die Augen, denn ich will unbedingt sehen, wie er reagiert. »Ich habe jemanden umgebracht.« Mein Mund ist wie ausgedörrt, als die Erinnerung an diesen entsetzlichen Tag über mir zusammenschlägt. Der Schock auf Elizas Gesicht, als ich für schuldig befunden wurde. Und dann noch einmal, als der Richter mich verurteilte. »Ich bekam die Todesstrafe. Ich war achtzehn, und mein Anwalt meinte, der Richter wolle ein Exempel statuieren.«

»Gütiger Himmel«, sagt er. »Was musst du für eine Angst gehabt haben. Nicht nur um dich selbst, sondern auch vor dem, was mit Eliza geschehen würde.«

Und nun ist es so weit. Ich kann die Tränen nicht mehr zurückhalten. Denn er hat verstanden. Ich kann es nicht fassen, aber er hat mich tatsächlich wirklich verstanden.

»Was ist passiert?«

»Die Geschichte ist lang und verworren, aber unterm Strich lief es darauf hinaus, dass der Mistkerl, der mich erpresste, Eliza töten wollte, wenn ich ihm nicht bei einem Job half. Ich ließ mich darauf ein, aber alles ging schief, als jemand anderes aus unserem Team eine unschuldige Frau tötete. Da sagte ich, ich sei raus. Der Mistkerl drohte erneut damit, meine Schwester zu töten. Also habe ich ihn umgelegt.«

»Und sie haben dich nicht nur für den Mord an ihm, sondern auch für den an der Frau verantwortlich gemacht«, rät er, nachdem ich ihm mit matter, gleichgültiger Stimme einen kurzen Abriss gegeben habe.

Ich nicke. »Und niemand konnte meine Geschichte bestätigen. Im Gegenteil, der Rest der Mannschaft verbündete sich und machte mich ebenfalls für beide Tötungsdelikte verantwortlich. Es war furchtbar. Ich hatte solche Angst.« Bei der Erinnerung an diese eiskalte Angst schlinge ich die Arme um meinen Körper. Es war tatsächlich nicht so sehr die Angst um mich selbst, sondern die um Eliza gewesen.

»Und doch bist du jetzt hier.«

Ich nicke. »Kennst du Anderson Seagrave? Er ist Oberst beim SOC.«

Er schüttelt den Kopf. »Sollte ich?«

»Er kennt Stark. Hätte ja sein können, dass eure Wege sich mal gekreuzt haben. Er war damals noch neu. Das ist jetzt beinahe zwanzig Jahre her. Er ist mein Schutzengel. Er und sein Boss holten mich da raus, und Seagrave wurde mein Betreuer. Die Regierung ließ die Anklage unter den Tisch fallen.«

»Und im Austausch dafür gehörtest du fortan ihnen. Bei Geheimdienstaktivitäten.«

»Du hast es erfasst.« Ich hole tief Luft. »Aber für mich war das ein Glücksfall. Ich hatte ein regelmäßiges Einkommen, und zum ersten Mal hatten Eliza und ich eine saubere Wohnung und einen stets gefüllten Kühlschrank. Zur Tarnung bekam ich einen Job als private Ermittlerin bei einem ehemaligen Cop, der mir und Eliza hier und da geholfen hatte, nachdem er uns einmal dabei erwischt hatte, wie wir in einem Auto übernachteten. Lorenzo. Der Job war teils Tarnung, teils echt. Und nach meinem Ausscheiden aus dem Geheimdienst, arbeitete ich tatsächlich als private Ermittlerin weiter. Ich habe ihm gerade meine Hälfte der Firma verkauft. Wenn ich bei Stark Security arbeite, kann ich damit schließlich nicht weitermachen.«

Tony mustert mich mit einem Ausdruck von Respekt, und ich schmelze unter seinem Blick dahin. »Es tut mir so leid, dass du all das durchmachen musstest. Aber es hat dich zu einer unglaublichen Frau gemacht.«

Er blickt mir tief in die Augen, und einen Moment lang steht die Zeit still. Dann streckt er die Hand aus und fährt mir mit den Fingern durchs Haar. Irgendetwas zwischen uns hat sich verändert. Die schwere, dunkle Realität meiner Geschichte wurde durch eine ungeheure Intensität verdrängt, die von heißem Verlangen erfüllt ist. Und sogar von Respekt.

Ich sehe, wie seine Lippen sich öffnen. Und obwohl das lodernde Feuer in seinen Augen mich in Angst und Schrecken versetzt, will ich hören, was er zu sagen hat.

»Emma, wenn wir das hier hinter uns haben – ich meine, wenn wir The-Asst gefunden haben –, meinst du – *Oh, verdammt ...*«

Bei den letzten Worten springt er auf, sodass ich ins Wasser falle. Ich schnappe nach Luft, und er greift nach mir und zieht mich heraus. Aber er sieht nicht so aus, als ob es ihm leidtäte. Stattdessen wirkt er euphorisch. »Wir sind Idioten«, sagt er, und im Bruchteil einer Sekunde hat sich die Stimmung verändert. Sie ist nicht mehr so vielsagend und persönlich, sondern nur noch von der berechnenden Realität unserer Arbeit bestimmt.

»Was?«, frage ich.

»Thea«, sagt er. »Es ist so verdammt offensichtlich.«

Ich schüttele verwirrt den Kopf, doch dann erstarre

ich. Es dämmert mir. »Heiliger Strohsack, du hast recht. The-A.«

Er nickt. »Thea. The-Asst.«

Ich vergrabe meine Finger in seinem Haar, dann ziehe ich ihn näher, um ihm einen langen, bedächtigen Kuss zu geben. Als wir uns voneinander lösen, keuchen wir beide schwer. »Alles Weitere müssen wir auf ein andermal verschieben«, sage ich. »Jetzt ziehen wir erst mal los und finden unsere Kontaktperson.«

KAPITEL 14

Als Tony Thea zu erreichen versuchte, stellte die Telefonistin des Resorts ihn in ihr Zimmer durch, aber nach fünfmaligem Klingeln landete der Anruf wieder bei ihr, und sie weigerte sich, ihm Theas Zimmernummer zu verraten.

»Sie sind davon überzeugt, dass Thea Sie kennenlernen will, Sir«, hatte sie gesagt. »Aber wir sind nun einmal all unseren Gästen verpflichtet, und solange wir Ihre Vermutung nicht bestätigen können, dürfen wir die Nummer nicht weitergeben.«

Diese Sackgasse endete also eindeutig an einer Betonwand. Deshalb machten er und Emma sich nun auf den Weg zum Hauptgebäude des Resorts. »Die Chancen, dass sie gerade mit jemand anderem zusammen ist, sind gering«, sagte Emma. »Immerhin ist sie hier, um dich zu finden. Obwohl ich es schon ein wenig merkwürdig finde, dass sie nicht einfach auf deinem Zimmer angerufen hat.«

»Sie ist erst heute eingetroffen«, antwortete er. Er sprach leise, um nicht belauscht zu werden. »Wahrscheinlich macht sie sich erst einmal ein Bild von der Lage. Und sie erwartet mich schließlich nicht vor morgen.«

Emma nickte. »Dann bitten wir eben Mindy, uns ihr vorzustellen, und wenn wir auch damit keinen Erfolg haben, halten wir nach einer alleinstehenden Frau in der Bar oder im Restaurant Ausschau.«

»Und wenn auch das nichts bringt ...«, fügte er hinzu und umfasste ihren Arm, sodass sie stehen bleiben musste, »... dann kehren wir auf unser Zimmer zurück und machen bis Sonnenaufgang ein paar Überstunden.«

Erst gab sie keine Antwort, und beinahe bedauerte er seine Worte schon. Er wusste verdammt gut, dass keiner von ihnen beiden zu mehr bereit war als nur zu einer Inselaffäre. Doch gleichzeitig spürte er, wie er sich öffnete, wie er zuließ, dass warme Hoffnung ihn durchströmte, Hoffnung auf all die wundervollen Möglichkeiten, sobald The Serpent tot war und seine Vendetta nicht länger sein Leben bestimmte.

Er war vielleicht noch lange nicht bereit, sesshaft zu werden, trotzdem war nicht abzustreiten, wie gern er Emma an seiner Seite hatte.

Die Gedanken rasten innerhalb weniger Sekunden durch seinen Kopf, und er wollte schon einen Rückzieher machen, um sie nicht zu sehr zu bedrängen. Aber sie schien gar nicht das Gefühl zu haben, unter Druck gesetzt zu werden, denn sie packte ihn förmlich am Kragen und zog ihn zu sich herunter. Sie küsste ihn schnell und hart, dann stieß sie ihn grinsend wieder zurück.

»Ich bewundere Männer, die stets einen Plan B haben. Besonders wenn es einer ist, mit dem ich voll und ganz einverstanden bin.« Ihre Augen funkelten schelmisch. »Denn man sollte schließlich nicht nur arbeiten, sondern braucht auch Entspannung …«

Er streichelte ihre Wange. »So etwas wie Entspannung ist uns doch beiden ziemlich fremd, oder? Ich würde sagen, wir haben unser Leben lang nichts anderes getan, als zu arbeiten.«

»Da hast du recht.«

Die Sonne hatte sich hinter das Blattwerk zurückgezogen und tauchte den Pfad in tief orangefarbenen Schein, sodass die Palmwedel und die tropischen Blumen glühten und geradezu flammenähnlich zu züngeln schienen. Er ergriff ihre Hand, und sie schritten weiter den Pfad entlang. Erst an der Kreuzung, an der der Weg sich gabelte – eines der beiden Sträßchen führte zu einer weiteren Gruppe von Cabanas, die andere zum Hauptgebäude –, blieb er stehen.

Er zog sie an sich, erleichtert, als sie so bereitwillig reagierte, sich seiner Berührung öffnete. Er küsste sie lang und bedächtig, nutzte die Tatsache, dass sie ein rückenfreies T-Shirt ohne BH trug, und strich ihr sacht über die Haut. Und schon bald wurde ihr Kuss, der so zärtlich begonnen hatte, beinahe so brennend intensiv wie der lodernde Himmel.

Einen Augenblick später lösten sie sich keuchend voneinander. »Wir müssen sie nicht schon heute finden«, sagte er schließlich.

»Stimmt. Bis morgen zu warten, bringt sicher keinerlei Nachteile mit sich.«

»Und denk doch nur an die Vorteile.« Er ließ die Finger weiter nach unten wandern, neckte sie unter dem Bund ihrer Shorts.

»Du bist sehr überzeugend.« Sie schloss die Augen, die Stimme belegt vor Verlangen.

»Gut, denn ich – *warte.*«

Ihre Lider öffneten sich ruckartig. Die Lust darin war verflogen, ausgelöscht durch absolute Konzentration und Professionalität. Er sah, wie sie den Kopf schief legte und dann mit einem winzigen Kopfnicken auf den Pfad deutete, der zu den anderen Cabanas führte. Er nickte ebenfalls. Beinahe unmerklich, aber es entging ihr nicht, und er sah, wie sie *eins, zwei, drei* Mal auf ihren Schenkel tippte.

Gleichzeitig wandten sie sich um und ertappten eine zierliche Blondine mit an den Seiten kurz geschorenem Haar, die mit einer Kamera in der Hand vor ihnen stand. Sie kreischte und fuhr zusammen, taumelte rückwärts gegen einen Busch.

»Aber hallo«, sagte Emma mit jener Stimme, mit der sie sonst nur bei ihm im Bett sprach. »In diesem Resort gibt es zwar nicht allzu viele Beschränkungen, aber sehr private Schnappschüsse von den Anwesenden zu machen, ohne vorher deren Erlaubnis einzuholen, dürfte eindeutig ein Regelverstoß sein.« Sie nahm seine Hand und legte sie über ihre Brust und lehnte sich an ihn. »Aber sicher können wir uns in dieser Sache irgendwie einigen.«

Das musste er ihr lassen. Er selbst hätte das Mädchen wahrscheinlich eher gefragt, was zum Teufel sie sich da herausnahm. Emma hingegen hatte den Spieß umgedreht und dadurch ihre Deckung gewahrt.

»Ein freundliches Angebot«, antwortete die Frau. »Und tut mir leid, dass ich versäumt habe zu fragen. Aber Sie beide sind so ein hübsches Paar. Also habe ich ein paar Fotos von Ihnen gemacht. Um, ähm, um ein Gefühl für Sie zu bekommen.«

»Ein paar?«, fragte Tony nach und streckte die Hand aus. »Darf ich mal sehen?«

Die Frau leckte sich über die Lippen, dann reichte sie ihm die Kamera. Er scrollte sich durch die Fotos, bewegte sich von hinten nach vorn, wobei er mit der Aufnahme anfing, die sie zuletzt gemacht hatte – und auf der deutlich zu sehen war, wie er die Finger in Emmas Shorts gleiten ließ. Es folgte ein Bild von ihm und Emma auf dem Pfad, eins von ihnen beiden, wie sie durch das Blattwerk wanderten, das die natürliche Quelle umgab, und schließlich ein weiteres sehr freizügiges von ihm, Emma und Tracy Ann.

Er blickte zu der Blondine auf. Sie war ungefähr Mitte zwanzig und biss nun auf ihrer Unterlippe herum. Momentan wirkte sie wie ein Kaninchen, das nicht so recht wusste, ob es weglaufen oder sich der Karotte nähern sollte.

»Das ist also ein Hobby von Ihnen?«, fragte Emma, die ihm über die Schulter geschaut und die Fotos ebenfalls gesehen hatte. Jetzt musterte sie die junge Frau.

»Ich wollte eigentlich keine große Sache daraus machen. Vielleicht könnte ich Ihnen beiden einen Drink spendieren, um die Scharte wieder auszuwetzen? Ich bin Thea«, fügte sie hinzu, wobei sie ausschließlich Tony fixierte. »Ich, äh, arbeite als Assistentin bei einer Firma in den Staaten. Wir handeln mit Neuigkeiten. Informationen.«

Tony sah Emma in die Augen. Diese nickte und machte einen Schritt auf Thea zu. »Ich bin Kari. Und ich bin zusammen mit Tony auf diese Insel gekommen. Wir freuen uns beide sehr, Sie kennenzulernen. Vielleicht sollten wir uns duzen wie jeder hier?«

»Dürfen wir dich in unsere Cabana einladen?«, schlug Tony vor. »Da können wir etwas trinken. Reden.«

Thea nickte so heftig, dass ihre Locken wippten. »Das wäre toll. In welcher Cabana wohnt ihr?«

»Im Wanton-Bereich. Unsere Cabana nennt sich Sea View«, antwortete Emma, und zu Tonys Überraschung wirkte Thea darüber erfreut. »Das ist perfekt.«

»Woher wusstest du, dass ich ...«, begann Tony und stockte, als Thea seine Hand nahm und sie drückte, was er als Warnung auffasste. »... äh, ein gutes Sujet für deine Fotos sein könnte?«

»Na ja, du hast einen tollen Körper«, antwortete sie lässig. »Ihr beide habt einen tollen Körper«, fügte sie hinzu und deutete mit einem Kopfnicken auf Emma. Sie ließ die andere Hand in Emmas gleiten. »Ich glaube, wir drei werden uns prächtig amüsieren.«

KAPITEL 15

Na gut«, sagt Thea, kaum, dass wir auf dem Zimmer sind. »Jetzt können wir reden.«

»Jetzt?«, wiederhole ich mit einem Seitenblick auf Tony. »Warum konnten wir das eben nicht tun?«

Sie zuckt mit den Schultern und wirkt mehr als nur ein bisschen unbehaglich. »Draußen gibt es zwar keine Mikrofone«, erklärt sie. »Aber manche Mitarbeiter sind dazu ausgebildet, zu … na ja, ihr wisst schon.«

»Eigentlich nicht«, meint Tony. »Warum sagst du es nicht einfach?« Es klingt wie eine Frage, ist aber ein Befehl.

»Sie bespitzeln die Gäste. Und wenn sie glauben, dass einer vielleicht Probleme verursachen könnte, berichten sie es dem oberen Management.«

»Probleme«, wiederhole ich.

Sie wird puterrot. »Na ja, immerhin ist das hier ein *Sexresort.*«

Meine Schultern entspannen sich wieder. »Reporter«, sage ich. »Leute, die Fotos nach draußen schmuggeln. Die die Diskretion verletzen.«

»Ganz genau.«

»Du hattest eine Kamera dabei.«

Sie wird schon wieder rot. »Mein Boss möchte immer, dass ich mit ein paar Souvenirs nach Hause komme. Und er ist mit dem Besitzer befreundet. Deshalb bekomme ich so eine Art Freibrief.«

Ich ziehe eine Grimasse. »Gut zu wissen, dass das Resort sich so streng an die eigenen Regeln hält.«

»Oh, mein Boss sieht sie sich nur selbst an. Er ... na ja, er reist nicht gern. Ich glaube, das ist seine Version von Amateurpornos.«

»Und hier drin sind wir sicher?«, hakt Tony nach. »Hier lauscht niemand? Oder sieht zu?«

»Nein, hier drin nicht.« Thea sieht abwechselnd mich und Tony an. »In einigen der Cabanas sind Kameras und Aufnahmegeräte versteckt«, erläutert sie uns. »Aber die hier ist clean.«

»Na gut«, sagt Tony, nachdem er sie ein paar Sekunden lang kühl gemustert hat. »Kommt mit.«

Er führt sie in die kleine Küche und deutet auf den Tisch. Sie setzt sich, und ich tue es ihr gleich. Einen Augenblick später schließt Tony sich uns mit einer Flasche Wein an. Ich verkneife mir ein Lächeln. Die Cabana verfügt über üppige Alkoholvorräte, wahrscheinlich, um sexuelle Hemmschwellen zu senken. Außerdem lockert Alkohol die Zunge.

Wie erwartet, gießt er Thea ein großzügiges Glas ein und tut das Gleiche bei mir. Ich verkneife mir ein Lächeln und frage mich, welche Verhörmaßnahmen er später für mich im Sinn hat. Was immer es ist, wahrscheinlich wird es mir gefallen.

»Okay«, sagt er, nachdem er sich selbst ebenfalls etwas eingeschenkt hat. »Erzähl uns, woher du das alles weißt. Und danach will ich etwas über The Serpent wissen.«

Sie nippt an ihrem Glas. »Mein Boss ist mit dem Besitzer der Insel befreundet. Er schickt gern Geschäftspartner oder Konkurrenten her. Bietet ihnen hier Urlaub an – ohne Verpflichtungen.«

Sie verdreht die Augen. »Aber natürlich sorgt er dafür, dass man diesen Gästen eine der Cabanas mit Mikrofonen oder Kameras zuweist. Er findet das ... sagen wir, nützlich. Und da er dem Resortbesitzer schon häufiger aus der Klemme geholfen hat, weiß er, welche Cabanas verwanzt sind und welche nicht.«

»Und du hast ebenfalls Zugang zu derlei Informationen?«

»Glaubst du, ich würde mit dir reden, wenn dem nicht so wäre?«

Tonys Miene bleibt unerschütterlich, aber sein Körper verkrampft sich vielsagend. Ich bin sicher, dass er das Gleiche denkt wie ich – dass dies eine Falle sein könnte. Aber warum? Schließlich ist er The Serpent nie so dicht auf den Fersen gewesen, dass sein Gegner in Versuchung geraten könnte, den Spieß umzudrehen und dafür Thea als Köder zu benutzen. Um Tony aus der Reserve zu locken, hätte es im Laufe der letzten Jahre sicher diverse Gelegenheiten gegeben. Für The Serpent ist Tony – und ebenso ich selbst – ein kleiner Fisch. Wir sind nichts weiter als ein paar lästige Nervensägen, die ihm nichts anhaben können, denn er ist immerhin so etwas wie ein

Geist. Und Geister zu jagen, erweist sich von jeher als schwierig.

Und wenn er von seinem Geistermodus nicht abgewichen ist, sagt Thea die Wahrheit. Sie hat Informationen und hat beschlossen, sie weiterzugeben.

Warum sie das tut … werden wir noch sehen.

»Für wen arbeitest du?«, fragt Tony.

»Harvey Dailey«, antwortet sie, und ich setze mich aufrechter hin, denn diesen Namen kenne ich.

Dailey ist zwar alles andere als ein rechtschaffener Bürger, im Visier hatte ich ihn jedoch nie. Soweit ich weiß, ist Dailey nicht daran interessiert, kleine Mädchen für sein persönliches Vergnügen zu kaufen. Vielmehr hat er sich auf Erpressung verlegt und nutzt die zahllosen Verzweigungen seines rechtmäßigen, geschäftlichen Netzwerks, um die Erträge aus diversen Aktivitäten zu waschen.

Wertpapierbetrug und ähnliche Wirtschaftsverbrechen stehen ebenfalls auf seiner Agenda, aber nichts davon hat mich so richtig auf die Palme gebracht, weder als private noch als verdeckte Ermittlerin. Ich war immer der Meinung, dass meine speziellen Fähigkeiten an Bürokratiekriminalität verschwendet wären. Und wenn jemand erpresst werden konnte, dann hatte er zumindest ein bisschen Dreck am Stecken. Nicht dass ich für die Opfer kein Verständnis hätte. Das habe ich durchaus. Aber wenn ich die Wahl habe, jemandem entweder dabei zu helfen, seine verbotene Affäre geheim zu halten, oder einem

Flüchtling zu helfen, der zur Prostitution gezwungen wird, muss ich nicht lange nachdenken.

Ich sehe zu Tony hinüber und erkenne an seiner Miene, dass auch er den Namen kennt. »Und The Serpent?«, erkundigt er sich. »Ich nehme an, dass auch er für Dailey arbeitet?«

Das ist auch meine Vermutung. Dass The Serpent sich nach dem Tod von Tonys Vater einen neuen Herren gesucht hat.

Thea nickt. »Genau.«

»Und jetzt die Bonusfrage, Thea. Wie heißt The Serpent wirklich? Und wie zum Teufel hast du mich gefunden?«

Seine Stimme ist jetzt tödlich ruhig, ohne jede Andeutung von Leichtigkeit. Diese Seite von ihm erlebe ich soeben zum ersten Mal, und ich bin beeindruckt. Möglicherweise mehr, als ich es sein sollte, denn ich ertappe mich dabei, wie ich mir ihn als Partner vorstelle. Dabei sollte ich meine Fantasien doch besser aufs Bett beschränken. Und auch das nur vorübergehend.

Sie trinkt einen kräftigen Schluck Wein, schluckt, dann leert sie das Glas komplett. Tony zieht beide Augenbrauen hoch, und sie zuckt mit den Schultern. »Du machst mir wirklich Angst«, sagt sie, und in diesem Augenblick wird mir erst klar, wie jung sie ist. Wahrscheinlich noch nicht mal fünfundzwanzig.

»Ich gebe mein Bestes. Rede.«

»Ich arbeite schon seit ein paar Jahren für Dailey, und ich habe einiges mitbekommen. Seine Geschäfte sind nicht legal. Und ich weiß, dass bei uns schon Bundesagenten herumgeschnüffelt haben, und habe Worte wie Schutzgelderpressung, Geldwäsche und verbrecherisches Komplott und so weiter gehört.«

»Okay, weiter.«

Sie schüttelt den Kopf. »Das ist nichts für mich. Da mache ich nicht mit. Aber wenn ich versuche auszusteigen ...« Sie lässt den Satz auströpfeln und beißt sich auf die Unterlippe. »Ich ... ich sagte Mr Dailey, dass ich kündigen möchte, um wieder die Universität zu besuchen. Und Mr. Dailey meinte, ich solle weiter für ihn arbeiten und berufsbegleitend studieren. Also antwortete ich, dass das toll klänge. Denn was hatte ich für eine Wahl?«

Tony sieht mich an, und ich nicke beinahe unmerklich. Die stumme Verständigung klappt. Die junge Frau hat zu Recht Angst, nicht nur, weil ihr Boss Erpressungsvideos sammelt und Geld wäscht. Sie hat Angst davor, dass man ihr eine Kugel in den Kopf jagt.

»Aber jetzt bist du trotzdem hier«, sage ich. »Also, was ist passiert?«

Sie schluckt trocken. »Mein Bruder war ein Hacker. Er ist es noch, obwohl er schwört, nicht mehr im Geschäft zu sein. Er macht nur noch hin und wieder etwas, um nicht vollkommen einzurosten. Aber früher war er im Darknet unterwegs und auf allen möglichen gruseligen Websites aktiv. Er hat mir davon erzählt. Als ich also plötzlich das Gefühl hatte, in der Falle zu sitzen, dachte ich, dass ich im Darknet vielleicht mehr Infos über meinen Boss finden würde.«

»Sie wollten ihn erpressen, um kündigen zu können?«, fragt Tony ungläubig.

Sie schüttelt den Kopf. »Ehrlich gesagt wusste ich gar nicht, wonach ich suche. Und dann ist Billy – das ist mein Bruder – über diese Fragen nach The Serpent gestolpert. Verdeckte Anfragen, aber alle von dem gleichen Typen. Das warst dann du, wie sich herausstellte«, sagt sie und sieht Tony an.

Er greift nach meiner Hand. »Und warum wolltest du mich treffen?«

»Ich vermutete, dass du ihn töten willst. Oder umgekehrt seine Dienste in Anspruch nehmen willst, aber das bezweifelte ich. Aber für mich spielt das keine Rolle. Denn ich kann dir seinen Namen nennen und dir sagen, wo er sich aufhält, und diese Information ist doch sicher einiges wert.«

»Und nun kommen wir also zur Crux des Ganzen«, sagt Tony. »Was willst du?«

»Hilfe«, sagt sie deprimiert. »Der Besitzer des Debauchery stellt meinem Boss seinen Tresorraum zur Verfügung, um dort Papiere zu lagern. Wie in diesem Tom-Cruise-Film *Die Firma*. Sachen, die nicht auf dem Computer gespeichert werden, weil Leute wie mein Bruder ihn knacken könnten. Ich will da rein, jede Menge Fotos machen und mich dann an die Bundespolizei wenden. Wenn ich Beweise für all die Scheiße habe, in die sie verwickelt sind, wird die Polizei mich schützen, oder?«

»Du wirst im Zeugenschutzprogramm landen«, stelle ich klar.

»Gut«, sagt sie und klingt ehrlich begeistert. »Ich habe mein Leben völlig in den Sand gesetzt. Mehr will ich gar nicht. Einen totalen Neuanfang.«

»Wissen sie, dass du hier bist? Dailey? Seine Mitarbeiter?«

Sie nickt. »Der Inselaufenthalt gilt als Bonuszahlung. Wie gesagt, das Resort gehört Daileys Freund. Von den Kameras darf ich offiziell gar nichts wissen, aber ich weiß es. Als ich darum bat, hier Urlaub machen zu dürfen, waren sie also mehr als froh, mich herfliegen zu lassen. Ich bin in einer der überwachten Cabanas untergebracht.« Sie verzieht das Gesicht, und ich nehme an, sie überlegt, wen sie mit zurück in ihre Hütte nehmen kann, nur damit ihre Deckung nicht auffliegt.

»Du willst also unsere Hilfe, um in den Tresorraum zu gelangen? Ob du es glaubst oder nicht, wir können das Schloss eines Tresors nicht einfach knacken, indem wir nur unser Ohr daran halten. Das hier ist kein Actionfilm.«

Sie schüttelt den Kopf. »Nein, ich kenne die Kombination. Der Debauchery-Besitzer gestattet Dailey die Tresorbenutzung. Wahrscheinlich weiß jeder, dass hier Aufzeichnungen lagern, die das Finanzamt keinesfalls zu Gesicht bekommen darf, aber niemand redet darüber. Es gehört zu meinen Aufgaben, die Kombination allwöchentlich zu verändern. Was ich brauche, ist eure Hilfe beim Herstellen eines Kontaktes zur Strafverfolgungsbehörde. Jemanden, dem ich vertrauen kann und der mir wirklich helfen wird. Ich weiß nicht, an wen ich mich wenden soll. Ich meine, Dailey hat seine Handlanger auch in der Regierung und am Gerichtshof sitzen. Wenn ich an den Falschen gerate, dann könnte er …«

Tony hält die Hand hoch. »Kapiert. Das ist machbar. Und als Gegenleistung sagst du mir, wo man The Serpent findet. Und verrätst mir seinen richtigen Namen?«

Sie nickt. »Diese Informationen kann zwar auch ich nicht aus dem Handgelenk schütteln. Aber ich weiß, dass wir sie im Tresor finden. Sämtliche persönlichen Akten und Aufzeichnungen sind dort, ebenso wie die Dossiers, das Erpressungsmaterial und Ähnliches.«

Tony erhebt sich und geht zur Besteckschublade hinüber. Er nimmt zwei Steakmesser heraus, dann kehrt er zurück und gibt mir eines davon. Nicht die beste Waffe, aber wenn diese Mission wirklich so simpel ist, wie Thea uns glauben machen will, werden wir gar keine Waffe brauchen. Dennoch entferne ich den Griff, um die Klinge besser führen zu können, für den Fall, dass ich doch gezwungen sein sollte, sie mal einzusetzen.

Stirnrunzelnd nimmt Tony Theas Weinglas an sich. »Geh jetzt schlafen. Ich nehme an, du weißt, wo das Schlafzimmer ist? Zwei Stunden. Und iss das hier«, fügt er hinzu und holt eines der Croissants heraus, die wir im Willkommenskorb in der Küche gefunden haben.

»Ich habe gar keinen …«

»Du musst bei Kräften sein. Wir machen es auf meine Art oder gar nicht. Nachdem wir dich geweckt haben, kannst du alles mit uns durchgehen. Uns den Tresorraum und die Umgebung genau schildern. Uns über mögliche Überwachungskameras informieren. Oder über das Alarmsystem, das wir außer Gefecht setzen müssen. Alles, was dir einfällt.«

»Klar«, antwortet sie. »Aber es ist wirklich kein Problem. Schließlich mache ich hier Urlaub. Dass ich mal kurz am Tresor vorbeischaue, ist nur ein Gefallen, den ich meinem Chef tue.«

»Stimmt schon«, sage ich und setze mich neben Tony, der wieder Platz genommen hat. »Es klingt alles ganz einfach. Aber glaub mir eins. Das ist es niemals. Und jetzt geh«, füge ich sanft hinzu. »Ruh dich ein bisschen aus. Wir werden dich wecken.«

»Ihr bleibt hier? Bei mir?«

»Wir machen uns einen Kaffee und setzen uns damit auf die Veranda. Keine Mikrofone im Garten?«

»Keine«, versichert sie. »Lasst ein bisschen Kaffee für mich übrig. Nach einem Nickerchen bin ich immer etwas groggy.«

Tony lacht. »Machen wir.« Er sieht ihr nach, dann wendet er sich mir zu. »Und was ist mit dir?«

»Ich brauche keinen Schlaf«, sage ich, und prompt muss er lachen. Oder zumindest grinsen.

»Ich meinte in Bezug auf den Kaffee«, fügt er hinzu

und macht uns in dem Ein-Tassen-Kaffeeautomat nacheinander zwei Becher. »Und die Veranda«, fügt er hinzu, als er mir einen reicht.

Ich folge ihm nach draußen und setze mich im Schneidersitz ans untere Ende einer Doppelliege. »Wollen wir hier unser weiteres Vorgehen planen?«

Er schüttelt den Kopf und nimmt auf der Kante der Liege Platz, nah genug, dass ich nur die Hand ausstrecken müsste, um ihn zu berühren. Doch obwohl ich es mir wünsche, verzichte ich darauf. Zum einen, weil wir jetzt eigentlich an unsere Arbeit denken sollten, und zum anderen, weil ich frustriert darüber bin, wie sehr ich ihn begehre. Dieses ständig im Hintergrund surrende Verlangen, ihn zu berühren. Diese Verbindung zu spüren, die seltsamerweise, unangenehmerweise und erstaunlicherweise immer intensiver geworden ist, seit er in mein Haus spaziert kam und mich zum Mitmachen überredete.

»Was ist los?«, hake ich nach, als er nichts sagt. »Machst du dir Sorgen wegen Thea? Sie scheint …«

»Ich werde bei Stark Security anfangen.«

»Oh.« Ich will noch mehr sagen, aber mir bleiben sämtliche Worte im Halse stecken. »Großartig. Du wirst sicher ein großer Gewinn für die Firma sein.«

»Ich habe mir überlegt, dass sie uns vielleicht zu Partnern machen. Insbesondere nach der jetzigen Mission.«

Ich hebe eine Schulter. »Davon gehe ich aus. Ist das ein Problem?« Meine Stimme klingt mit einem Mal scharf. Ich kann es nicht verhindern, ebenso wenig wie die Tatsache, dass sie vor Zorn bebt. »Falls du nämlich Bedenken hast, dass ich jetzt besitzergreifend oder seltsam reagiere, nur weil wir uns nackt in den Kissen gewälzt haben, kann ich nur sagen: keine Sorge. Wir hatten viel Spaß miteinander, du bist ein toller Hecht im Bett, und ich bin davon überzeugt, dass du auch als Partner fantastisch sein wirst.«

In seiner Wange zuckt ein Muskel, aber seine Augen geben nichts preis. Zuerst gibt er keine Antwort. Dann nickt er. »Stimmt. Na ja, cool. Dann ist zwischen uns ja alles geklärt. Ich hoffe, dass wir tatsächlich zusammenarbeiten werden. Du bist wirklich gut in deinem Job.«

»Du aber auch«, sage ich. Ich bin ein bisschen wütend und hasse mich deshalb selbst. Warum fällt es mir leichter, einen Raum bewaffneter Idioten zu stürmen, als diesem Kerl zu erzählen, dass er – auch wenn ich keine Ahnung habe, warum – mehr für mich ist als nur eine vorübergehende Affäre?

Er zögert, und ich erwarte, dass er noch etwas sagt. Aber dann steht er auf, dreht sich um und geht zur Tür.

Gut. Großartig. Fantastisch. Beziehungen sind chaotisch und kompliziert und verwirrend. Ich wollte nie eine haben und kann auch jetzt keine brauchen.

Was eine riesige, fette Lüge ist, und da es zu meinen Grundregeln gehört, Eliza oder mich selbst nie anzulügen, bin ich in diesem Augenblick total durcheinander.

Meine Verwirrung geht in einen Tornado aus Hoffnung und teenagermäßiger Angst über, als er im Türrahmen stehen bleibt, sich umdreht und ein heiseres »Fuck it« ausstößt.

»Wie bitte?«, blaffe ich, aber er ignoriert meinen Ton, und dafür danke ich Gott. Mit zwei langen Schritten überquert er die Fliesen, packt meinen Oberarm und zerrt mich auf die Füße.

»Hey!«

»Lass mich dir nur eins sagen, und dann kannst du mich von mir aus zum Teufel jagen. Aber ich bin dabei, mich in dich zu verlieben, verdammt. Und ich bin so dicht – *so dicht* – davor, diesen Mistkerl Serpent festzunageln. Was bedeutet, dass ich wieder ein Leben haben werde, vielleicht sogar zum ersten Mal. Und vielleicht bin ich ja ein Idiot, aber ich will, dass du Teil dieses Lebens bist. Als meine Partnerin«, sagt er. »Im Job und ansonsten.«

»Gütiger Himmel. Ist das ein Heiratsantrag?«

Er lacht doch tatsächlich schallend. »Du müsstest mal dein Gesicht sehen.«

Ich greife nach seiner Hand. »Warte«, sage ich, obwohl er gar nicht weggehen will. Kann sein, dass ich durcheinander bin, aber ganz sicher nicht entsetzt oder angewidert, und das scheint er durchaus mitzukriegen. Er weiß, dass ich ihn jetzt nicht fortlassen will. Zum Teufel, anscheinend hat er das sogar noch vor mir selbst kapiert.

»Warte?«, wiederholt er jetzt sanfter. »Worauf soll ich warten?«

»Auf meine Entschuldigung?« Ich hole tief Luft, dann

atme ich langsam wieder aus. »Alles, was du gerade gesagt hast. Dito.«

Er verzieht die Lippen zu einem strahlenden Lächeln. »Dabei sind doch wir Männer immer diejenigen, denen man Wortkargheit nachsagt.«

»Ja, na ja, wie wär's damit: Tut mir leid, dass ich Schildkröte gespielt und mich unter meinen Panzer zurückgezogen habe. Wenn du allerdings demnächst etwas tust, das mir Angst macht, zum Beispiel einen Ring aus der Tasche zu ziehen, dann bin ich gleich wieder drunter. Aber das – was du da vorschlägst, meine ich … Partner zu sein – im Job und im Leben. Zusammen zu sein. Ja. Ich weiß nicht, wieso, aber ich will es versuchen.«

»Vielen Dank auch.«

Ich grinse. »Na gut. Ich weiß *wohl*, warum. Es liegt an dir. Du hast dich unerwartet und klammheimlich in mein Herz geschlichen. Es wäre einfach nicht fair, dich wieder ›rauszukicken‹, ohne dir wenigstens eine Chance zu geben.«

Er verdreht die Augen. »Emma?«

»Ja.«

»Hör auf zu quasseln.« Und dann küsst er mich – Gott sei Dank.

KAPITEL 16

Irgendwie war das alles die verrückteste Aktion seines Lebens. Aber solange er Emma in den Armen hielt, ihren frechen Mund küssen und ihren Körper spüren konnte, war es das wert.

Mit leisem Stöhnen intensivierte er den Kuss, zog sie nach unten, bis sie auf der Liege lagen. Sie stieß einen leisen Protestlaut aus, dann löste sie sich von ihm und stützte sich auf einen Ellbogen, um ihn anzusehen.

Eine Haarlocke hatte sich hinter ihrem Ohr gelöst und fiel ihr auf die Wange. »Das können wir jetzt nicht tun. Wir müssen in die Gänge kommen«, sagte sie.

»Oh, ich glaube doch, dass wir das können.« Er grinste, dann drehte er sie beide um. Sie kreischte, als sie auf dem Rücken landete, während er rittlings auf ihr saß. Nun breitete sich ihr Haar auf dem Kissen aus, und in den funkelnden Lichtern, die die Veranda zierten, sah sie aus wie ein Engel. Sein Engel, dachte er, und dieser alberne, sentimentale Gedanke kam ihm nicht kitschig vor, sondern süß. Und wahr.

»Tony ...«

Ihre Stimme klang tadelnd, aber ihre Hände – die

sacht an seinem Rücken entlang wanderten, um dann seinen Hintern zu umfangen – sprachen eine ganz andere Sprache.

»Sie schläft. Macht doch nichts, wenn wir sie ein wenig später wecken.«

»Das ist eine Ausrede.«

»Um mit dir zusammen sein zu können, bin ich nie um eine Ausrede verlegen.«

Sie lachte. »Hübsch gesagt, aber nicht zutreffend. Du würdest deine Chance, in diesen Tresor hineinzugelangen, nicht so einfach aufs Spiel setzen, und du würdest auch ihre Sicherheit nicht gefährden.«

Das stimmte. Mein Gott, wie gut sie ihn bereits kannte. »Ich würde auch *dich* nicht gefährden«, fügte er hinzu.

»Das ist kein Problem. Ich kann auf mich selbst aufpassen.«

»Definitiv.« Er verlagerte sich, sodass er sanft ihren Körper streicheln konnte. Dann konzentrierte er sich darauf, durch den dünnen Stoff ihres Shirts hindurch ihre Brust zu liebkosen. »Aber im Augenblick möchte ich mich gern um dich kümmern.«

»Kein schlechter Plan«, flüsterte sie, und er merkte, wie sehr sie tatsächlich auf ihn abfuhr, denn ihr Puls begann zu rasen, und sie seufzte leise.

Er beugte sich vor, ließ seine Lippen sanft über die ihren hinweg- und dann hinabwandern, um ihr Kinn zu schmecken und sich weiter nach unten vorzuarbeiten.

»Warte.« Ihre Stimme war kaum mehr als ein Flüstern,

aber plötzlich überlief es ihn kalt vor Angst. Nicht weil sie wollte, dass er aufhörte, sondern weil er sich so sehr danach sehnte weiterzumachen. Weil er sich so sehr nach *ihr* sehnte. Und obwohl sie ihm gerade versichert hatte, dass auch sie ihn wollte, konnte er es immer noch nicht so recht glauben.

Er sagte nichts, fühlte sich aber verletzlicher denn je. Selbst damals als Kind, als er seinem Vater auf Gedeih und Verderb ausgeliefert gewesen war, hatte er nicht so empfunden. Oder später bei einer Mission, als er von irgendeinem Arschloch in die Enge getrieben worden war, und der Typ mit einer Waffe auf seinen Kopf gezielt hatte.

Damals hatte er überlebt. Aber er war nicht sicher, ob er auch heute überleben würde, wenn sie ihre Worte von vorhin zurücknahm und ihm verkündete, dass sich ihre Affäre nur auf den Inselaufenthalt beschränkte. Das nichts zwischen ihnen real war. Nichts es wert, näher erkundet zu werden, und sei es auch nur, um zu sehen, ob sie zueinander passten.

»Ich bin nicht …«, begann sie, und er spürte, wie sich eine kalte, harte Hand um sein Herz legte.

Sie räusperte sich und fing von Neuem an. »Ich weiß nicht so genau, wie das geht. Wie man dafür sorgt, dass es funktioniert. Du und ich, meine ich.«

Ihre Augen waren weit aufgerissen und blickten ernst drein, und sie wirkte so weich und unschuldig und vertrauensvoll. In diesem Moment wusste er, dass sie eine

Chance hatten. Denn er entdeckte keine Spur der hartgesottenen Frau, die ihm den Hals brechen konnte, wenn sie wollte. Sie zeigte ihm ihre schwache Seite, und das sagte so verdammt viel mehr als tausend Worte.

Er hielt ihrem Blick stand und hörte die unterdrückte Freude in seiner Stimme, als er nur antwortete: »Kein Kunststück. Ich bin einfach nur ich, und du bist du. Und wir gehen immer nur einen Tag nach dem anderen an.«

»Das gefällt mir.« Sie atmete tief ein und runzelte die Stirn. »Hör zu, vor dir war ich mit jemandem zusammen.«

Er verdrängte den Stich der Eifersucht. »Muss ich befürchten, dass du mir einen Tritt in den Hintern gibst, wenn wir zurückkehren?«

Ihre Hände lagen auf seinem Hintern und drückten ihn leicht. »Nein. Nein, wir haben uns vor drei Monaten getrennt. Es war sowieso eher unverbindlich. Mehr Freunde mit gewissen Vorzügen.« Sie runzelte erneut die Stirn. »Na ja, das dachte ich jedenfalls. Sie wollte mehr.«

Er nickte, schwieg aber. Er konnte sehen, dass sie noch mehr zu sagen hatte. Hoffentlich befürchtete sie nicht im Ernst, dass er sich von ihrer Bisexualität abschrecken ließ. Ihm war egal, mit wem sie davor zusammen gewesen war, solange sie jetzt nur ausschließlich ihm gehörte.

»Ich habe nur …« Sie verstummte, dann schöpfte sie erneut Atem. »Ich kann nicht glauben, dass ich das jetzt laut ausspreche. Shit.« Wieder ein tiefer Atemzug, dann platzte sie heraus. »Es ist nur, dass diesmal – mit dir – ich womöglich diejenige sein werde, die mehr will. Und das macht mir Angst.«

Ein wundervolles Gefühl der Erleichterung erfüllte seine Brust. »Süße, das ist kein Grund zur Sorge.«

»Du bist mir unter die Haut gegangen«, sagte sie. »Du bist in meinem Kopf.«

Er küsste sie sacht, dann grinste er. »Klingt ungemütlich.«

»Ehrlich gesagt ist es überraschend angenehm.« Sie schluckte. »Ich empfinde nicht häufig so. Nein, das ist eine Lüge«, berichtigte sie sich, und beinahe wäre er zusammengezuckt aus Angst, sie würde ihm nun von einer lange verlorenen Liebe berichten, nach der sie sich immer noch verzehrte.

Er war abgelenkt, also war es ein Leichtes für sie, ihn zu überwältigen. Blitzschnell drehte sie ihn um, sodass er gleichzeitig keuchte und lachte, als sie auf ihm saß. »In Wahrheit habe ich *noch nie* so empfunden. Also brich mir nur ja nicht das Herz, okay?«

Sie ließ die Hände an ihm hinaufwandern, bis sie seine Kehle umfasste und die Daumen so positionierte, dass sie mühelos seine Luftröhre hätte zudrücken können. »Ich bin ausgebildete Gehcimagentin, weißt du noch?« Ihre Stimme klang leise und neckend, aber ein Körnchen Wahrheit schwang trotzdem mit. »Glaub mir, ich kenne jede Menge Methoden, um mich für ein gebrochenes Herz zu rächen.«

»Ich werde dran denken.« Er richtete sich auf, wobei er

den kurzen Druck an seiner Kehle ignorierte, bevor sie die Hände zurückzog. Dann küsste er sie und wollte ihr die Shorts abstreifen.

»Oh-oh«, sagte sie tadelnd. »Wenn wir in weniger als zwei Stunden in diesen Tresorraum eingedrungen sind, uns die Informationen beschafft haben und wieder zurück sind, dann werde ich dich so hart ficken, dass du Sterne siehst. Aber im Augenblick müssen wir an unsere Mission denken.«

»Ja, du hast recht. Und …«, fügte er hinzu und stellte den Timer an seiner Armbanduhr. »… die Zeit läuft.«

***

»Bisher hat Mario nichts rausbekommen«, hatte Emma etwa eine Stunde später zu Tony gesagt. Sie hatten ein paar Fotos an den Technikguru der SSA geschickt. »Er gibt zu, dass es kein Vollcheck ist, aber ohne einen letzten Namen kann er in so kurzer Zeit sowieso nichts ausrichten. Trotzdem können wir sicher sein, dass Dailey Dreck am Stecken hat. Warum sonst sollte er einen privaten Tresor haben? Und was Thea angeht …«

Sie hatte nur wortlos mit den Schultern gezuckt, und er hatte zustimmend genickt. »Sie ist entweder sauber oder eben nicht, aber unter diesen Umständen müssen wir uns mit ihr begnügen. Bleib wachsam.«

»Immer«, hatte sie gesagt, dann hatte sie ihn geküsst und ihre Lippen zunächst auch dann nicht von seinen gelöst, als Thea ins Zimmer gekommen war. »Erhebe nur Anspruch auf mein Eigentum«, hatte sie dann zwinkernd erklärt, seine Hand ergriffen und Thea zugenickt. »Auf geht's!«

Danach schlenderten sie einen der Pfade hinab, der zum Bootshaus der Insel führte. Nach Sonnenuntergang war es zwar verschlossen, die Wege jedoch blieben zugänglich. Und während sie sich möglichst zwanglos bewegten, hielten sie die Augen offen und nach anderen Spaziergängern in der Nähe Ausschau. Bislang hatten sie niemanden entdecken können.

»Der Tresorraum befindet sich an der Rückseite des Bootshauses«, berichtete Thea ihnen. »Sieht aus wie ein alter Wartungsraum, ist aber eine richtige Festung.«

Nachdem sie den Hauptweg verlassen hatten und auf einen schmaleren Pfad eingebogen waren, der um das Gebäude herumführte, sah Tony, was sie damit meinte. Die Außenhülle bestand aus verbeultem und verrostetem Wellblech. Die Betonrampe, die ins Wasser führte, war rissig und uneben. Wie Thea gesagt hatte, schien dieser Bereich zugunsten des blitzblanken, neuen Instandhaltungsdocks, das sie entdeckt hatten, als sie auf das Bootshaus zugelaufen waren, in Vergessenheit geraten zu sein.

Er sah Emma in die Augen. Sie nickte kurz, als wolle sie sagen. *Clever. Ganz schön clever.*

Thea öffnete die zerbeulte, rostige Tür. Dahinter verbarg sich eine beeindruckende Stahlplatte. »Sie lässt sich aufschieben«, sagte sie, umrundete Tony und näherte sich dem Sicherungskasten.

Der natürlich gar kein Sicherungskasten war. Er war zur Tarnung mit einer falschen Abdeckplatte versehen worden, hinter der sich eine elektronische Tastatur befand. Sie schloss die Augen, summte leise ein paar Zahlen vor sich hin, dann sah sie ihn und Emma an und zuckte mit den Schultern. »Ich hatte Angst, die Kombination niederzuschreiben. Lieder triggern das Gedächtnis, wusstet ihr das?«

»Pfiffig«, meinte Emma. »Zumindest, wenn du die Texte richtig im Kopf hast.«

Thea grinste. »Das werden wir ja sehen«, sagte sie und gab den Code ein.

Beinahe augenblicklich hörten sie den charakteristischen Zischlaut der Hydraulik, dann glitt die Stahlplatte langsam nach links. Tony nickte beeindruckt und begleitete Thea hinein.

»Zieh die Metalltür zu, damit wir Licht machen können«, sagte Thea, nachdem Emma ihnen gefolgt war. »Hier drin gibt es zwar auch ein Kontrollpanel, aber ich mache mir in die Hose, wenn wir bei verschlossener Tresortür hier drinnen sind. Die Wellblechtür muss reichen.«

»Ja, klar«, meinte Emma und zog die Wellblechtür hinter sich zu. Thea betätigte einen Schalter, um die einsame, matte Glühbirne einzuschalten, die in einem Käfig über ihnen hin- und herschwang.

Trotz der schummrigen Beleuchtung konnte Tony den Raum gut erkennen. Ein Schreibtisch. Ein Block. Ein Drucker. Aber kein Computer. Er nahm an, dass jemand, der im Tresorraum arbeiten wollte, seinen eigenen Laptop mitbringen musste.

Sämtliche Wände waren gesäumt von metallenen Aktenschränken, deren Kanten trotz des luftdicht abgeschlossenen Tresorraums anfingen zu rosten.

»Da hinten«, sagte Thea und eilte zum mittleren Schrank am anderen Ende des Zimmers. »Dort werden die Unterlagen der unabhängigen Bauunternehmer …«

Sie sprach nicht weiter, sondern öffnete eine Schublade. Dann riss sie die darüber liegende ebenfalls auf, anschließend die darunter. Ihre Bewegungen wurden immer hektischer, bis sie sich endlich nach Tony und Emma umsah. »Nichts da«, sagte sie. »Die Schubladen sind vollkommen leer.«

»*Shit*«, fluchte Tony und öffnete ebenfalls eine der Schubladen in seiner Nähe. Hinter sich hörte er, wie Emma es ihm gleichtat.

»Sie haben alles herausgeschafft«, meinte Thea. »Warum sollten sie das tun, ohne es mir zu erzählen?«

Tony holte das Steakmesser aus der Tasche und bemerkte, wie Emma das Gleiche tat. »Entweder haben sie dich nicht informiert, weil es keine Rolle spielt. Du bist schließlich nicht zum Arbeiten hier, sondern machst hier Ferien.«

»Aber …«

»Oder …«, nahm Emma den Faden auf, ohne auf Theas Protest zu achten, »… sie vertrauen dir nicht. Und das hier ist eine Falle.«

»Nein, nein. Sie vertrauen mir. Das weiß ich einfach. Ich …« Sie stöhnte und raufte sich die Haare. »Ich kapiere das nicht.«

»Im Augenblick müssen wir das auch nicht kapieren«, sagte Tony. »Wir müssen vor allem erst mal hier raus.«

Er bedeutete Emma, vorauszugehen, und griff nach Theas Oberarm. Er hatte zwar keine Ahnung, was hier schiefgegangen war, aber sicherheitshalber wollte er sie in seiner Nähe behalten.

Emma verließ den Tresor als Erste, dann folgten Tony und Thea. Letztere eilte zu dem Kontrollpanel, gab den Code ein, und die Tür glitt zu. Tony schob die Tür aus Wellblech wieder zu, und die drei traten unter dem Vordach hervor. In diesem Augenblick tauchte eine große, schmale Gestalt ein paar Meter vor ihnen auf dem Weg auf.

Er trug eine Basecap, sodass man trotz des hellen Mondlichts sein Gesicht nicht genau erkennen konnte. Nur seinen Mund konnte man sehen: Er lächelte, seine weißen Zähne schimmerten. Sofort war Emma neben Tony, sodass sie mit ihren Körpern Thea vor dem Fremden beschützten.

»Macht euch keine Mühe«, sagte der Mann mit tiefer, schnarrender Stimme. »Ich werde Thea kein Haar krümmen. Immerhin habe ich es ihr zu verdanken, dass ich hier bin. Sie hat mich zu euch geführt. Wie schön, dich kennenzulernen, Antonio, nach ssssso vielen Jahren.« Er hatte das *s* in die Länge gezogen, als hätte Tony nicht längst erraten, wer er war. Vor Zorn kochte bereits das Blut in seinen Adern.

The Serpent – die Schlange. Stand nach all diesen verdammten Jahren genau vor ihm.

»Sie haben meine Mutter ermordet«, sagte Tony.

»Sie hat um ihr Leben gebettelt. Aber dein Onkel nicht. Er starb zumindest in Würde und verkündete mir sogar, dass ich dafür büßen würde.« Er deutete auf sich selbst. »Davon hab ich aber bis jetzt noch nichts gemerkt.«

Hinter ihm murmelte Thea nur »Nein, nein«, und er erkannte, dass ihm die gleichen Worte durch den Kopf gingen. *Nein, nein, nein, nein, nein.*

Emma griff nach seiner Hand und drückte sie, und er widerstand dem Impuls, die Augen zu schließen. Aber ihre Kraft erfüllte ihn mit neuer Energie. Ihre Stärke. Und als er das Kinn reckte und The Serpent wieder ins Gesicht sah, hatte er sich etwas beruhigt. Dieser Mistkerl war allein, während er mit Emma zusammen ein fantastisches Team bildete.

Vielleicht konnte er …

Vor ihm streckte The Serpent die Hand aus. »Thea, meine Liebe. Das hast du toll gemacht. Komm her.«

»Sie geht nirgendwohin«, verkündete Tony, verstellte Thea den Weg und hielt sie am Oberarm fest. »Nicht bevor ich ein paar Antworten habe.«

»Na gut«, sagte The Serpent, zog eine Pistole und zielte damit auf Emma. »Entweder du schickst jetzt Thea zu mir rüber, oder ich verpass der Schönheit zwei Kugeln in die Brust.«

»Das macht er wirklich«, rief Thea. »Bitte, bitte, gib ihm keinen Grund, Kari etwas anzutun.«

Emma stand nur wenige Zentimeter entfernt reglos da. Nirgends gab es eine Möglichkeit, in Deckung zu gehen. Und sie wussten beide, dass The Serpent ein Meisterschütze war.

Sie wandte den Kopf gerade so, dass Tony ihr Gesicht sehen konnte. Sie hatte keinerlei Schlachtplan … das war offensichtlich.

Und genauso offensichtlich vertraute sie darauf, dass er die Situation in den Griff bekommen würde.

Aber Herrgott, die Vorstellung, The Serpent eine Zivilistin auszuliefern …

»Schon gut«, sagte Thea, die sein Dilemma offenbar durchschaute. »Er wird mir nichts tun.«

Sie wollte einen Schritt auf The Serpent zu machen, aber Tony hielt ihren Arm fest und zog sie zurück. »Nein«, sagte er. »Bleib bei mir.«

The Serpent lachte. »Idiot. Sie vertraut mir zu Recht. Immerhin bin ich derjenige, der sie hergeschickt hat.

»Einen Teufel haben Sie getan«, gab Tony zurück, obwohl Thea einwarf: »Doch nur um die Akten für dich zu holen.«

Er brauchte einen Augenblick, bis ihm klar wurde, dass

Thea nicht mit ihm, sondern mit The Serpent sprach. Für ihn hatte sie die Akten holen sollen.

»Thea?«, fragte Emma als Erste, aber Thea richtete ihre Antwort an Tony. »Ich … ich sollte dir seine Akte geben, damit du ihn nach all den Jahren finden konntest. Er wollte, dass ihr es endlich ausfechtet.«

Eine Träne rann ihre Wange hinab. »Er behauptete, es endlich beenden zu wollen.«

Sie schniefte, dann sah sie The Serpent an. »Du solltest eigentlich gar nicht hier sein. Das war nicht abgemacht«, blaffte sie. »Du meintest, wenn ich herkomme, ihm die Information beschaffe und übergebe, dann war's das. Dass ich dann gehen könnte und wir quitt wären.«

Er lachte ironisch auf. »Darling, Thea. Du solltest Bettgeflüster nicht immer so viel Bedeutung beimessen. Für einen guten Fick würde ich beinahe alles versprechen.«

»Du Mistkerl!« Sie riss sich von Tony los, und obwohl der versuchte, sie festzuhalten, machte The Serpent einen Schritt zur Seite und schoss.

Wieder einmal dachte Tony, dass die Schalldämpfer im wirklichen Leben nicht wie die im Kino funktionierten.

Ganze Vogelschwärme stieben aus ihren Nestern in den Bäumen empor, schlugen mit den Flügeln und krächzten den dunklen Himmel an. Thea taumelte und fiel zu Boden. Die beiden Schüsse hatten sie in die Brust und in die Schulter getroffen.

Tony eilte zu ihr und zuckte zusammen, als er die Wunden sah. Es sah schlimm aus – sehr schlimm, und er presste die Hände darauf in dem Versuch, den Blutfluss zu stoppen.

»Idiotin«, sagte The Serpent. »Genau wie die da«, fügte er hinzu und richtete die Waffe auf Emma, die jetzt ebenfalls neben Tony stand. »Ebenfalls eine Meisterin des Bettgeflüsters, genau wie ich.«

»Du verdammter Drecksack«, knurrte Tony. »Sie ist in nichts wie du.«

»Ach nein? Dann erzähl mir doch mal, warum auch sie für Dailey arbeitet.«

»Was zum Teufel?« Emma knurrte jetzt ebenfalls. »Was ist das für ein beschissenes Spiel …«

»Dailey hat sie engagiert, um Billy Cane zu töten. Cane hatte ordentlich Gewinn abgeschöpft, und unsere Emma hier hat jahrelang für Dailey gearbeitet und für ihn die Drecksarbeit erledigt.«

»Tony«, rief sie. »Nein!«

Aber er konnte sie nicht hören, nicht wirklich. Nicht solange The Serpent seine Verbalattacken abfeuerte, Thea keuchte, und er mit aller Kraft versuchte, die Blutung zu stoppen.

»Aber dieses Problem kann ich lösen«, meinte The Serpent nun und wandte sich Emma zu. »Ich kann diese Kleinigkeit für dich erledigen und dir die Bitch vom Hals schaffen.« Er hob die Waffe, ignorierte Tonys Schrei. *Stopp, Stopp, Stopp verdammt noch mal.*

Den Bruchteil einer Sekunde später heulte The Serpent auf. Die Waffe fiel polternd zu Boden, und Blut sprudelte aus einer klaffenden Wunde am Handgelenk. Tony brauchte eine Sekunde, um zu verstehen, was passiert war, aber dann erkannte er, dass Emma ihm das Steakmesser entgegengeschleudert hatte. Wirklich bemerkenswert, diese Treffsicherheit. Dann stürzte sie auf The Serpent zu, schleuderte ein Bein in die Höhe, traf ihn am Kinn, sodass er zurücktaumelte, und bückte sich nach der Waffe.

Doch ihr Widersacher erholte sich schnell und stieß die Pistole mit dem Fuß fort, sodass sie ins Unterholz fiel. Emma hechtete hinterher, und The Serpent wirbelte herum und rannte so schnell ihn seine langen Beine trugen den Pfad entlang. Sekunden später hörte man den Motor eines kleinen Bootes aufheulen, dessen Dröhnen sich schnell entfernte.

Mit der Waffe in der Hand stand Emma da, völlig außer Atem, sodass ihre Brust sich stakkatoartig hob und senkte. »Das ist nicht wahr. Nichts davon. Verdammt, Tony. Sag mir, dass du weißt, dass es nicht stimmt.«

Er wollte es nicht glauben. Er konnte es nicht glauben. Also ignorierte er es – vorläufig. »Ruf im Hauptgebäude an. Sie sollen den Notarzt herschicken.«

»Kein Netz«, rief sie nach einem Blick auf ihr Mobiltelefon. »Ich laufe hin.« Und schon war sie fort und sprintete durch die Bäume auf das Haupthaus zu. In diesem Moment ahnte Tony, dass sie nicht zurückkommen würde. Er hatte es vermasselt. Einen Augenblick lang – nur einen winzigen Augenblick lang – hatte er tatsächlich das Schlimmste geglaubt. Dabei ging es nicht mal um sie.

Nein, er hatte befürchtet, versagt zu haben, nicht mehr in Form zu sein. So viele Jahre hatte er in der Dunkelheit nach The Serpent gesucht und dabei die wahre Gefahr übersehen, als sie ihm hell wie der Tag gegenübergestanden hatte.

Aber Emma … o Gott, Emma. Wie hatte er nur eine Sekunde lang so einen entsetzlichen Gedanken zulassen können?

»Es stimmt.« Die leise, schwache Stimme kam von Thea. Er hatte sein Shirt ausgezogen, um die Blutung einzudämmen, und nun waren der Stoff und seine Hände gleichermaßen blutrot, obwohl er den Druck auf die Wunde die ganze Zeit über beibehalten hatte. Er lächelte auf sie hinab, murmelte irgendeinen Scheiß, dass sie jetzt nicht reden dürfe. Dass alles gut werden würde.

»Es stimmt«, wiederholte sie. »Er … hat es mir gesagt. Schon vorher. Sie hat … es auf … dich abgesehen.« Sie schnappte nach Luft, und Blutbläschen traten ihr auf die Lippen.

»Sssch. Schon dich.«

»Ich s-sollte es dir sagen. U-unter vier Augen.«

»Warum?«, fragte er unwillkürlich und zuckte sogleich zusammen. »Nein, nein, sag nichts mehr. Du musst deine Kräfte unbedingt schonen.«

»Dein … Vater«, flüsterte sie, und er hörte, wie sich in der Ferne ein Jeep näherte.

Er rief ihnen zu, sie sollten sich beeilen, dann konzentrierte er sich wieder auf die junge Frau. »Was ist mit meinem Vater?«

»L-lebt … Vater … Morgan. Er … lebt.« Dann riss sie die Augen auf. »Vergib … mir …«

Benommen saß er da, drückte weiter fest auf die Wunde, obwohl er am liebsten geschrien hätte, geweint, auf irgendetwas eingedroschen. Aber er nickte nur, obwohl ihm Tränen über die Wangen rannen. »Ja«, sagte er und spürte, wie sie ihren letzten Atemzug tat.

Als die Sanitäter um die Ecke rannten, um sich um die Tote zu kümmern, trat Tony einen Schritt zurück. Ihm war klar, dass er jetzt eine neue Mission hatte – seinen Vater zu finden.

Und dass er wieder einmal ganz allein dastand.

KAPITEL 17

»Aber das ist doch lächerlich«, sagte Eliza, vor der ich gerade auf und ab tigere. Wenn sie und Quincy Teppichboden hätten, hätte ich mittlerweile eine Schneise in den Flor gelaufen. Aber so sorge ich mit meinen nackten Füßen nur für eine gut polierte Oberfläche ihres Parketts. »Tony kann doch nicht allen Ernstes glauben, dass du mit The Serpent oder diesem Dailey zusammengearbeitet hast.«

»Ach ja? Er war nur allzu bereit, es zu glauben.« Und warum auch nicht? The Serpent wusste immerhin von der Cane-Mission. Das konnte er nur, wenn ich irgendwie mit ihm oder seinem Boss zusammengearbeitet habe. *»Fuck«*, sage ich und wiederhole es ganze dreimal, um mir Erleichterung zu verschaffen.

»Aber wenn du …«

»Verdammt«, rufe ich und bin erneut vor der Wohnzimmerwand mit Büchern, einer Stereoanlage und alten LPs angelangt. »Diese Wohnung ist einfach zu klein, verflucht noch mal.« Deshalb habe ich den Bungalow. Ich besitze auch eine Wohnung – das war die erste Behausung, die ich kaufte, nachdem ich ein bisschen Geld zusammengekratzt hatte. Aber ich habe sie sofort wieder vermietet. Im Bungalow habe ich mehr Bewegungsfreiheit. In kleinen Räumlichkeiten fühle ich mich schnell eingesperrt und werde ganz kribbelig. Vielleicht erinnern sie mich ja an unsere Abstellkammer, keine Ahnung. Aber vor ein paar Monaten musste ich wieder in meine Wohnung ziehen, da ich am Bungalow ein paar Renovierungsarbeiten vornehmen ließ. Ich konnte kaum glauben, dass Eliza und ich damals über ein Jahr darin gehaust hatten. Es kam mir dermaßen beengt vor. Und eingepfercht zu sein, ist nun mal nichts für mich.

Wahrscheinlich ist es das. Vielleicht ist das der Grund, warum diese gottverdammte Beschuldigung mich so stinksauer macht. Denn The Serpent hat mich eingesperrt. Dabei kann ich ihn nicht mal aufstöbern und ihn so lange würgen, bis er Tony die Wahrheit sagt, denn der Dreckskerl ist endlich wirklich und wahrhaftig tot – und mir war es nicht mal vergönnt, zuzusehen, wie er verblutete.

Die Bestätigung erhielt ich heute Morgen. Ein kleines Motorboot war auf einer nahe gelegenen Insel gestrandet. Darin lag ein toter, schwarz gekleideter Mann mit Basecap. Er war erschossen worden – zwei Kugeln in der Brust, eine im Kopf. Ich hatte die Waffe gefunden und ihn eingeholt, als er vom Dock ablegte. Ich hatte drei Schüsse abgefeuert. Und anscheinend hatten sie ihr Ziel nicht verfehlt.

»Wenigstens hast du ihm den Garaus gemacht«, sagt Eliza, die wie immer meine Gedanken liest. »Immerhin etwas.«

Ich schnaube. »Ja, Tony wird annehmen, dass ich ihn umgebracht habe, weil The Serpent die Wahrheit ausgeplaudert hat und ich sauer auf ihn war. Und er wird ebenfalls sauer sein, weil er selbst diesen Scheißkerl seit Jahren erschießen will und ich ihm die Tour vermasselt habe.«

»Ja, aber sonst wäre der Typ entkommen. Ich meine, Tony ist schließlich kein Idiot, oder? Ihm muss doch klar sein …«

»Er glaubt, dass ich ihn belogen habe. Dass ich die SSA belüge. Verdammt, Eliza, er hält mich für eine von den Bösen.«

Meine Schwester zieht die Augenbrauen fast bis zum Haaransatz hoch und lässt sich in die Kissen zurücksinken. »Sorry. Shit. Aber deshalb musst du mir nicht gleich den Kopf abreißen.«

Fuck. Fuck, fuck, verfickter Oberfuck.

Seufzend lasse ich mich in einen weichen Ledersessel plumpsen. Eines der wenigen Möbelstücke, die daran erinnern, dass Quince Brite ist, denn er sieht aus wie ein Ausstattungsstück aus einem Agatha-Christie-Krimi.

Als ich aufblicke, merke ich, dass meine Schwester mich eindringlich mustert. Ich seufze. »Was?«

»Diese Reaktion sieht dir so gar nicht ähnlich. Da steckt noch mehr dahinter.«

»Mehr, als dass mein Partner mich für eine Verräterin hält, die sich mit einem verbrecherischen Arschloch zusammengetan hat, das der SOC und ein halbes Dutzend anderer Geheimdienste lebendig fassen wollen? Ist das nicht genug, was dahinterstecken könnte?«

»Verdammt, Emma, ich bin's.«

Ich verkneife mir einen weiteren Fluch und seufze laut. »Ich weiß nicht genau ...« Ich verstumme, hebe die Hand und lasse sie wieder auf die Armlehne fallen, ein stummes Eingeständnis, wie sinnlos diese Unterhaltung ist.

»Ich mochte ihn, okay?«, sage ich knapp. So barsch, dass die Worte wie eine Provokation klingen. Jeder andere hätte nicht weiter nachgefragt. Aber meine Schwester lässt sich nicht einschüchtern, sondern beugt sich im Gegenteil eifrig vor und reißt die Augen auf.

»Definiere das Wort *mochte*«, fordert sie.

»Ich bin nicht mehr in der Grundschule, und das hier ist kein Spiel.«

»Hast du mit ihm geschlafen?«

Ich lege den Kopf auf die Seite. »Hallo? Sexinsel. Was glaubst du denn?«

»Zugegeben. Aber du weißt trotzdem, was ich meine. Du lebst zwar nicht unbedingt enthaltsam, aber du verliebst dich auch nicht in jeden X-Beliebigen, mit dem du schläfst.«

Ich ziehe die Beine hoch und setze mich im Schneidersitz hin. »Weil ich Sex nicht für eine transzendentale

Erfahrung halte. Ich finde es auch vollkommen akzeptabel, sich nur zur Entspannung auszuziehen.«

»Ganz deiner Meinung. Nur manchmal ist es eben mehr.« Sie stützt das Kinn auf die Faust und mustert mich. Ich sage nichts mehr. »Es steckt tatsächlich mehr dahinter, stimmt's?«

»Dafür kenne ich ihn nicht gut genug.«

Sie grinst nur.

Und wieder denke ich: *Fuck.*

Ich hole tief Luft. »Na gut. *Na gut.* Die Wahrheit? Ich weiß nicht genau, was ich für ihn empfinde. Okay, nein. Das stimmt nicht. Ich bin stinksauer auf ihn. Ich habe mich ihm geöffnet, El.« Bei diesen Worten würde ich am liebsten zusammenzucken, so schwach, verloren und verwirrt klinge ich. So bin ich doch sonst nicht! Und das macht mich sogar noch wütender, denn das ist einzig und allein Antonio Fucking Santos' Werk.

»Rede mit ihm«, sagt sie. »Vielleicht täuschst du dich ja. Ich kann nicht glauben, dass er das von dir denkt. Ich meine, von *dir*. Du würdest dich nie im Leben mit solchen Menschen einlassen.«

»Er scheint es aber durchaus zu glauben. Sonst hätte er doch nach mir gesucht, oder? Ich habe mich die ganze Nacht auf der Insel aufgehalten. Am nächsten Morgen habe ich das erste Shuttle genommen, aber bis zum Morgen war ich in einer der Cabanas. Er hätte mir an der Rezeption eine Nachricht hinterlassen können. Zum Teufel, er hätte an der Landebahn auf mich warten können. Aber er ist nicht gekommen, er hat nicht angerufen. Er hat The Serpent geglaubt. Er hat diesem zwielichtigen Abschaum eher geglaubt als mir.«

Sie gibt keine Antwort. Lehnt sich nur stirnrunzelnd zurück. Eine geschlagene Minute, die mir vorkommt wie ein ganzes Jahr, lastet die Stille schwer auf uns. »Du hast es ihm erzählt. Du hast ihm von uns erzählt. Unserem Leben. Davon, dass man dich verhaftet hat. Dass man dich rekrutiert hat. Emma, hast du dem Typ all das erzählt?«

Ich schweige, aber sie kann sehen, wie ich trocken schlucke, und lässt die Schultern hängen, so sehr belastet sie mein stummes Geständnis.

»Es tut mir leid«, sagt sie, und zum ersten Mal bin ich sicher, dass sie wirklich und wahrhaftig verstanden hat. Denn so sehr öffne ich mich sonst niemandem. Und die Tatsache, dass ich es getan habe – und er mich dann so kalt und angeekelt ansah …

Eigentlich sollte es nicht dermaßen wehtun. Eigentlich bin dazu doch viel zu tough. Zumindest glaubte ich das bis heute.

Seufzend stehe ich wieder auf. »Keine Ahnung. Vielleicht hab ich es ja nicht anders verdient. Tatsächlich habe ich ihm nicht alles verraten. Ich habe ihm verschwiegen, dass der SOC auch hinter The Serpent her war. Oder dass auch ich mir seinen Tod wünschte. Er glaubt immer noch, dass ich noch nie zuvor von dem Arschloch gehört habe.«

»Was noch lange keine Rechtfertigung dafür ist, dass er dir wehtut.«

»Ach nein? Karma ist schließlich eine Bitch, oder?« Ich runzele die Stirn und denke über all die Gründe nach, aus denen das Schicksal mich womöglich bestrafen will. Immerhin war das nicht das Einzige, was ich Tony verschwiegen habe. Auch von seinem Vater habe ich ihm nichts erzählt. Dass Eliza und ich in Clyde Morgans Auftrag auf dem Schwarzmarkt gekauft wurden. Doch da dies das Einzige ist, was ich auch Eliza verheimlicht habe, erwähne ich es jetzt nicht.

»Du runzelst die Stirn.«

»Was du nicht sagst! Warum nur?«

Sie legt den Kopf auf die Seite, und ich versuche, es schnell zu überspielen. »Ich musste an Thea denken. Das arme Mädchen ist tot.«

»Hast du nicht gesagt, dass sie mit The Serpent unter einer Decke steckte? Und zwar buchstäblich *und* im übertragenen Sinne?«

Ich nicke. »Stimmt schon. Aber ich glaube, sie hatte keine Wahl. Sie geriet in den Treibsand und suchte verzweifelt nach einem Ausweg.« Ich schaue meiner Schwester in die Augen. »So hätte es dir ebenfalls ergehen können.«

Eliza nickt. »Ja. Und nur dir ist es zu verdanken, dass es nicht so gelaufen ist. Du hast für uns beide gesorgt.«

Ich zwinge mich zu lächeln und ringe mir ein »Wahrscheinlich« ab. Aber das ist nur die halbe Wahrheit. Es ist nicht allein mein Verdienst. Auch das von Seagrave und dem SOC. Denn auch ich wurde in den Treibsand hinabgezogen, und das Rechtssystem wollte mich schließlich ganz aus dem Verkehr ziehen. Sie gaben mir mein Leben zurück und die Möglichkeit, beruflich Fuß zu fassen.

Und jetzt ist ausgerechnet meinetwegen einer der Verbrecher tot, die sie unbedingt fassen und verhören wollten.

Definitiv keine Erfolgsstory.

Eliza steht auf und nimmt mich in die Arme. »Das mit Tony tut mir leid. Willst du zum Abendessen bleiben? Quince kommt in ein paar Stunden nach Hause. Wir könnten Spaghetti kochen und irgendeinen lächerlichen Actionfilm mit Spionen gucken. Dann könnt ihr beiden euch die ganze Zeit darüber aufregen, wie unrealistisch das alles ist.«

»Wow. Wie gut du uns kennst. Aber nein. Ich muss jetzt nach Hause.«

»Ruf an, wenn du mich brauchst. Jederzeit.«

»Ich weiß«, sage ich und umarme sie noch einmal innig. »Eins noch, El«, setze ich an, nachdem wir uns voneinander gelöst haben.

»Ja?«

Ich winke ab. »Nichts.« Ich wollte sie eigentlich fragen, wie lang sie gebraucht hat, um zu erkennen, dass Quince der Richtige für sie war, aber schließlich kenne ich die Antwort bereits. Sie wusste es schon wenige Minuten, nachdem sie ihn in einem Londoner Park kennengelernt hatte.

Es war Liebe auf den ersten Blick. Bis er es vermasselte. Aber zumindest hat er es später wieder in Ordnung gebracht.

Ich weiß nicht so genau, ob das, was ich fühle, eher Liebe oder Lust oder noch etwas ganz anderes ist. Aber ich weiß, dass es wehtut.

Und ich habe keine Ahnung, was ich dagegen tun kann.

KAPITEL 18

Ich war mit dem Fahrrad zu Quinces und Elizas Wohnung in Santa Monica gefahren, und nachdem ich wieder nach Hause geradelt war, hatten die körperliche Anstrengung und der Sonnenschein mir einen klaren Kopf beschert, wenn nicht sogar meine Stimmung ein wenig gehoben.

Im Endeffekt habe ich Tony Informationen vorenthalten. Das Interesse des SOC an The Serpent. Mein Interesse an Tonys Vater.

Ich habe ihm das alles verschwiegen, weil ich außer Eliza niemandem vertraue.

Ich vermute, dass auch Tony niemandem vertraut. Mir jedenfalls weiß Gott nicht. Und unser gegenseitiges Misstrauen ist wohl kaum eine gute Basis für eine Beziehung. Zum Teufel, wahrscheinlich ist es für nichts eine gesunde Basis.

Dieser Gedanke deprimiert mich mehr, als er sollte. Zumal es eigentlich besser so ist. Obwohl dieses »so« bedeutet, dass es zweifellos für immer vorbei ist.

Erinnerungen an Tony und die Insel – das Gute, das *Wundervolle*, und das Schlimme – wirbeln im Rhythmus der Pedale in meinem Kopf umher, und ich bin erleichtert, als ich endlich zu Hause bin. Ich verstaue mein Fahrrad in der winzigen Garage, dann steige ich sofort unter die Dusche. Ich trockne mich gerade ab, als es an der Tür klingelt. Automatisch greife ich nach dem Handy, um einen Blick auf die Überwachungskamera zu werfen, doch dann fällt mir ein, dass ich es beim Eintreten auf dem Küchentisch habe liegen lassen.

Ich sage mir, dass es unmöglich Tony sein kann, obwohl ich es natürlich inständig hoffe. Da ich mir diese Hoffnung jedoch noch nicht einmal selbst eingestehe, ziehe ich eine verschlissene Jogginghose und ein altes T-Shirt von einem Konzert der Dave Matthews Band an. Der Aufdruck ist vollkommen verwaschen, und der Kragen hat Löcher. Wenn dieses Outfit nicht zeigt, wie absolut gleichgültig mir mein Besucher ist, dann weiß ich es auch nicht.

Ich rufe, dass ich komme, dann eile ich auf nackten Füßen zur Tür. Vor allem aber weigere ich mich, das Kribbeln der Vorfreude wahrzunehmen. Das sieht mir so gar nicht ähnlich, und ich halte es auch für eine unpraktische und wenig bemerkenswerte Unart.

Als ich an der Tür bin, checke ich den winzigen Monitor auf Augenhöhe und spüre, wie mein ganzer Körper vor Enttäuschung in sich zusammensackt.

Ich brauche eine Sekunde, um mich wieder zu sammeln, dann setze ich ein Lächeln auf und öffne Winston die Tür, der lässig in Jeans und Button-Down-Hemd über weißem T-Shirt vor meiner Tür steht.

»Komm rein«, zische ich. »Bist du verrückt geworden?«, füge ich hinzu, als er drinnen und die Tür wieder geschlossen ist. »Was, wenn dich jemand gesehen hat?«

»Sollen sie mich doch sehen. Du gehörst jetzt zur SSA, weißt du noch? Und ich bin dienstlich hier.«

Meine Anspannung verfliegt. Ich fahre mir mit den Fingern durchs Haar und mache mich wieder auf den Weg in die Küche. »Okay. Sorry. War ein Scheißtag heute, und der gestrige war noch schlimmer. Whiskey?«, frage ich, während er sich auf einen der Hocker an der Kücheninsel setzt.

»Hast du auch ein Bier da?«

»Sogar das einzig wahre«, antworte ich und hole ein Guinness heraus. »Nicht diese verwässerte Pisse, die du immer trinkst.«

»Whiskey«, schwenkt er um. »Pur.«

Ich gieße jedem von uns einen ein, dann lehne ich mich an die Arbeitsplatte neben dem Spülbecken. »Also, was ist los? Hat Ryan uns für eine Mission zusammengesteckt?« Damit käme ich klar. Winston ist besonnen und stets cool – bis sich das Blatt wendet. Er ist der Typ, den niemand kommen sieht. Wie Liam Neeson in *96 Hours*. Am Anfang bedächtig und gelassen – vielleicht sogar ein wenig nerdy und unsicher – und dann, wenn es drauf ankommt, total knallhart.

»Ja, da hab ich dir wohl ein bisschen Mist erzählt. Dass ich hier bin, hat nichts mit der SSA zu tun. Aber …«, fügt er hinzu und hält einen Finger hoch, bevor ich ihm wieder einen reinwürgen kann, »du *bist* neu, und da macht es durchaus Sinn, dass ich dich willkommen heiße. Wir können so tun, als hätte ich dir diesen Whiskey mitgebracht.« Er nippt noch einmal daran. »Was hab ich doch für einen guten Geschmack.«

»Komm schon, Mann. Worum es auch geht, können wir das auf später verschieben? Ich hatte einen total beschissenen Tag. Ich will ins Bett und am liebsten erst im nächsten Jahrzehnt wieder aufwachen.«

»Seagrave hat mir erzählt, was passiert ist.«

Ich verschränke die Arme über der Brust und runzele die Stirn. »Und warum genau bist du hier? Ich habe bereits Bericht erstattet. Das wäre also schon abgehakt.«

Ich war gleich vom Flughafen zum SOC gefahren und hatte meinem ehemaligen Boss alles erzählt. Na ja, alles Wichtige jedenfalls. Seagrave war natürlich nicht begeistert, dass The Serpent tot war, musste aber einräumen, dass ich unter den gegebenen Umständen richtig gehandelt hatte.

»Gib's auf, Emma. Nicht nötig, dass du einen auf harte Nuss machst. Dafür kenne ich dich zu lang.«

»Ich *bin* eine harte Nuss. Das ist keine Rolle. Und ich hab damit nur gemeint, dass die Sache erledigt ist. Fertig. Sie abzuschließen erfordert vielleicht noch einen offiziellen Bericht, aber keineswegs zwei Psychoanalysestunden auf der Couch. Weder mit dem firmeneigenen Seelenklempner noch mit einem wohlmeinenden Freund.«

»Wenigstens erkennst du an, dass ich es gut mit dir

meine.« Er trinkt seinen Whiskey aus, dann kramt er ein Päckchen Kaugummi hervor und steckt sich einen Streifen in den Mund. Er hat mir mal erzählt, dass er nie geraucht hat, bis er für einen Job als Undercoveragent damit anfangen musste. Und danach war er nikotinsüchtig. Wenn er jetzt Schmacht hat, kaut er Minzkaugummi.

Scheinbar triggert meine nicht ganz so sonnige Gemütsverfassung seine Sucht. Ist nicht gerade meine Sternstunde.

»Ich wollte mich nur vergewissern, dass es dir gut geht. Und da wir nun beim gleichen Unternehmen angestellt sind, kann ich das auch guten Gewissens tun. Wir können also zu unserer Liebe stehen. Bin zu Tränen gerührt. Kein Versteckspiel mehr.«

Ich verkneife mir ein Grinsen. »Witz komm raus, du bist umzingelt.«

»Ehrlich jetzt, er hat mir von der Mission erzählt. Dem Mädchen. Tony.«

Ich erstarre. »Was hat er dir von Tony erzählt?«

»Nur, dass The Serpent dich schlecht hat dastehen lassen.« Er schüttelt den Kopf. »Du hättest nicht weglaufen sollen. Quince und Liam zufolge gehört Antonio Santos nicht zu den Männern, die so was so unbesehen glauben. Nicht, nachdem er eine Zeit lang mit dir zusammengearbeitet hat.«

»Du hast sein Gesicht nicht gesehen.«

Er zögert, dann nickt er. »Stimmt schon. Na ja, wenn das so ist, kommst du klar?«

Ich zucke mit den Schultern. »Es gibt nichts, womit ich klarkommen müsste. Wir haben den Job erledigt. War eine einmalige Sache. Auf Anweisung von Damien Stark wurde ich quasi ausgeliehen. Oder wusstest du das nicht?« Meine Stimme klingt gereizt, und ich merke erst jetzt, wie sauer ich tatsächlich bin. Damien Stark hat mich in diese Situation hineingeritten. Er ist der Grund, warum ich auf dieser verdammten Insel war. Hätte er meinen Namen nie ins Spiel gebracht, wäre mein Herz unversehrt geblieben.

»Mit anderen Worten …«, sagt Winston, »… es geht dir nicht gut.«

»Verdammt, die ganze Mission ist den Bach runtergegangen. Soll ich da etwa einen Freudentanz aufführen?« Auch ich leere mein Whiskeyglas und gieße mir noch einen ein. Ich will auch ihm nachschenken, aber er legt die Hand darüber. »Passt nicht so recht zu dem Kaugummi.«

»Erinnere mich dran, nie mit dem Rauchen anzufangen«, sage ich trocken, und er muss lachen.

»Ich verstehe ja, warum du frustriert bist«, erklärt er, ohne auf das Zigarettenthema einzugehen. »Aber du hast doch durchaus ein vernünftiges Ergebnis erzielt. The Serpent ist tot, genau wie du es wolltest. Beruflich hast du keine negativen Auswirkungen zu befürchten.«

»Bist du jetzt fertig?«

»Ja«, antwortet er.

Ich umrunde die Kücheninsel und stelle mich neben

ihn. »Danke. Ich bin froh, dass wir damals zusammen durch die Hölle gegangen sind.« Ich bringe ein schiefes Lächeln zustande. »Gut zu wissen, dass jemand auf mich achtgibt.«

»Du warst immerhin auch immer für mich da.«

Einfache Worte, aber ich höre die Traurigkeit darin. Beinahe sage ich ihm, wie leid es mir tut, dass diese Geschichte vor Jahren so schieflief. Aber ich verkneife es mir. Das weiß er auch so.

»Ich freu mich jedenfalls, dass du unterschrieben hast«, fährt er fort. »Die SSA ist eine gute Organisation. So langsam fühle ich mich dort richtig zu Hause.«

»Schön«, antworte ich. »Willst du ein bisschen bleiben? Vielleicht einen Film gucken oder so?«

»Nein. Ich soll bei Leah vorbeischauen.«

»Mission?«

Er schüttelt den Kopf. »Kaputte Spülmaschine. Aber sie hat versprochen, zum Abendessen eine Pizza zu bestellen. Ich komm also auf meine Kosten.«

Ich begleite ihn zur Tür, und als er sie öffnet, entdecke ich Tonys Land Rover auf der anderen Straßenseite. Mit Tony am Steuer.

Ich zwinge mich, ihn zu ignorieren, obwohl sämtliche Muskeln sich verkrampfen und plötzlich winzige Motten in meinem Bauch herumflattern. Ich stelle mich auf die Zehenspitzen und gebe Winston einen Kuss auf die unrasierte Wange. »Danke, dass du vorbeigekommen bist. Ehrlich. Das bedeutet mir eine Menge.«

»Soll ich dich vielleicht in den Arm nehmen und richtig knutschen?«

Ich ziehe eine Grimasse. »Ich vergesse immer, dass du nicht nur wegen deines sexy Texas-Akzents Sheriff in Pusemuckel warst. Du hast auch Köpfchen.«

»Also kein filmreifer Happy-End-Kuss? Verdammt.«

»Witzbold.«

Er lacht leise. Anscheinend ist er meiner Ansicht. »Hör mal, tu mir einen Gefallen. Ich verstehe ja, dass du auf ihn sauer bist, aber bring ihn deshalb nicht gleich um. Du kannst dir nicht vorstellen, wie viel Papierkram zu erledigen ist, wenn du einen Agentenkollegen tötest.«

»Du weißt aber, dass er nicht unterschrieben hat?«

Winston grinst so breit, dass die Fältchen um seine Augen sich kräuseln. »In diesem Fall tu dein Schlimmstes.«

Belustigt schüttele ich den Kopf, während er zu seinem Ford Pick-up geht. Ich winke ihm hinterher, dann schaue ich zu Tony hinüber, fordere ihn stumm heraus, irgendetwas zu sagen, aus dem Auto zu steigen, irgendetwas.

Nichts passiert.

Also kehre ich ins Haus zurück, schließe die Tür und mache mich auf den Weg in die Küche, um mir mein Handy zu holen.

KAPITEL 19

Was zum Teufel wollte er eigentlich hier?

Doch, eigentlich wusste er es. Er verhielt sich wie ein verlegener Teenager, zu verängstigt, um mit dem hübschen Mädchen zu reden, weil es ihm vielleicht die Tür vor der Nase zuschlagen würde.

Sehr wahrscheinlich sogar! Zum Teufel, im Grunde hatte sie es schon getan, als sie Winston erst einen Abschiedskuss gegeben hatte, Tony dann geradewegs in die Augen gesehen hatte und ohne auch nur zu winken ins Haus zurückgekehrt war.

Und doch saß er immer noch hier hinter dem Steuer und war hin- und hergerissen, ob er gehen oder bleiben sollte. *Should I Stay or Should I Go* – als sei er geradewegs in den verdammten Song von The Clash hineingebeamt worden.

Fuck. Vielleicht wäre es besser gewesen, erst morgen zu ihr zu fahren. Er wusste, dass sie gestern Abend erst spät gelandet war. Er hätte ihr einen Tag zum Ausspannen gönnen sollen.

Er hatte den Nachtflug genommen und war erst vor ein paar Stunden in L.A. gelandet. Direkt vom Flughafen hatte er sich auf den Weg hierher gemacht. Wahrscheinlich empfahl es sich tatsächlich, erst mal zu duschen, bevor er versuchte, mit ihr zu reden.

Dabei hatte er sowieso keine Ahnung, was er sagen sollte. Vielleicht hatte er es bereits vermasselt. Aber die Situation war nun mal ziemlich beschissen gewesen, und dann war sie weggelaufen. Die beinharte Emma Tucker mit ihrer mörderischen Treffsicherheit und der Lizenz zum Töten hatte sich umgedreht und war davongelaufen, ohne auch nur einen einzigen Blick zurückzuwerfen.

Seine Finger schmerzten. Kein Wunder, denn er umklammerte das Lenkrad so fest, dass er womöglich Abdrücke hinterließ. Offensichtlich war er immer noch stinksauer. Ständig ermahnte er sich, dass er zur Ruhe kommen musste, wenn er mit ihr sprechen wollte.

Also ja. Besser nach Hause fahren, duschen und es morgen noch einmal versuchen.

Er wollte den Motor gerade anwerfen, als jemand an sein Fenster klopfte.

Er wandte den Kopf und entdeckte einen mageren Oberkörper in gelbem Trikot. Der Junge beugte sich vor, sodass sein von der Sonne gebleichter, blonder Schopf und versprenkelte Pickel sichtbar wurden.

Er kurbelte das Fenster herunter, und der Teenager lächelte verlegen. »Ähm, Sie sind Tony, oder?«

»Kommt drauf an, wer fragt.«

»Ich – ähm – Greg«, antwortete der Junge und deutete auf den Namen, der auf seinem Trikot stand. »Ich beliefere nicht häufig Autos. Hier bitte.« Und er hielt eine weiße Tüte mit dem Logo einer bekannten Hamburger-Restaurantkette in die Höhe. »Lassen Sie sich Burger und Pommes schmecken. Oh, und …« Er beugte sich vor und zog noch einen großen Becher aus einer Tasche auf dem Boden hervor, die Tony nicht sehen konnte. Wahrscheinlich eine Kühltasche. »Den Shake hätte ich beinahe vergessen.«

»Bin ich was schuldig?« Tony bemühte sich, seine Belustigung zu verbergen.

»Nope. Wurde online bezahlt. Das Trinkgeld auch. Nett. Also danke.«

»Ich war's nicht. Trotzdem gern geschehen.«

Der Junge zuckte mit den Schultern. »Anscheinend hat da jemand ein Auge auf Sie.«

»Ja«, antwortete Tony. »Könnte man so sagen.«

Er lehnte sich in seinem Sitz zurück, ließ das Fenster unten, öffnete die Tasche und holte eine Pommes heraus. Himmlisch knusprig gefolgt von einem Schluck eiskaltem Nirwana. »Also doch heute«, sagte er zu seinem Spiegelbild im Rückspiegel.

Er nahm Shake und Tüte, kurbelte das Fenster hoch, stieg aus und überquerte die Straße, wobei er noch im Gehen die Zentralverriegelung betätigte und den Wagen verschloss.

Als er an Emmas Tür angelangt war, klingelte er. Das hatte er schon einmal getan, allerdings unter etwas anderen Umständen. Damals war sie wütend auf Damien gewesen und nicht auf ihn.

Er war darauf vorbereitet, dass sie das Klingeln womöglich ignorieren würde. Oder ihm über die Gegensprechanlage mitteilen würde, er solle abhauen.

Darauf, dass sein Herz einen Schlag aussetzte, als sie die Tür öffnete, war er jedoch *nicht* vorbereitet. Sie hatte ihr Haar zu einem unordentlichen Pferdeschwanz zusammengebunden. Der Kragen ihres T-Shirts war verschlissen, und das Shirt selbst war so oft gewaschen worden, dass das Bandlogo nur noch schemenhaft erkennbar war. Die Jogginghosen schienen ihr mindestens zwei Nummern zu groß zu sein und wurden an den Hüften durch eine Kordel zusammengehalten. Sie sah aus wie jemand, der einen ordentlichen Hausputz veranstalten will.

Absolut atemberaubend.

Er wollte etwas sagen, aber sein Mund und seine Kehle waren staubtrocken, weshalb er noch einmal ansetzen musste. Und während er sich so abmühte, stand sie mit verschränkten Armen über der Brust einfach nur da und sagte nichts.

»Können wir reden?«

»Nein.« Sie machte einen Schritt nach hinten und Anstalten, die Tür zu schließen. Aber er stellte den Fuß dazwischen, entschlossen, sich von ihrem weißglühend-zornigen Blick nicht einschüchtern zu lassen.

»Danke für den Burger. Ich hätte gern noch Käse gehabt, aber die Pommes und der Shake haben dieses kleine Versehen wieder ausgeglichen.«

»Es war kein Versehen.« Ihre Arme blieben weiter vor der Brust verschränkt, aber immerhin legte sie den Kopf auf die Seite. Das machte sie häufig, wenn sie belustigt war.

»Ach nein?«

»Ich fand, dass du keinen Käse verdient hattest.«

»Jemand, dem man den Käse vorenthält, muss ein Kapitalverbrechen auf dem Kerbholz haben. Jemand muss sehr ärgerlich gewesen sein, um einen Typen wie ihn … oh, zum Beispiel im Regen stehen zu lassen, ohne sich noch mal umzusehen und dem Resortpersonal die Anweisung zu geben, ihn weder sehen noch im gleichen Flugzeug die Insel mit ihm verlassen zu wollen. Angesichts der Tatsache, dass die Sanitäter mich mit einer toten Urlauberin in den Armen auffanden, förderten deine Instruktionen nicht gerade eine freundliche und besonnene Behandlung durch das Personal.«

»Und doch bist du hier.«

Er zuckte mit den Schultern. Offensichtlich. »Und du bist weggelaufen«, meinte er rundheraus. »Ohne ein einziges Wort. Du warst einfach verschwunden.«

»Was hätte ich denn sagen sollen? Meine Güte, was war das für ein Spaß, dich zu ficken. Wie blöd, dass du wirklich geglaubt hast, dass ich mit diesem miesen Dreck-sack unter einer Decke stecke.«

»Ich habe nicht …«

»Wage es *bloß* nicht, es abzustreiten«, blaffte sie. »Ich habe dein Gesicht gesehen. Diese miese Schlange hat angedeutet, dass ich mit ihm geschlafen habe – und hat rundheraus behauptet, dass ich für seinen Boss gearbeitet habe –, und du warst sofort verunsichert. Einen Augenblick lang hast du ihm das durchaus geglaubt.«

»Bullshit.«

Sie sah ihm unverwandt und wütend in die Augen.

Im Stillen gratulierte er sich, weil er nicht klein beigab. Ihr Blick war wirklich verdammt einschüchternd. »Red weiter.«

»Ich habe ihm nicht geglaubt. Das war nicht der Grund, warum ich nicht reagiert habe. Vielleicht habe ich kurz darüber nachgedacht, es allerdings gleich als abwegig abgetan, und vielleicht hast du das auf meinem Gesicht gesehen. Aber deshalb darfst du mich nicht verurteilen. Es muss mir schließlich erlaubt sein, über eine Anschuldigung nachzudenken und mir darüber klar zu werden, ob sie wahr ist – entweder aufgrund der Beweislast oder meines Bauchgefühls oder gottverdammter Tarotkarten. Außerdem bist ausgerechnet du die Letzte, die sich darüber aufregen darf. Ich habe dein Gesicht gesehen, als ich dir sagte, dass ich dein Partner sein will, weißt du noch? War auch nicht gerade die Reaktion, die ich mir erträumt hatte.«

»Tony …«

Er hielt die Hand in die Höhe, um sie zum Schweigen zu bringen, aber er hatte den versöhnlichen Unterton in ihrer Stimme gehört und wusste, dass er zu ihr durchgedrungen war. »Ich glaube, hier geht es eigentlich gar nicht um mich. Ich glaube, es geht um uns.«

Misstrauisch legte sie den Kopf schief, sagte aber nichts.

»Ich vermute, dass du in diesem Moment das Gleiche erkannt hast wie ich.«

Sie schluckte. »Und das wäre?«

»Dass du nicht zu den Menschen gehörst, die sich anbinden lassen. Dass wir zu viel empfunden haben und alles viel zu schnell ging.« Er fuhr sich mit den Fingern durchs Haar. Was er sagte, entsprach der Wahrheit. Es war ätzend, dennoch war nicht dran zu rütteln. »Ich glaubte, nachdem wir die Insel verlassen hätten, würde ich The Serpent verfolgen. Ich glaubte allen Ernstes daran, dass ich ihn nur umbringen musste, und dann – *Simsalabim!* – hätte ich ein glückliches, normales Leben mit regelmäßigem Einkommen, festem Wohnsitz und einer Frau an meiner Seite.«

Sie verlagerte ihr Gewicht von einem Bein auf das andere, ließ ihn aber keine Sekunde aus den Augen.

»Dazu wird es indessen nicht kommen. Und auf dieser Insel wurde mir klar, was für ein Idiot ich war, das jemals zu glauben. Ich vermute, dir ist etwas Ähnliches aufgegangen. Du hältst mich nicht wirklich für einen miesen Kerl, aber du bereust alles, was wir gesagt haben. Und mir geht's genauso.« Das Letzte entsprach zwar der Wahrheit, aber nur, weil er nicht mit ihr zusammen sein konnte, egal, wie er empfand. Und er empfand verdammt viel für sie.

»Es lag also nur am Inselfieber? Der Lust der Tropen?«

Er hörte die Schärfe in ihrer Stimme und zwang sich,

nicht zusammenzuzucken. Stattdessen betrat er das Haus und ging schnurstracks zu ihrem Sofa hinüber, um dort Platz zu nehmen. Dass sie ihn nicht direkt hinauswarf, durfte man wohl als Fortschritt werten. »Ich habe dir gesagt, was ich für dich empfinde, und das meine ich ernst.« Er schluckte und sah ihr in die Augen. »Aber hier geht es nicht um meine Gefühle. Sondern um das, was ich bin.«

Sie ließ sich am gegenüberliegenden Ende des Sofas nieder. »Und wer bist du?«

»Jemand, der momentan keine Beziehung gebrauchen kann. Oder einen festen Job.« Er verschränkte die Hände im Nacken in dem Versuch, die Verspannung zu lockern. »Ich werde jedenfalls nicht bei der SSA anfangen.«

Sie runzelte die Stirn. »Meinetwegen? Das ist doch bescheuert. Ich bin ein großes Mädchen. Und du bist kein Idiot. Stark Security ist ideal für dich, um sesshaft zu werden. Dein erklärtes Ziel war es, The Serpent zu töten, und nach seinem Tod wolltest du Wurzeln schlagen. Zumindest hast du mir das gesagt. Und jetzt ist er tot. Also bist du hier willkommen.«

Er zog eine Grimasse. »Ich hätte ihn gern selbst erschossen, aber unter diesen Umständen darf ich mich wohl nicht beklagen.«

»Du tust es aber trotzdem.«

Er schüttelte den Kopf. »Nein. Wenn er nicht tot wäre, würde unsere Unterhaltung ganz anders laufen.«

»Ach ja?«

Was konnte er dazu sagen? Wenn er nicht immer noch eine Mission zu erfüllen gehabt hätte, hätte er sie jetzt bei den Schultern gepackt und ihr gesagt, dass sie, wenn sie angesichts eines eiskalten Killers keine Angst hatte, auch keine Angst vor ihm zu haben brauche. Denn darum ging es hier im Grunde. Dessen war er sich sicher. Sie hatte seine Reaktion gesehen – wie zum Teufel hätte er sich die verkneifen können – und auf der Stelle die Flucht ergriffen. Und das ganz sicher nicht, weil sie angesichts seiner kurzen Zweifel die beleidigte Leberwurst spielen wollte. Zum Teufel, sie war besser ausgebildet als er, und sie wussten verdammt gut, dass die erste Regel in diesem Geschäft lautete, einfach alles und jedes zunächst einmal infrage zu stellen. Von allen Seiten zu beleuchten. Nach Beweisen zu suchen, ohne das Bauchgefühl außer Acht zu lassen.

Aber Emmas Bauch war voller Angst.

Doch nichts von all dem war jetzt mehr von Bedeutung. Er würde nicht bleiben, und sie waren nicht zusammen. Also sagte er nur: »Mein Vater lebt, Emma. Und solange ich diesen Status quo nicht verändert habe, spielt der Rest keine Rolle. Nicht du, nicht ich, nicht Stark Security. Ich habe diese Mission vor langer Zeit begonnen, und ich bin verdammt sicher, dass ich jetzt nicht aufhöre.«

KAPITEL 20

Er lebt.

Die Worte purzeln in meinem Kopf umher, und ich kann es kaum fassen. Das kann doch nicht wahr sein!

Clyde Morgan lebt.

Mir wird heiß. Ich brenne am ganzen Körper. Lichterloh. Ich spüre förmlich das Gewicht einer Waffe in meiner Hand. Ich kann ihn geradezu vor mir sehen, wie er sich duckt, während ich auf ihn ziele. Feuere.

Er lebt. Ist das wirklich so? Wie konnte er dann so lange von der Bildfläche verschwinden? Und wie in drei Teufels Namen soll ich ihn aufspüren?

»Emma?« Tony beugt sich zu mir vor, berührt mich sacht am Knie. »Erde an Emma. Alles in Ordnung?«

Ich nicke. »Ja, sorry. Ich kann kaum glauben, dass er am Leben ist. Ich meine, den Mann hat's weggepustet, als wir noch Kinder waren. Das hast du doch gesagt, oder?« Ich weiß, dass es so war. Ich kann mich noch gut an die Geschichten erinnern. »Ich kann nicht glauben, dass er die ganze Zeit über am Leben war, ohne dass wir davon wussten.«

»Wir?«, wiederholt er. »Ich hätte nicht gedacht, dass du

dich an die Nachrichten von damals überhaupt noch erinnerst.«

Ich nicke. Schließlich habe ich Tony gegenüber behauptet, damals, als der Leichnam seines Vaters entdeckt wurde, nichts davon erfahren zu haben.

»Pluralis majestatis«, stelle ich klar. »Die Strafverfolgungsbehörden. Der Mann ist einfach komplett untergetaucht.«

»Anscheinend.« Seine Stimme klingt kalt. Hart.

Ich nicke, versuche, mich zu sammeln und zu überlegen, was ich mit dieser neuen Information anfangen soll. Diesem unerwarteten Schlüssel, der in eine Tür zu meiner Vergangenheit passt.

Ich stehe auf, gehe ans Fenster. Er soll mein Gesicht nicht sehen. Das Chaos widerstreitender, verwirrter Gefühle, das durch die Unsicherheit, sowohl auf beruflicher als auch auf privater Ebene nur noch verstärkt wird.

Ich war so wütend gewesen – nein verletzt –, als er mich auf der Insel auf jene Weise angesehen hatte, aber jetzt kapiere ich. Das Problem war nicht sein Misstrauen mir gegenüber, sondern sein mangelndes Vertrauen in sich selbst. Und geht es mir nicht ganz ähnlich? Ist das nicht der eigentliche Grund, warum ich so wütend bin? Weil ich mich diesem Mann geöffnet habe? Ihm vertraut habe? Und er mir dann wehgetan hat?

Allerdings hatte mein Vertrauen seine Grenzen. Wenn ich ihm bei der Suche nach Clyde Morgan helfen will, muss ich also endlich reinen Tisch machen.

Ich habe mein Leben lang mit Lügen gelebt. Habe sie tief in mir vergraben, mir nie in die Karten schauen lassen. Darin bin ich gut.

Aber die Wahrheit zu sagen? Darin bin ich miserabel.

Jetzt oder nie, denke ich und drehe mich zu ihm um. »Das ist also der Grund, warum du das Jobangebot bei Stark Security ablehnst. Weil du diese Suche wieder aufnehmen willst. Du willst Clyde Morgan finden.«

Er nickt.

»Dann bleib. Komm zur SSA. Dort kannst du auf so viele Ressourcen zurückgreifen. Hättest viel mehr Möglichkeiten denn als Einzelkämpfer.«

»Emma …«

»Nein. Hör mir zu. Hier geht es nicht um das, was zwischen uns auf der Insel passiert ist. Ich verstehe, dass du jetzt nur noch an eins denken kannst: diesen Kerl zu erwischen. Ich sehe das genauso. Wenn wir zusammenarbeiten, können wir den Drecksack viel schneller dingfest machen – und wenn wir uns der Ressourcen der SSA bedienen. Ich meine, natürlich kannst du auch allein arbeiten …«, füge ich achselzuckend hinzu. »Aber ich verfolge ihn ebenfalls. Und du willst doch nicht, dass ich dir zuvorkomme, oder?«

Ich muss ihn überzeugen, damit er sich einverstanden erklärt. Sicher wäre eine Zusammenarbeit mit ihm unter den gegebenen Umständen nicht angenehm, aber dennoch möglich, solange wir uns ausschließlich auf den Job konzentrieren.

»Warum bist du so versessen darauf, meinen Vater zu jagen?«

Da war sie – die Frage, auf die ich die ganze Zeit gewartet habe. Ich hole tief Luft, atme langsam wieder aus, dann nehme ich meinen Platz am anderen Ende des Sofas wieder ein. »Als ich dein Gesicht auf der Insel sah, hatte ich das Gefühl, als stoße mir jemand ein Messer in den Bauch.«

»Komm schon, Emma. Ich hab dir doch schon gesagt, was in mir vorging. Und ich kann dir nur noch mal …«

»Nein. Warte. Hör mir weiter zu.« Ich hole noch einmal Luft und fange von vorn an. »Als ich dein Gesicht sah, wurde mir übel. Richtig übel. Das lag aber nur zu einem kleinen Teil daran, dass ich glaubte, dass du mir nicht vertraust. Der größere Teil …« Ich verstumme, schlucke, spreche weiter. »… der größere Teil lag daran, dass du mit deinem Misstrauen recht hattest.«

Ich wende keine Sekunde den Blick von ihm ab, bemerke, wie er sich vorbeugt und die Stirn runzelt.

»Eigentlich sollten wir bei dieser Mission als Partner agieren, aber ich hatte meine eigenen Pläne. Doch jetzt will ich erneut mit dir zusammenarbeiten. Deshalb schulde ich dir mehr als nur die halbe Wahrheit.« Ich schließe die Augen. Es ist mir verhasst, dass ich jetzt meine Vergangenheit aufrollen und sie ihm offenlegen muss. Aber noch schlimmer finde ich, dass er wegen meines Schweigens verletzt sein wird.

»Weißt du noch, dass ich dir erzählte, wie Eliza und ich

die Flucht ergriffen, weil ich mitbekommen hatte, dass unser Vater uns verkaufen wollte?«

»Mein Vater? O Gott, mein Vater war der Käufer?«

Ich nicke, und er schaudert. »Ich habe dir weisgemacht, nie von ihm gehört zu haben, aber ich wusste sehr genau, wer er ist. Natürlich. Ich kann dir gar nicht sagen, wie sehr ich es gefeiert habe, als ich las, dass man ihn ermordet hatte. Dass sein Körper bis zur Unkenntlichkeit zerfetzt war.«

Ich sehe ihm in die Augen. »Er hat seinen Tod inszeniert.«

»Ja.« Er nickt. »Ja, natürlich. Er wusste, dass seine ganzen perversen Machenschaften ans Licht gekommen waren. Er musste untertauchen. Also inszenierte er seinen Tod. Wahrscheinlich hat er jemanden von der Polizei in L.A. bestochen. Womöglich den Gerichtsmediziner, wer weiß. Danach eine kleine plastische OP, ein verändertes Aussehen und ein etwas weniger extravagantes Leben. Dieser verdammte Mistkerl.«

»Woher weißt du, dass er noch lebt?«, frage ich.

»Thea«, sagt er und sieht mir in die Augen. »Sie hat es mir kurz vor ihrem Tod anvertraut.«

»Armes Mädchen«, sage ich und freue mich über sein mitfühlendes Nicken, das er trotz der Tatsache, dass sie mit The Serpent zusammengearbeitet hat, für sie übrig hat.

»Sie wurde in ein Leben hineingesogen, das sie eigentlich gar nicht wollte, dem sie aber nicht entkommen konnte.« Er seufzt und sieht mich wieder an. »Dir hätte das auch so gehen können. Oder Eliza.«

»Als ob ich das nicht wüsste.«

Er streckt die Hand nach mir aus, hält inne, zieht sie zurück. »Danke, dass du mir das alles erzählt hast.«

Ich balle die Faust, unterdrücke den Impuls, ihn an mich zu ziehen und mich an ihn zu klammern. Stattdessen beobachte ich nur, wie er die Fingerspitzen aneinanderlegt und sie vors Gesicht hält. Dann stößt er die Luft aus. »Ich werde mich Stark Security nicht anschließen«, sagt er. »Wenn ich das tue, werden die Spuren sehr bald kalt, weil ich womöglich auf irgendeine andere Mission auf die andere Seite des Globus geschickt werde. So ging es mir, als ich für Deliverance arbeitete. Aber damals war es kein Problem, denn The Serpent war sowieso untergetaucht. Aber nun, da ich weiß, dass mein Vater lebt? Ich werde nicht rasten noch ruhen, bis er tot ist.«

»Aber die Ressourcen sind …«

»Ich sage Nein zu dem Job. Aber nicht zu dir.«

Mein Herz macht einen kleinen Purzelbaum, obwohl mir natürlich vollkommen klar ist, dass er nicht über uns als Privatpersonen spricht. »Erklär mir das.«

»Du treibst die Mission voran. Erzähl Stark und Ryan, welche Rolle Morgan in deinem Leben spielt. Sag es auch Quince und Eliza«, fügt er hinzu, und ich nicke. Es wird ohnehin Zeit, dass meine Schwester von all dem erfährt. »Und dann erzählst du ihm von unserer Verbindung. Und wir schließen uns zusammen. Wir bündeln unsere Streitkräfte. Ich nutze die Vorteile von Stark Security, ohne daran gebunden zu sein. Und du hast einen verdammt fantastischen Partner an deiner Seite.«

»Stimmt schon«, lache ich. »Aber dich kriege ich trotzdem nicht.« Erst in dem Moment wird mir bewusst, was ich da gesagt habe, und sofort sehe ich zu, dass ich mein Gebrabbel richtigstelle. »Ich meine damit nicht Herzchen und Blümchen und Romantik«, erkläre ich. »Ich meine nur, dass wir auf der Insel eine schöne Zeit hatten.«

»Das stimmt«, sagt er und runzelt die Stirn. »Ist es das, was du willst? Ein Arrangement im Inselstil? Freunde mit gewissen Vorzügen?«

Ein Teil von mir würde die Gelegenheit gern beim Schopf packen. Ich vermisse seine Berührung. Ich vermisse es, ihn ganz dicht an meiner Seite zu wissen. Seinen Duft, wenn er mir nahe ist. Ich kann mich gar nicht daran erinnern, wann ich das letzte Mal einen Freunde-mit-gewissen-Vorzügen-Deal mit einer attraktiven Person abgelehnt habe, aber diesmal hege ich keinerlei Zweifel. Denn eigentlich will ich mehr. Das wollte ich noch nie. Keine Ahnung, ob es in meinem Leben noch einmal jemanden geben wird, von dem ich mehr will.

Aber das spreche ich nicht laut aus, denn derlei Geständnisse kann er jetzt nicht brauchen. Er braucht seine Freiheit. Er braucht seine Rache. Und bis sein

Vater entweder tot ist oder das lodernde Feuer in seinem Innern sich selbst verzehrt hat, wird er nicht bleiben. Und verdammt sicher niemals mir gehören.

***

»Ich sage ja nicht Nein«, meint Ryan Hunter, der hinter seinem Schreibtisch mir und Tony gegenübersitzt. »Ich will nur, dass Sie mir ganz genau erklären, was Sie vorhaben. Und ungefähr wissen, wie Sie nicht verfügbar sein werden«, fügt er an mich gewandt hinzu. »Und ich will einen ungefähren Zeitrahmen, wie lange es noch dauern wird, bis wir Mr. Santos überredet haben, sich uns auf Dauer anzuschließen.«

»Das habe ich durchaus vor«, versichert Tony. »Aber bis ich ihn gefunden habe, bleibe ich ein unabhängiger Agent. Und diese Operation wird hundert Prozent meiner Zeit in Anspruch nehmen. Egal, ob sie zehn Minuten oder zehn Jahre dauert.«

»Verstanden.«

»Sie müssen zudem wissen, dass es bei meinem Spiel hier nicht darauf hinausläuft, ihn zu fassen und dann die Cops zu rufen. Sie wissen, was er mir angetan hat. Meiner ganzen Familie.« Er deutet mit einem Kopfnicken auf mich. »Sie wissen, in was für ein Schlamassel Eliza und Emma beinahe hineingeraten wären. Und wer weiß, wie viele Mädchen nicht das Glück hatten, diesem rücksichtslosen Mistkerl zu entkommen.«

»Ich weiß.«

»Ach wirklich? Trotzdem rede ich Klartext: Wenn ich ihn finde, werde ich ihn töten. Ein anderes Ende wird diese Mission nicht nehmen.«

»Da diese Operation nicht im Namen der SSA durchgeführt wird, will ich diese Entscheidung nicht treffen. Aber wir würden uns freuen, Ihnen ein paar unserer SSA-Mittel zur Verfügung zu stellen, ebenso wie Agentin Tuckers Zeit und ihre Fähigkeiten. Zumindest für einen gewissen Zeitraum. Wie Sie die Operation währenddessen vorantreiben, ist ganz allein Ihre Entscheidung.«

Ryan spricht steif und förmlich, aber ich höre das Lächeln in seiner Stimme, insbesondere, als er hinzufügt: »Willkommen bei der SSA, Santos. Und sei es nur als Gast.«

Tony grinst. »Freue mich ebenfalls, dabei zu sein. Und noch mehr, wenn wir erst ein paar Fortschritte gemacht haben.«

»Sie wollen zunächst bei Dailey ansetzen?«, erkundigt sich Ryan. Was folgerichtig ist, denn immerhin ist das der Mann, der Morgans Geschäfte übernommen hat.

»Emma und ich sind gestern Abend unsere Alternativen durchgegangen«, antwortet Tony. »Wir werden ein paar Köder auslegen und abwarten, wo er anbeißt. Dailey ist unsere Toppriorität. Wenn wir seinen Aufenthaltsort oder vielleicht einen Kompagnon ausmachen könnten, wäre das eine tolle erste Spur.«

»Aber wir werden unsere Nachforschungen auch auf

die Finanzen konzentrieren«, werfe ich ein. »Morgan hat sicher einen Treuhandfonds eingerichtet, um den Fortbestand seines Unternehmens zu finanzieren.«

»Diese Spur habe ich immer vernachlässigt, weil ich meinen Vater tot vermutete. Aber jetzt …«

Ryan nickte. »Schließlich muss der Mann auch jetzt von irgendetwas leben und wird entsprechende Ausgaben haben.«

»Ganz genau«, bestätigt Tony.

»Noch andere Ansatzpunkte?«, fragt Ryan.

»Das Mädchen«, antworte ich. »Sie hat für Dailey gearbeitet, das heißt, es besteht eine Verbindung. Anscheinend hat sie mit The Serpent geschlafen, und das ist eine weitere. Und sie wusste, dass Clyde Morgan immer noch lebt.«

»Mutmaßlich«, wirft Ryan ein, woraufhin Tony und ich nur nicken können. Auch darüber haben wir gestern Abend gesprochen. Thea konnte auch im Irrtum gewesen sein. Oder wir haben sie komplett falsch eingeschätzt. Vielleicht war sie ja gar nicht die Unschuld vom Lande, sondern ebenso durchtrieben und böse wie The Serpent und wollte Tony selbst in ihren letzten Minuten noch aufs Glatteis führen.

»Na gut«, sagt Ryan. »Diese drei Vorgehensweisen kommen mir vernünftig vor. Sie beide sind also auf einem guten Weg.« Er sieht Tony an. »Egal, was Sie brauchen, Sie müssen nur fragen. Und was irgendwelche Recherchen angeht: Solange Sie sie nicht von ihren sonstigen Aufgaben abhalten, können Sie Mario oder Denny jederzeit einbinden. Bessere Technikfreaks finden Sie diesseits von Texas nicht.« Er grinst, und ich weiß, dass er gerade an Noah Carter denkt. Auch Letzterer war früher für Deliverance tätig, arbeitet aber jetzt für Stark Applied Technology. Als ich Tonys Grinsen sehe, weiß ich, dass er die Anspielung ebenfalls verstanden hat.

»Wir wollen, dass Sie sich hier wohlfühlen«, fährt Ryan fort. »Dass Sie sich als Teil unseres Teams empfinden. Damit Sie sich letztlich entscheiden zu bleiben.«

Tony nickt und wirft mir dann einen flüchtigen Blick zu. »So viel Überzeugungskraft wäre dafür gar nicht nötig«, sagt er, und ich bin sicher, dass ich mir seinen leidenschaftlichen Unterton nicht einbilde. »Aber Morgan hat nun mal Priorität für mich. Alles andere ist zweitrangig.«

Ich spüre einen unliebsamen Stich in der Brust. Ich will nicht so instinktiv auf diesen Mann reagieren, zumal ich jetzt weiß, wie es laufen wird. Und ehrlich gesagt, an seiner Stelle würde ich genauso empfinden und handeln.

Wir verabschieden uns von Ryan, verlassen sein Zimmer und betreten das Großraumbüro von Stark Security. Dort stehen über ein Dutzend Schreibtische. Einige gehören speziellen Agenten, andere stehen jedem zur Verfügung, der einen Arbeitsplatz benötigt, auch Gästen wie Tony.

Auf der Suche nach einem leeren Tisch, den Tony mit Beschlag belegen könnte, entdecke ich Liam und Quince, die gerade eintreten. Ich stoße Tony an und deute mit einem Kopfnicken in ihre Richtung. »Warum knöpfst du dir Liam nicht mal kurz vor«, schlage ich vor. »Sag ihm, dass du jetzt hier als Semi-Agent arbeitest.«

»Sehr witzig.«

»Na ja, aber es stimmt doch. Er wird sowieso versuchen, dich zu einer Festanstellung hier zu überreden.«

»Ich muss nicht überredet werden«, antwortet er.

»Nein, du musst mit all dem abschließen. Ich weiß. Aber trotzdem. Geh hin und rede mit ihm. Er kann dich Mario und Denny vorstellen. Ich vermute, dass er im Großen und Ganzen über deine Aktionen sowieso im Bilde ist?«

»Er weiß nicht alles, aber einiges. Als Kollegen bei Deliverance haben wir uns ziemlich eng miteinander angefreundet.« Er legt den Kopf schief, wölbt eine Augenbraue und mustert mich. »Willst du mich so schnell schon los sein? Bedauerst du diese neue Partnerschaft bereits?«

Ich verdrehe die Augen. »Ich habe etwas Persönliches mit Quince zu besprechen.«

»Hat das Persönliche mit deiner Schwester zu tun?«

»Kein Kommentar.«

Er lächelt wissend, dann geht er zu Liam hinüber und ruft ihm eine Begrüßung zu. Liam breitet die Arme aus und strahlt übers ganze Gesicht. »Tony, Mann, ich freu mich so, dich zu sehen. Was geht?«

Tony erläutert Liam, was er braucht, und ich wandere schnurstracks zu Quince hinüber. »Was hast du in deiner Hosentasche?«, necke ich ihn. »Ich wette, da klappert ein

Ring zwischen dem Wechselgeld und den Autoschlüsseln herum.«

»Emma …«

»Denn noch habe ich keinen Anruf von meiner Schwester erhalten, in dem sie mich kreischend und kichernd informiert, dass sie endlich mit der Liebe ihres Lebens verlobt ist.« Ich mustere ihn mit verengten Augen. »Und die Liebe ihres Lebens hat mir versichert, dass er ihr bald einen Antrag machen will.«

»Du bist ja schlimmer als eine Mutter in diesen fürchterlichen, alten, amerikanischen Sitcoms.«

»Bekenne mich schuldig. Also wann machst du endlich eine ehrbare Frau aus ihr?«

»Wenn ich bedenke, dass ich dann eines Tages mit dir verwandt sein werde …« Augenzwinkernd lässt er den Satz in der Schwebe, doch als ich den Kopf schief lege und die Arme über der Brust verschränke, versichert er eilig: »Ich habe den perfekten Abend geplant. Habe gerade einen Tisch reserviert. Du wirst mir das doch jetzt nicht vermasseln, oder?«

»Würde ich nie tun.« Ich mustere ihn von Kopf bis Fuß. »Es sei denn, du bist nicht Manns genug, um es selbst hinzukriegen.«

Er verdreht die Augen. »Ich liebe deine Schwester. Was für eine Schande, dass ich auch ihre Verwandtschaft mit heirate.«

Ich lache. »Ich lieb dich auch, zukünftiges Schwagerherz.«

Eine feine Röte überzieht seine Wangen, und beinahe tut es mir leid, dass ich ihn so aufgezogen habe. *Beinahe.* Mittlerweile liebe ich diesen Kerl wie einen Bruder. Und je eher er meine Schwester glücklich macht – Korrektur *glücklicher* macht –, umso besser.

Ehrlich gesagt weiß ich gar nicht so genau, warum ich ihn wegen der Verlobung jetzt so unter Druck setze. Doch dann sehe ich, wie Tony und Liam sich über Marios Computer beugen, und es fällt mir wie Schuppen von den Augen.

Der Grund ist das Glück. Das Bedürfnis, es beim Schopfe zu packen. Und nie mehr loszulassen.

Wenn ich selbst schon nicht zum Zuge komme, dann will ich zumindest, dass Eliza genug für uns beide abbekommt.

KAPITEL 21

Eins steht fest: Stillstand gab es bei meinen Geheimdiensteinsätzen nie. Zugegeben, ich war nie diejenige, die den Übeltäter finden musste. Ich war diejenige, der man die fertige Akte überreichte und die mithilfe dieser Information den Bösewicht entweder aufspürte, ihn verhörte oder die Welt ganz und gar von ihm befreite.

Mit anderen Worten: Ich bin es gewohnt zu handeln.

Ebenfalls zugegeben: Ich habe viele Jahre als private Ermittlerin gearbeitet, aber viele dieser Jahre waren lediglich eine Tarnung für meine Geheimdiensttätigkeit beim SOC. Natürlich gab es trotzdem Tage, die ich damit verbrachte, mich durch Bankauskünfte und alte Zeitungsartikel zu wühlen, und an denen meine Augen von der ganzen Computerarbeit brannten. Oder noch schlimmer, lange Nächte, die ich ausgestattet mit Kamera, einer Thermoskanne Kaffee und ohne die Möglichkeit zu pinkeln im Wagen vor irgendeinem Haus stand, um jemanden zu observieren. Diese Jobs waren immer am schlimmsten und definitiv der Tiefpunkt meiner Karriere als private Ermittlerin.

Einiges spricht durchaus für die SSA – die Waschräume

sind blitzblank, die Computer megaschnell, der Pausenraum fantastisch, und die Snackbar stellt auch die fürsorglichste Großmutter in den Schatten. Also darf ich diese berufliche Veränderung durchaus als Beförderung betrachten.

Nachdem ich mich aber zwei geschlagene Tage durch Dokumente und Ausdrucke gewühlt und mich mit Theorien und Sackgassen herumgeschlagen habe, werde ich so nervös, dass ich kurz davor bin, Ryan zu fragen, ob es jemanden – *irgendjemanden* – gibt, den ich in einer anderen Angelegenheit aktiv verfolgen könnte. Denn wie gern käme ich mal aus diesem Büro heraus und würde mir irgend so einen Mistkerl vorknöpfen, würde ihn am Kragen packen und dingfest machen.

»Du siehst aus, als wolltest du mit der Gabel gleich jemanden erstechen.«

Ich hebe den Kopf. Tony grinst auf mich herab, und seine leise, sexy Stimme hallt in meinem Kopf wider. Nur mühsam verkneife ich mir ein Lächeln und funkele ihn grimmig an. »Der Eindruck täuscht nicht. Also nimm dich in Acht.«

Er lacht, dann umrundet er meinen Schreibtisch und lehnt sich neben mir dagegen. Er ist jetzt nur noch wenige Zentimeter von mir entfernt, und ich wünschte, er würde ein bisschen mehr Abstand wahren. Nur ein ganz klein wenig, sodass ich sein würziges Eau de Cologne nicht mehr riechen kann, ein Duft, bei dem sich mir sämtliche Eingeweide zusammenziehen.

Während der letzten achtundvierzig Stunden fiel es mir schon schwer genug, mich auf meine verdammte Arbeit zu konzentrieren. Wie sollte das auch möglich sein, wenn er nur zwei Tische weiter sitzt? Und obwohl ich mir immer wieder sage, dass ich doch kein Teenager mehr bin, schaue ich stets zu ihm hinüber, wenn ich gerade wieder mal etwas fertigbekommen habe oder eine Pause mache.

Und soll ich sagen, was am frustrierendsten ist? Meist erwidert er meinen Blick.

Beim letzten Mal – vor kaum einer Stunde, kurz bevor ich flüchtete, um mir ein Croissant von der Snackbar zu holen – hielt ich seinem Blick stand. Ich sagte nichts, wandte aber auch nicht die Augen ab. Ich begehre ihn. Wirklich. Und ja, ich weiß, warum er sich zurückhält. Ich verstehe ihn sogar. Ich an seiner Stelle würde mich wahrscheinlich genauso verhalten. Gott weiß, dass ich mir und meinem Job immer den Vorrang vor jedem Menschen gegeben habe, mit dem ich schlief.

Aber genau da liegt auch der Knackpunkt. Denn aus Gründen, die ich noch nicht verstehe, fällt Tony in eine ganz eigene Kategorie. Und verdammt, ja, manchmal bin ich ein kleines Arschloch. Weshalb ich es ihm ganz sicher nicht leicht machen werde.

Also ja. Vielleicht will ich ihn tatsächlich mit dieser Gabel erstechen.

»Was willst du von mir?« Eigentlich will ich gar keinen scharfen Ton anschlagen, aber ich kann nicht anders.

Er hebt begütigend die Hände in die Höhe. »Wollte nur nach dir sehen.«

»Nein. Du warst – *Shit.*« Ich schiebe den Stuhl zurück und lege den Kopf schief. »Komm mit.«

Ich sehe mich nicht um, ob er mir folgt, sondern stürme durch das Büro und dann zur Glastür hinaus. Dahinter befindet sich ein hübscher Aufenthaltsbereich, den die SSA mit den anderen Mietern in dem Domino-Bau teilt, einem Businesskomplex in Santa Monica, der Stark selbst und seinem Halbbruder, dem Architekten Jackson Steele, gehört.

»Was soll das, zum Teufel?«, frage ich, kaum dass wir zur Tür hinaus und um die Ecke gebogen sind, sodass uns nicht sämtliche Mitarbeiter der SSA beobachten können.

»Ich wollte dich fragen, wie es mit deinen Nachforschungen läuft. Aber du sahst derart wütend aus, dass ich es mir anders überlegt habe. Willst du mir vielleicht verraten, warum du mir beinahe den Kopf abreißt?«

»Ich reiße dir nicht – Shit. Doch, hast recht. Verdammt.« Ich lasse mich auf eine der Steinbänke fallen. »Tut mir leid. Ist meine Schuld. Es ist nur, dass – Shit, Tony, da ist etwas zwischen uns. Eine Verbindung. Und ich weiß, dass du sie auch spürst, denn ich erwische dich immer wieder dabei, wie du mich ansiehst, und es ist einfach da.«

»Was denn?«

»Keine Ahnung. So ein Funkeln. Eine Hitze. Das liegt an diesem Ding zwischen uns, und es ist da. Bin ich verrückt? Merkst du es wirklich nicht? Bin ich die Einzige, die so empfindet? Denn wenn du das jetzt sagst, bin ich schneller weg, als du Einstweilige Verfügung sagen kannst.«

Er lacht nicht. Im Gegenteil, er wirkt ein wenig elend. »Nein. Du bist nicht die Einzige.«

»Warum ignorieren wir es dann?«

»Um uns die Sache zu erleichtern«, antwortet er, und ich lache schallend. Zu seiner Ehrenrettung muss man sagen, dass auch er lacht. Dann fährt er sich mit den Fingern durchs Haar, zerzaust es so, dass es ein bisschen wie nach dem Sex aussieht.

Ich widerstehe dem Drang, es ihm zurückzustreichen, und konzentriere mich darauf, meinen Herzschlag in den Griff zu bekommen.

»Schau mal«, sagt er schließlich. »Ich ignoriere es nicht. Aber ich handele auch nicht entsprechend. Ich weiß auch nicht. Vielleicht hätte ich mich doch nicht mit Stark Security einlassen sollen.«

Plötzlich komme ich mir total mies vor. »Nein. Du hast lange genug den einsamen Wolf gespielt. Du brauchst Unterstützung. Manpower und Hardware. Es liegt nicht an dir. Sondern an mir. Eigentlich bin ich nicht so. War ich noch nie. Du bist einfach nur …« Ich hebe die Schultern und spreche nicht weiter.

»Was?«

»Du bist – na ja, ziemlich unerwartet in mein Leben getreten.«

Er nickt bedächtig, und wir lächeln zaghaft. »Ja, na ja, du in meins auch.«

Ich seufze, wünschte, das alles wäre leichter. Aber ich verstehe ihn wirklich. Er hat keinen Zweifel daran gelassen, dass er keine Beziehung will, bis dieser Fall nicht ein für alle Mal abgeschlossen ist. Und eine Fickfreundschaft steht nicht zur Debatte.

Auch für mich nicht. Nicht mit ihm. Mit Tony wäre sie ein Schlag ins Gesicht. Ihn will ich ganz oder gar nicht.

Eigentlich bin ich wütender auf mich selbst als auf die ganze Situation. Schließlich lieben wir uns nicht schon seit der Highschool und wurden nach einer jahrelangen Beziehung auseinandergerissen. Diese ganze Geschichte ist eigentlich noch total frisch, und doch habe ich noch nie so empfunden. Ich kenne mich selbst gut genug, um zu wissen, dass ich mir nichts einbilde. Ihn nicht bekommen zu können, treibt mich in den Wahnsinn. Trotzdem werde ich ihn nicht drängen. Ich könnte nicht mehr in den Spiegel gucken, wenn er nur nachgäbe, weil ich ihn unter Druck gesetzt habe.

Demzufolge bin ich fix und fertig. Und kann mich kaum auf meine Arbeit konzentrieren, solange er in der Nähe ist.

Aber auch hier trifft Tony eigentlich keine Schuld. Vielmehr vermute ich, dass es mir so schlecht geht, weil wir auch mit unserem Fall nicht weiterkommen. Thea, Dailey, Morgan. Alle drei scheinen ein Leben unter dem Radar geführt zu haben. Denn auch nach zweitägiger Recherche dreht das erstklassige Team der Stark Security Agency immer noch jeden Stein um. Und nach wie vor von der Goldader keine Spur.

»Irgendwelche Ergebnisse bei den plastischen Chirurgen?«, frage ich Tony, der die Theorie hat, dass Morgan nur mit einem neuen Gesicht so gründlich von der Bildfläche hat verschwinden können. Und dieses Gesicht musste ihm schließlich jemand verpasst haben.

»Ich habe eine Spur, die zu einem Arzt in Costa Rica führt, der ihn eventuell behandelt hat«, antwortet er. »Er wird gerade überprüft, aber wir warten noch auf die Ergebnisse. Und was ist mit dir? Hat Lorenzo schon was über Thea herausgefunden?«

Mein früherer Partner in der Detektei ist ein ehemaliger Cop und hat den besten Spürsinn der Welt. Es gibt niemanden, den er nicht findet, selbst wenn es sich um Leute handelt, die in einem Schrottauto oder einem vermüllten Hauseingang wohnen.

»Noch nicht. Ich hoffe, dass ich bald etwas höre …«

Das laute Klingeln meines Handys unterbricht mich, und wir schauen gleichzeitig aufs Display. *Lorenzo*.

Ich sehe Tony in die Augen, und er hält daumendrückend die Hände in die Höhe. Grinsend schalte ich auf Lautsprecher. »Tony steht gerade neben mir«, verkünde ich ohne Umschweife, denn Eliza hat ihm von Tony erzählt, und er hat vor Kurzem angerufen, um mich auf väterliche Art ein wenig aufzumuntern. Letztlich lief es auf den Ratschlag hinaus, nicht mehr in der Weltgeschichte herumzuvögeln – buchstäblich –, sondern sesshaft zu werden. Und wenn meine Schwester den Typen mochte, war er sicher nett.

Jedem anderen hätte ich geantwortet, er solle sich seine blöden Ratschläge sonst wo hinschieben. Aber Lorenzo kommt einer Vaterfigur näher als irgendwer sonst in meinem Leben, und seine Ermahnungen gehören genauso zu ihm wie seine schroffe Art.

»Was hast du für uns?«

»Thea ist eine harte Nuss, aber so langsam fügen sich die Puzzleteile zusammen. Ich habe die Adresse gefunden, unter der sie allerdings schon vor vier Jahren zuletzt gemeldet war. Immerhin kann ich ihren Namen bestätigen: Theadora Dempsey. Genannt Thea. Ich konnte ihren Agenten ausfindig machen aus der Zeit, in der sie sich als Schauspielerin versuchte. Das wiederum führte mich zu einem Restaurant in Studio City, wo sie als Kellnerin arbeitete. Einer der Tellerwäscher konnte sich an sie erinnern. Ich …«

»Lorenzo, ich weiß, wie fantastisch du arbeitest, aber könntest du zum Punkt kommen? Hat dich das zu Dailey oder Morgan geführt?«

Er schnaubt, und Tony grinst. »Darauf komme ich schon noch zu sprechen. Ich habe keine genaue Adresse, weder für sie noch für ihren Arbeitsplatz. Aber auf ihrer Kreditkarte fanden sich ein paar interessante Hinweise. Die junge Frau fuhr einen kleinen Fiat. Hat einmal die Woche vollgetankt. Und immer bei einer Chevron-Tankstelle in Brentwood. Ich hab dir gerade die Adresse per

Textnachricht geschickt. Entweder hatte sie da einen Freund oder einen Job. Und da die Abbuchungen meist morgens vor neun Uhr erfolgten, gehe ich von einem Job aus.«

»Lorenzo, hier spricht Tony. Als Ermittler bist du echt der Hammer, Mann.«

»Als ob ich das nicht wüsste. Ihr beiden seid mir eine Pizza schuldig. Du weißt ja, wie ich sie am liebsten mag, junge Dame.«

»Ich bestelle dir gleich nach dem Auflegen eine.«

»Ich rufe an, wenn ich noch mehr herauskriege. Umarme deine Schwester von mir.«

»Vermisse dich auch und mache ich. Bis später«, beende ich das Gespräch.

Als ich aufblicke, sieht Tony mich lächelnd an.

»Was?«, frage ich und leite die Chevron-Adresse an Denny weiter. Anschließend lasse ich Lorenzo eine Pizza ins Büro schicken, in dem er momentan sogar lebt. Ich bestelle so oft bei Flying Saucer Pizza, da sie meine Kreditkartendaten gespeichert haben. Dann sehe ich Tony wieder an, der mir immer noch eine Antwort schuldig ist, und lasse die Hand kreisen, um ihn zum Sprechen zu animieren.

»Ich mag ihn einfach, das ist alles. Und es gefällt mir, dass er für dich und Eliza da war.«

»Er war ein guter Cop, er ist ein großartiger privater Ermittler und der beste Mann, den ich kenne. Obwohl du ebenfalls ziemlich oben auf meiner Liste stehst«, bekenne ich, auch wenn ich mit dieser Bemerkung wahrscheinlich die Grenze der Nichtbeziehung überschreite.

Aber Tony antwortet nur: »Danke. Das bedeutet mir viel.«

Dabei sieht er mir unverwandt in die Augen, und ich spüre die knisternde Spannung in der Luft. Die von der gefährlichen Sorte, wie kurz vor einem Blitzeinschlag. Einen Augenblick lang stehen wir beide nur da. Dann räuspert er sich, und ich sacke ein wenig in mich zusammen, allerdings ohne zu wissen, ob vor Erleichterung oder vor Enttäuschung.

Ich schaue zur Seite und bemerke, das Quince mich stirnrunzelnd durch die Glastür beobachtet. Schnell wende ich mich ab. Ich will gar nicht wissen, was in seinem Kopf vorgeht. Und dann realisiere ich, dass Tony irgendetwas gesagt hat, ich aber kein Wort mitbekommen habe.

»Was?«

»Ich sagte, dass ich Pizza für eine gute Idee halte. Warum bestellst du nicht ein Dutzend oder so für das ganze Büro. Mit verschiedenen Belägen. Mach ich immer so, um Überstunden zu kompensieren. Und angesichts dieser Chevron-Info beschleicht mich das Gefühl, dass es heute auf jeden Fall später wird.«

»Tolle Idee. Sehr nett.«

»Unsere Truppe soll schließlich bei Kräften bleiben«, antwortet er im Hineingehen, aber ich weiß, dass mehr dahintersteckt. Als Ryan sich darauf einließ, Tonys Mission bei der SSA zu verfolgen, war Tony ein Außenseiter. Jetzt gehört er hundertprozentig zum Team. Mehr als das. Für diesen speziellen Job ist er ihr Anführer. Und ein Anführer sorgt für seine Leute.

»Oh, Höllenhunde.«

Der Fluch kommt aus Dennys Richtung, und ich runzele die Stirn. Vielleicht ist sie ja sauer, weil wir Überstunden machen müssen. Ihr Mann Mason ist immer noch vom Dienst freigestellt. Er absolviert weiterhin ein umfangreiches Debriefing beim SOC. Ich habe dort nicht mit ihm zusammengearbeitet, aber ich kenne die Geschichte, und allein die Vorstellung täglicher Meetings, bei denen man Stück für Stück das eigene Gedächtnis wieder zusammensetzt, ist für mich der absolute Horror. Mason jedoch hat mir versichert, dass er diese Nachbearbeitung des Erlebten fantastisch findet. »Das Beste überhaupt«, hatte er gesagt. »Jeden Tag fällt mir wieder etwas Neues über Denny ein. Als wäre dauernd Weihnachten.«

Ein hübsches Gefühl, aber ich glaube trotzdem, dass mich ein solches Vorgehen in den Wahnsinn treiben würde. Andererseits hat Mason nach allem, was er durchgemacht hat, vielleicht beschlossen, sich im Leben nur auf das Positive zu konzentrieren.

Ich werfe einen Blick auf Tony und seufze. Vielleicht könnte ich mir ja eine Scheibe von Mason abschneiden. Statt also Trübsal zu blasen, weil ich nicht alles von diesem Mann haben kann, was ich mir wünsche, sollte ich dankbar für das sein, was wir hatten. Hätte es Tony nicht gegeben, hätte ich sicher nie so empfunden. Und obwohl es jetzt verdammt wehtut, war das, was wir miteinander erlebt haben, einfach wundervoll. Vielleicht sollte ich mich damit zufriedengeben. Vielleicht wäre es für manche Menschen tatsächlich genug.

Aber ich weiß nicht so genau, ob ich zu dieser Sorte Menschen gehöre.

»Leute!«, ruft Denny laut. »Habt ihr mich denn nicht gehört? Kommt mal alle her.«

Ich fange Quincys und Tonys Blick auf, und wir eilen zu ihr hinüber. Liam ist bereits da, und Mario rollt ebenfalls hinüber, wobei sein Schreibtischstuhl genau neben ihm zum Stehen kommt. Neben Liams massiger Gestalt wirkt Mario regelrecht mager.

»Sorry. Hab den Fluch nicht für einen Schlachtruf gehalten«, meint Quincy, und Denny wirft ihm einen wütenden Blick zu, der ihn nicht weiter beeindruckt. Sie arbeiten häufig zusammen, weshalb er an ihre vernichtenden Blicke wahrscheinlich gewöhnt ist.

»Ich habe keine Ahnung, warum wir bei den gestrigen Recherchen nicht schon drauf gestoßen sind, aber seht euch das mal an.«

Sie streicht sich eine blonde Haarlocke aus dem Gesicht und deutet auf den Bildschirm, zu dem wir uns jetzt vorbeugen.

»Die Daily Meditation Foundation«, lese ich laut vor. »Vielleicht bin ich ja übermüdet, aber ich kapiere nicht, was das soll.«

»Das ist eine der Organisationen, die mithilfe von Morgans Treuhandfonds ins Leben gerufen wurden. Nach genau so etwas habe ich gesucht. Warum es mir nicht schon im ersten Durchgang aufgefallen ist, weiß ich wirklich … na ja, egal. Weiter geht's. Der Punkt ist der Name. Daily. Dailey. Kapiert?«

»Du glaubst, *daily* steht nicht für täglich, sondern ist ein Deckname für Harvey Dailey?«

Sie sieht sich nach uns um. »Meiner Meinung nach ist das momentan die beste Spur, die wir haben.«

»Hast du eine Adresse?«, fragt Tony.

»Das ist ja das Schöne«, antwortet Denny. »Der Name tauchte auf, als ich alles in einem Radius von zwei Meilen um die Chevron-Tankstelle abcheckte. Keine Ahnung, ob das eure Antwort ist«, sagt sie. »Aber zumindest ist es eine Spur.«

KAPITEL 22

Die Daily Meditation Foundation war eine solide Spur, aber nutzlos, solange sie keine Adresse hatten. Das dauerte ein wenig länger. Die Gründungsurkunde, die Denny gefunden hatte, war vor über einem Jahr beim Staat eingereicht worden, und bei der aufgeführten Adresse handelte es sich lediglich um ein Postfach in einem Shoppingcenter in der Nähe der Chevron-Tankstelle.

Wieder einmal saß Denny vor ihrer magischen Kiste, um die derzeitige, tatsächliche Adresse zu ermitteln. Ungeduldig ging Tony hinter ihr auf und ab.

»Meine Güte, deine Ungeduld geht mir echt auf den Keks!« Sie wirbelte in ihrem Bürostuhl herum und warf ihm einen entnervten Blick zu. »Geh dir einen Kaffee holen oder irgendwas. Und bring mir auch gleich einen mit.«

Ihren Koffeinpegel auf gleichbleibendem Niveau zu halten, schien momentan das Sinnvollste zu sein, was er tun konnte. Also nickte Tony und machte sich auf den Weg in den Pausenraum. Emma lief ihm hinterher und begleitete ihn.

»Ganz schön nervenaufreibend, oder?«, fragte sie,

während Tony darauf wartete, dass die Kaffeemaschine ihre Magie entfaltete.

»Ich scharre schon mit den Hufen«, sagte Tony. »Noch nie war ich so nah dran – was eine gewisse Ironie ist, denn so nah ist es nun auch wieder nicht.«

»Doch, glaube ich schon«, widersprach sie. »Ich jedenfalls bin wie … elektrisiert.«

Er lachte. Dieses Gefühl kannte er. Das Gefühl, zum Ende einer Mission zu kommen, zu dem Punkt, an dem alle Fäden zusammenliefen. Lächerlich, aber gleichzeitig vollkommen zutreffend. »Ja«, pflichtete er ihr bei. »Ich auch.«

Er holte tief Luft, wollte noch etwas sagen, war sich aber nicht ganz sicher, ob er es aussprechen sollte. Doch dann dachte er *fuck it*. Wenn es genau das Falsche war, dann konnte er es auch nicht ändern. Er hatte schon so vieles überlebt, er würde auch das überstehen.

»Emma?«

Sie hatte sich abgewandt und war dabei, den Kühlschrank zu inspizieren. Jetzt sah sie sich nach ihm um. Einen Augenblick lang glaubte er, Hoffnung in ihren Augen aufflackern zu sehen, aber dann war der Funke verschwunden und sie blickte lediglich fragend zu ihm hin. »Ja?«

»Ich hoffe wirklich, dass wir nah dran sind. Dass dies das Ende ist.«

Ihre Miene wurde hart, und sie schüttelte traurig den Kopf. »Red nicht weiter, okay? Ich verstehe deine Überlegungen, und dass du nur deine persönliche Grenze ziehst. Dennoch bist du hier derjenige, der alle Fäden in der Hand hält. Nur du selbst bestimmst, wie und wo diese Grenze verläuft. Also tu nicht so, als sei sie nur durch den Abschluss dieses Falles markiert. Du kannst tun, was dir passt, verflucht.«

Sie zuckte mit den Schultern, als sei das nur eine beiläufige Bemerkung gewesen, dann verließ sie den Raum, ohne etwas aus dem Kühlschrank zu holen. Er sah ihr nach. Sie hatte recht, aber er wusste nicht, ob er die Kraft dazu hatte.

Glücklicherweise konnte er sämtliche Überlegungen über seine Motive oder persönlichen Hindernisse schon bald verschieben, denn als er mit Dennys Kaffee in deren Büro zurückkehrte, hatte sie die Adresse ermittelt.

Die Daily Meditation Foundation hatte ihren Sitz in einem bewachten, dreistöckigen Wohnhaus auf einem zwei Morgen großen Grundstück in Brentwood, eine Tatsache, die gut zu dem passte, was sie über Theas Bewegungsradius in Erfahrung gebracht hatten. Tony erwog, sofort hinzufahren, aber er war zu gut ausgebildet, um den Erfolg einer Mission durch vorschnelles Handeln zu gefährden.

Stattdessen stellte er fünf, sich im Dienst abwechselnde Teams ab, die das Haus volle und quälend lange achtundvierzig Stunden lang beobachten sollten, mit dem Ziel, herauszufinden, wer zu welchen Zeiten kam und ging.

Diese zwei Tage kamen ihm vor wie die längsten seines Lebens, aber nachdem sie vorüber waren, hatten sie feststellen können, dass nur wenige Besucher ein und aus gingen und dass Harvey Dailey tatsächlich dort residierte.

Als Dailey aus dem Tor trat, um einen Spaziergang zu machen, waren zufällig ausgerechnet Emma und er als Wachtposten eingeteilt gewesen. Er war mager und gebrechlich und mochte bereits Mitte siebzig sein. Sein weißes Haar stand ihm büschelweise vom Kopf ab, und mit seinem gezwirbelten Schnäuzer schien er der Parodie eines alten Westerns entsprungen zu sein.

Sie hatten keine Beschreibung seines äußeren Erscheinungsbildes gehabt, weshalb sie bei diesem ersten Mal nicht mit Sicherheit hatten sagen können, dass es sich bei dem alten Mann um Dailey handelte. Sie hatten ein Foto geschossen und es Denny geschickt, doch die Gesichtsdatenbank ergab keinerlei Übereinstimmungen. Denny wies jedoch darauf hin, dass eine Gesichtserkennung manchmal tagelang brauchen konnte, bis sie Ergebnisse zeitigte.

Die Vorstellung, noch Tage warten zu müssen, entnervte Tony so sehr, dass er die Hände in die Luft warf und doch tatsächlich vorschlug, ohne Bestätigung das Haus zu stürmen.

Glücklicherweise konnten sie ihn dann doch eindeutig identifizieren, als ein Nachbar sich zu dem Mann auf dem Gehsteig hinzugesellte, ihn beim Namen rief und eine Unterhaltung mit ihm begann.

»Jetzt haben wir also Gewissheit«, meinte Tony. Sie standen etwa einen Block entfernt und hatten die Szene durch ein Fernglas beobachtet. Und da sie sich aufs Lippenlesen verstanden, hatten sie auch den Namen bestätigen können.

Emma, die auf dem Beifahrersitz saß, nickte, doch sie runzelte die Stirn, wie so häufig, wenn sie nachdachte.

»Na gut«, sagte er, als er es bemerkte. »Was ist das Problem?«

Sie schüttelte den Kopf. »Nichts Konkretes. Er kommt mir nur einfach nicht so vor wie der Typ Mann, der zu so etwas fähig ist. Und irgendwie finde ich die Situation insgesamt ziemlich seltsam, obwohl ich nicht genau sagen kann, wieso.«

Tony nickte. Auch er hatte ein mulmiges Gefühl. »Ich kann mir ebenso wenig vorstellen, dass dieser Typ mit The Serpent oder meinem Vater gemeinsame Sache macht. Aber andererseits habe ich schon viele üble Zeitgenossen hochgehen lassen, und eins kann ich dir versichern: Nicht alle von ihnen sehen aus wie hartgesottene Verbrecher. Viele mordlustige Schurken könnten gut und gern als dein Lieblingsgrandpa durchgehen.«

»Ich habe meinen Grandpa nie kennengelernt«, antwortete Emma. »Aber natürlich ist mir klar, worauf du hinauswillst. Trotzdem habe ich einfach kein gutes Gefühl dabei.«

»Vielleicht ist er nur eine Schachfigur in dem ganzen Spiel. Möglicherweise bedient sich jemand seines Namens als Fassade für seine Operationen. Aber wir haben ihn eindeutig als Harvey Dailey identifiziert. Wir wissen, dass Thea für einen Harvey Dailey gearbeitet hat. Und wir wissen, dass dieses Haus zu einer Stiftung gehört, die im Namen eines Harvey Dailey betrieben wird. Unter den gegebenen Umständen haben wir keine andere Wahl, als einzudringen und herauszufinden, was da los ist.«

»Stimmt schon. Lass uns erst mal Bericht erstatten und uns überlegen, wie genau wir vorgehen wollen.«

Die Rückfahrt legten sie schweigend zurück, und er war sicher, dass sie nur aus Höflichkeit nichts sagte, weil sie annahm, dass er tief in Gedanken über das weitere Prozedere versunken war. Aber in Wirklichkeit war das gar nicht der Fall. Er vertraute ihren Instinkten, und ihre Bedenken im Hinblick auf diesen Mann ließen ihn zögern. War es möglich, dass Dailey im Grunde unschuldig war?

Aber am Ende des Tages spielte es im Hinblick auf diese Mission keine entscheidende Rolle. Unter keinen Umständen würde er darauf verzichten, in dieses Haus einzudringen, um sich dort umzusehen. Er musste wissen, ob die Daily Meditation Foundation irgendwelche Unterlagen über Clyde Morgan oder The Serpent hatte. Letzterer war tot, aber Details wie beispielsweise der bürgerliche Name von The Serpent konnten wiederum zu Morgan führen.

Die Verbindung zwischen Dailey und Morgan war die einzige vernünftige Spur, die Tony hatte, und er war wild entschlossen, ihr nachzugehen. Immerhin war das hier mehr als nur eine Mission. Es war sein Leben. Und er wollte verdammt noch mal endlich mit seiner Vergangenheit abschließen.

Schlimmstenfalls war Dailey total ahnungslos und tatsächlich nur eine Schachfigur in dem ganzen Spiel. Bestenfalls wusste Dailey alles und konnte ihn zum Ziel führen.

Und wenn Dailey nicht redete? Na ja, dann gab es immer noch Quincy. Durch seine Tätigkeit beim Britischen Geheimdienst hatte er außergewöhnliche Fähigkeiten erworben. Wenn Quincy keine Antworten bekam, dann gab es auch keine.

Das Großraumbüro der SSA glich einem summenden Bienenstock. Es herrschten erheblich mehr Lärm und Aktivität als sonst. Zuerst mutmaßte Tony, dass sie vielleicht den Durchbruch erzielt hatten – aber sogleich verwarf er den Gedanken wieder. Dann hätte man ihn sofort benachrichtigt.

Vielleicht war bei einer der anderen Operationen irgendetwas passiert?

Er wollte gerade Mario zu sich winken, als die Menge sich teilte und er Eliza neben Quincy entdeckte. Sie hatte die linke Hand ausgestreckt, und der Diamantring funkelte so hell, dass er es sogar aus dieser Entfernung erkennen konnte. Aber auch Eliza selbst schien förmlich zu glühen.

Emma, die neben ihm stand, schrie auf, warf ihm ein breites Lächeln zu, das seinen Puls zum Rasen brachte, dann rannte sie zu ihrer Schwester hinüber und umarmte sie stürmisch. »O mein Gott, du hast dich gestern Abend verlobt und mich nicht gleich angerufen?« Sie warf Quince einen verärgerten Blick zu, der beschwichtigend die Hände hochhielt.

»Es lief nicht so ganz nach Plan«, erklärte Quincy.

»Ich habe die Wäsche gemacht«, sagte Eliza verlegen. »Ich wollte seine Hose waschen. Das tue ich nie wieder ohne seine Erlaubnis.«

»O mein Gott«, rief Emma, woraus Tony schloss, dass sie mehr über Quincys Hose wusste als er selbst. »Du hast den Ring gefunden.«

»Du wusstest Bescheid?«

»Er hat es mir erzählt«, beichtete Emma. »Ich habe ihn gefragt, wann er endlich eine ehrbare Frau aus dir machen wollte. Ich glaube, er plante ein Dinner.«

»Wir sind trotzdem essen gegangen«, sagte Eliza immer noch strahlend. Sie wandte sich zu Quincy um. »Sorry noch mal, dass ich dir die Tour vermasselt habe.«

»Sei nicht dumm, Liebes. Du hast immerhin Ja gesagt, oder?« Quincy grinste so breit, dass er morgen früh sicher einen Gesichtsmuskelkater haben würde. Aber gleichzeitig konnte Tony nicht abstreiten, dass er diese Art von Muskelkater eines Tages gern auch selbst hätte. Diese Erkenntnis schockierte ihn. Noch nie hatte er ans Heiraten gedacht. Und er wusste verdammt genau, dass sich dieser Gedanke nicht nur wegen Quincys und Elizas Verlobung in sein Hirn geschlichen hatte.

Über die Menge hinweg fing Quince seinen Blick auf. Dann zwinkerte er und sah zu Emma hinüber.

Tony schüttelte entnervt den Kopf und verdrehte bekräftigend die Augen. Aber in Wirklichkeit war er alles andere als entnervt. Vielmehr dachte er über so etwas nach wie Freude. Über Liebe.

Und vor allem dachte er – zum ersten Mal seit er denken konnte – über eine Zukunft nach.

***

Quince und Liam waren die Ersten. Sie drangen im ersten Stock ein und setzten die Alarmanlage schachmatt. Tony und Emma kletterten am Gebäude hoch und landeten auf dem Balkon im dritten Stock. Denny saß im Kontrollvan und überwachte die Aktion. Marlo und ein weiterer Agent, den Tony bislang noch nicht kennengelernt hatte – Trevor –, assistierten ihr.

Zwei weitere Agenten der Star Security, Winston und Leah, nahmen nicht an der Operation teil. Sie waren am Tag zuvor abgereist, weil sich eine heiße Spur bei einer ihrer momentanen Ermittlungen ergeben hatte.

»Im Wohnzimmer ist die Luft rein«, drang Quinces Stimme durch Tonys Hörmuschel. »Ich gehe in die Küche.«

»Eingangshalle und Schlafzimmer leer«, sagte Liam. »Gehe den Flur hinab.«

Im dritten Stock war Emma bereits im Haus, während

Tony noch auf dem Balkon wartete und im Garten nach eventuellen Anzeichen Ausschau hielt, dass man sie entdeckt hatte. Aber er konnte nichts erkennen, und als er sich wieder umwandte, bedeutete Emma ihm, dass auch hier keine Menschenseele zu finden war.

Er trat ein, während sie langsam die Tür öffnete, um das Schlafzimmer zu verlassen. Sie erwarteten nicht, auf irgendjemanden zu stoßen. Mithilfe von Wärmesensoren hatten sie das Haus gescannt und keine Spur menschlicher Anwesenheit feststellen können. Dennoch hielten sie sich aus gutem Grund ans normale Prozedere. Besser dem Protokoll folgen, als einen Fehler zu begehen.

Sie durchkämmten das Haus und meldeten sich in regelmäßigen Abständen über Funk. Unter ihnen taten Quince und Liam es ihnen gleich.

»Erster Stock sicher«, meldete Quince. »Gehe in den zweiten.«

»Erkundung hier beendet«, sagte Emma. »Müssen nur noch ins Büro.« Sie sah sich nach Tony um, der immer noch im Flur war. Er bedeutete ihr mit einem Kopfnicken, voranzugehen und das letzte Zimmer zu betreten. Sie öffnete die Tür, machte einen Schritt hinein und blieb wie angewurzelt stehen.

»*Dead Body*«, sagte sie. »Wiederhole: *Dead Body*.«

Er eilte zu ihr hin, wobei er sich unaufhörlich nach möglichen Angreifern umsah. Im Büro angelangt, sah er, was sie meinte. Harvey Dailey saß an seinem Schreibtisch, eine Kugel im Kopf.

»Da sitzt er schon eine ganze Weile«, sagte sie, und Tony nickte.

»Wahrscheinlich wurde er nicht lange, nachdem wir ihn gesehen haben, getötet. Jedenfalls haben ihn die Wärmesensoren nicht aufgespürt.«

»Sind auf dem Weg«, rief Quince, dessen Stimme Tonys Ohr erfüllte.

»Negativ«, sagte Emma. »Sichert den zweiten Stock. Hier haben wir alles unter Kontrolle.«

Sie sah Tony an. »Das ergibt keinen Sinn. Aber es kann auch kein Zufall sein.«

»Nein«, pflichtete er ihr bei. »Jemand wusste, dass wir kommen. Und dieser Jemand wollte verhindern, dass wir mit ihm reden.«

»Aber das verstehe ich nicht. Dailey ist doch nur wegen Thea auf unserem Radar gelandet – und sie ist tot. Der einzige Mensch, der wissen konnte, dass sie dir von Dailey erzählt hatte, war The Serpent. Und den habe ich getötet.«

»Ja, Thea ist tot«, sagte Tony. »Aber möglicherweise hat mich auf der Insel jemand erkannt.«

»Du meinst, da Thea für Dailey arbeitete, gibt es noch einen weiteren Mitspieler, der davon ausgeht, dass du eine Verbindung herstellst und die Spur bis hierher verfolgst?«

Er nickte. »Ich vermute, dass das unseren Verdacht im Hinblick auf Dailey bestätigt. Aber wir wissen immer noch nicht, über welche Informationen Dailey verfügte.«

Sie zuckte mit einer Schulter. »Weshalb wir die nächsten paar Stunden damit verbringen werden, seine Aktenschränke zu durchwühlen. Und wir sollten Denny und Mario hereinbitten, damit sie seinen Computer hacken.«

Tony nickte und tippte an seine Ohrmuschel, um den Befehl ans restliche Team weiterzugeben. Alle sollten ins Büro kommen.

»Aber ich hab ein weiteres Leckerli für euch«, drang Dennys blecherne Stimme an sein Ohr. »Ich bin die Akten durchgegangen, weil ich wissen wollte, warum ich das Gründungsdokument beim ersten Mal übersehen habe. Nur zwanzig Minuten bevor ich es heruntergeladen habe, wurde es in den Akten des Secretary of State gespeichert.«

Emma und Tony sahen einander an. Er sah, dass es ihr gleichzeitig mit ihm dämmerte.

»O Gott, das ist eine Falle«, rief Denny, die in diesem Augenblick offensichtlich zu dem gleichen Schluss kam. »Hölle, verdammt, macht, dass ihr da rauskommt.«

Sie hatten sich bereits in Bewegung gesetzt, aber es war zu spät. Sie hörten knarrende Bodendielen und drehten sich gerade rechtzeitig um, um zu sehen, wie eines der Holzpaneele sich öffnete und nicht nur ein gut getarntes Versteck enthüllte, sondern auch einen bekannten Mann, der in einen Ganzkörper-Skinsuit gekleidet war – mit dem man Wärmesensoren überlisten konnte. Und er hielt eine Pistole in der Hand.

The Serpent.

Noch hatte er nicht gefeuert, aber er hob den Arm.

Tony stürzte sich auf Emma und riss sie im selben Moment zu Boden, als er den Schuss hörte.

Sofort folgte ein weiterer. Tony lag über Emma und sah, wie ein Bein von The Serpent nachgab. Er stürzte mit einem Schmerzensschrei zu Boden, niedergerissen von einer Kugel in seinem Schenkel.

Liam sprintete zu ihm hin, die Waffe, mit der er gefeuert hatte, immer noch schussbereit. Er schleuderte The Serpents Waffe fort, dann hielt er den noch stöhnenden Mann mit der eigenen Pistole in Schach.

Als Nächster tauchte Quince in der Tür auf, ebenfalls schussbereit. Er erfasste die Situation mit einem Blick, dann reichte er Tony und Emma die Hand, um ihnen aufzuhelfen.

Mit dem Kinn deutete er auf The Serpent, dann sah er wieder Tony an und zuckte lässig die Schultern. »Um ehrlich zu sein, am liebsten würde ich den Dreckskerl umbringen. Aber wahrscheinlich ist es besser, wenn wir ihn zurück ins Büro schaffen, damit ich ihn mir vorknöpfe.« Er warf dem Mann auf dem Boden ein so gefährliches Lächeln zu, dass dieser zusammenzuckte. »Wir werden ein wenig feiern, du und ich. Und dann darfst du mir jedes einzelne deiner gottverdammten, blutigen Geheimnisse verraten.«

KAPITEL 23

Ich gehe vor dem Einwegspiegel auf und ab und beobachte Quincy, der The Serpent gegenübersitzt. Sein Bein ist jetzt verbunden, und Colonel Anderson Seagrave hat mir versichert, dass er momentan keine Schmerzen hat. Zusätzlich zu den Medikamenten, die der Mediziner der SSA ihm verabreicht hat, bevor er die Wunde nähte, hat Quincy ihn mit einer Reihe geheimer Drogen abgefüllt, die nicht nur schmerzlindernd wirken, sondern auch seine Bereitschaft fördern, uns seine Geheimnisse zu verraten.

Ich blicke auf Seagrave hinab, der müßig seinen Rollstuhl hin und her bewegt, während er sich die Show ansieht, die sich hinter dem Spiegelglas abspielt. Er ist etwa Mitte vierzig. Sein dunkles Haar ergraut an den Schläfen, und sein entspanntes Lächeln mildert seine eindrucksvolle Präsenz keineswegs. Wir haben lange zusammengearbeitet, und obwohl wir häufig aneinandergerieten, respektiere ich ihn voll und ganz.

»Wie lange dauert so ein Verhör normalerweise?«, erkundige ich mich.

Hinter mir schreitet auch Tony auf und ab. »So etwas

braucht immer seine Zeit«, antwortet er. »Je stärker die Zielperson, umso länger. Und nach dem, was wir über The Serpent wissen, könnte es eine Ewigkeit dauern.«

»Unter den gegebenen Umständen bin ich bereit, eine Ewigkeit zu warten.«

»Im Augenblick versucht Quince, etwas über Ihren Vater herauszubekommen«, bemerkt Seagrave mit einem Blick auf Tony. »Danach gönnen wir ihm eine Pause. Wir nehmen Ihren neuen Freund mit zum SOC. Sollen unsere Leute mit ihm arbeiten. Sie beide haben übrigens hervorragende Arbeit geleistet. Wirklich hervorragend.«

Tony zuckt mit den Schultern, und ich glaube sicher zu wissen, was er denkt. Seagrave muss ihm keinen Honig ums Maul schmieren. Sobald er Informationen über seinen Vater hat, ist es ihm ziemlich egal, was mit The Serpent passiert.

Aber mir nicht. Denn The Serpent kennt Winstons Vergangenheit, und mein Freund liegt mir am Herzen.

Vor einer Stunde habe ich Winston eine Textnachricht geschrieben und ihn informiert, dass The Serpent in unserem Gewahrsam ist. Er befindet sich momentan außer Landes, aber ich weiß, dass er sich brennend dafür interessiert, was im Kopf dieses Dreckschweins vor sich geht. Vielleicht kann auch er danach mit der Vergangenheit abschließen.

Obwohl ich das bezweifele.

Ich gehe zu Tony hinüber und will seine Hand nehmen. Aber im letzten Augenblick ziehe ich meine wieder zurück, weil ich befürchte, dass ich ihn, sobald ich ihn berühre, nie wieder loslassen will. »Wie geht es dir?«

»Ich halte durch. Ich kann es kaum fassen, dass wir so dicht davor sind. Die Zeit scheint plötzlich langsamer zu vergehen.«

»Wir kommen der Lösung immer näher«, versichere ich ihm. »Irgendwann wird Quincy etwas über deinen Vater herausbekommen.«

Tony nickt. »Ich weiß. Mit dem Mann habe ich schließlich jahrelang zusammengearbeitet. Wenn Quincy nicht herausfindet, wo mein Vater ist, dann existiert er nicht mehr auf diesem Planeten.«

Er lächelt mir kurz zu, und ich spüre, wie ein wenig Erleichterung mich durchflutet. Kaum vorstellbar, wie hart das alles für ihn ist, zu wissen, dass sein Vater die ganze Zeit über lebte, während es doch sein größter Wunsch war, dieses Scheusal dranzukriegen, weil er Tonys Familie und Kindheit auf dem Gewissen hatte.

Er sieht mich an, dann streckt er die Hand aus und streicht mir eine Haarlocke hinters Ohr. Eine beiläufige Geste, aber gleichzeitig sehr intim. Bei seiner Berührung überläuft mich ein Schaudern.

Genau das sollte nicht passieren. Und doch ist es genau das, was ich mir wünsche.

Und ich sage mir, dass dies weder der richtige Zeitpunkt noch der richtige Ort für derlei Gefühle ist. Im Augenblick geht es einzig und allein um Tony und seinen Vater und um das, was in diesem Verhörzimmer vor sich geht.

»Willst du bei der Jagd auf meinen Vater auch weiterhin mit von der Partie sein?«, fragt Tony.

»Zum Teufel, ja.«

Die Andeutung eines Lächelns umspielt seine Lippen. »Sind wir uns einig, dass ich in unserem Team das Sagen habe?«

»Ehrlich gesagt bist du meiner Meinung nach emotional zu involviert. Aber ich weiß auch, dass du einen Wutanfall bekommst, wenn du nicht sagen kannst, wo's lang geht.«

Er lacht leise. »Verdammt richtig.« Er mustert mich von Kopf bis Fuß. »Du bist ziemlich groggy.«

»Du siehst auch nicht gerade aus wie das blühende Leben.«

»Ich meine es ernst. Du wirkst total erschöpft. Und ich bin es, weiß Gott, auch. Du musst fit sein, wenn du mit mir zusammenarbeiten willst. Du musst dich unbedingt ausruhen. Und ich mich ebenfalls.«

»Na gut.« Ich sehe ihn an. »Ich fahre nach Hause und gehe schlafen. Ich habe dort ein Gästezimmer. Willst du mitkommen, oder treffen wir uns später wieder hier?«

Nach kurzem Zögern antwortet er: »Gästezimmer klingt perfekt.«

In weniger als einer Viertelstunde befinden wir uns in meinem Wohnzimmer. Und wieder habe ich das dringende Bedürfnis, ihn zu berühren. Ihm zu versichern, dass alles gut werden wird. Ihm zu sagen, wie überzeugt ich davon bin, dass bald alles vorbei ist. Und ihn zu beruhigen: Was immer er braucht, ich bin für ihn da.

Aber was die Dinge angeht, die ich brauche …

Nun ja, ich brauche das Gefühl, in seinen Armen zu liegen. Ich muss seinen Körper an meinem spüren. Ich wünsche mir so sehr, dass all das vorüber ist, damit ich diesen Mann wieder haben kann.

Doch ich muss realistisch bleiben. Ich weiß, dass es womöglich vorbei ist. Vielleicht kennt The Serpent Clyde Morgans Aufenthaltsort aber gar nicht. Oder wenn er ihn kennt, hat sich Morgan schon wieder aus dem Staub gemacht. In diesem Geschäft gibt es keine Gewissheit. Und wie ich sehr schnell lernen musste, gibt es auch keine Gewissheit in Beziehungen.

Aber all das behalte ich natürlich für mich. Stattdessen zeige ich Tony das Gästezimmer und stelle ihm nur eine einzige Frage: »Weckst du mich, wenn Quince anruft?«

»Natürlich.«

Ich nicke. »Okay. Dann sehen wir uns, wenn er anruft oder wir beide von selbst wach werden. Was zuerst passiert.«

Ich mache mir gar nicht die Mühe, mich umzuziehen. Ich bin viel zu erledigt. Lediglich die Schuhe schleudere ich von mir, dann schlage ich die Decke zurück und krieche darunter. Ich bin schon eingeschlafen, bevor mein Kopf auf die Matratze trifft, aber plötzlich bin ich wieder hellwach, denn ich spüre, wie die Matratze sich bewegt.

»Schon gut. Ich bin's.« Gleichzeitig mit seinen Worten spüre ich seine Hand auf meiner Hüfte und entspanne mich wieder.

»Liebe Güte. Ist dir eigentlich klar, dass ich eine Waffe da in der Schublade verwahre? Du könntest jetzt tot sein.«

»Glaub ich nicht. Du bist eine viel zu gute Schützin, um nicht zu wissen, wen du gerade erschießt.«

»Dass du mich geweckt hast, ist eigentlich Grund genug, dich zu erschießen«, erwidere ich. »Ich war gerade erst eingeschlafen.«

Ich stütze mich auf den Ellbogen und versuche, die Spinnweben vor meinen Augen wegzublinzeln. »Hat Quince sich gemeldet?«

Er schüttelt den Kopf. »Nein. Noch nicht.«

Plötzlich besorgt runzele ich die Stirn. »Was ist los?« Ich setze mich vollends auf und lehne mich gegen das Kopfteil des Bettes. »Tony, sag mir, was los ist.«

»Wir müssen reden.«

Bei seinem gemessenen und befremdlichen Ton dreht sich mir der Magen um. »Oh.« Mehr fällt mir beim besten Willen nicht ein.

»Ich kriege das nicht hin.« Er reibt sich mit den Händen übers Gesicht. »Es tut mir so leid.«

»Oh«, wiederhole ich. Mir ist übel. Und ich kapiere einfach nicht, wie er sich noch mal von mir trennen kann, obwohl wir im Moment doch gar nicht zusammen sind.

»Ich hätte in Daileys Büro sterben können. Du ebenfalls. Gott sei Dank hast du mich gerettet, aber es hätte für uns beide das Ende sein können. Dass wir überlebt haben, war pures Glück.«

»Das stimmt nicht, und das weißt du auch. Wir haben

aufgrund unserer Ausbildung überlebt. Hervorragend trainierte Instinkte. Schnelle Reaktionen.«

»Vielleicht. Vielleicht auch nicht. Spielt keine Rolle.« Er holt tief Luft, dann stößt er sie wieder aus. »Die Sache ist die: Ich will nicht warten, bis ich keine Mission mehr habe. Es wird immer eine geben.«

Ich runzele die Stirn, versuche, seine Worte einzuordnen, denn sie passen einfach nicht zu der Richtung, die ich von diesem Gespräch erwartet habe. Wie ein Puzzleteil, das eigentlich zu einem ganz anderen Bild gehört, scheint sich die Bemerkung einfach nicht einzufügen.

»Keine Ahnung, ob ich meinen Dad morgen oder übermorgen oder jemals finde. Vielleicht suche ich mein Leben lang nach ihm, vielleicht auch nicht. Vielleicht finde ich ihn, vielleicht auch nicht. Aber dich habe ich gefunden, und nur darauf kommt es an.«

Er streicht mir über die Wange, während ich mich bemühe, das Rinnsal der Hoffnung, das sich in mir seinen Weg bahnt, nicht zur ausgewachsenen Flut werden zu lassen.

»Ich will dich bei mir haben. An meiner Seite, Emma. Ich will bei Stark Security anfangen. Ich will eine Partnerin, eine Geliebte, und das nicht nur für die Arbeit.«

Ich starre ihn an, und mein Herz weitet sich dermaßen, dass ich befürchte, meine Brust könnte explodieren. Ich möchte ihm ebenfalls so etwas Schönes sagen. Worte der Liebe und Leidenschaft und Hoffnung und Worte von der Zukunft. Aber ich bringe keinen Ton heraus. Mein Herz droht vor lauter Gefühl zu bersten.

Aber daran ist anscheinend nichts auszusetzen, denn er redet für uns beide.

»Ich habe mich in dich verliebt, Emma«, fährt er fort, und mir stockt der Atem. »Ich habe mein ganzes Leben damit verbracht, einer gottverdammten Vendetta hinterherzujagen, weil ich glaubte, nur dann ein vollständiger Mensch sein zu können, wenn ich mit der Vergangenheit abschließe. Aber das ist nicht die Antwort.«

Er nimmt meine Hände, und seine warme Berührung durchströmt mich wie ein lebensspendendes Elixier. »Das bist du, Emma. Du bist die Antwort. Du bist diejenige, die mich zu einem vollständigen Menschen macht.«

»Wow«, sage ich. »Tony, ich …«

Ich ringe immer noch um Worte, also sage ich das Einzige, was mir in den Sinn kommt. Das Einzige, was quasi in Neonschrift darin herumblinkt. »Ich habe mich auch in dich verliebt.«

Er sieht mich an, und einen Augenblick lang ist seine Miene unergründlich. Doch dann entdecke ich das Feuer in seinen Augen. Und bevor ich noch etwas sagen oder tun kann, zieht er mich in seine Arme und umfängt meine Lippen mit den seinen.

Ich schmelze in seiner Umarmung dahin, so glücklich, dass dieser Mann nun endlich zu mir gehört, dass ich am liebsten in Tränen ausbrechen will. Aber so bin ich doch sonst gar nicht. Ich reagiere nicht emotional. Ich gehöre nicht zu den Frauen, die glauben, noch einen anderen Menschen – abgesehen von ihrer Schwester – wirklich zu brauchen.

Dennoch kann ich nicht leugnen, dass ich diesen Mann brauche.

Ich lege ihm die Arme um den Nacken und klammere mich an ihn, befürchte beinahe, dass er verschwindet, wenn ich loslasse. Dass sich dann alles als Traum entpuppt.

Aber auch so bin ich nicht. Ich bin keine Frau, die der Realität nicht ins Auge sieht. Die sich den harten Fragen nicht stellt. Also löse ich mich langsam von ihm und nehme sein Gesicht in beide Hände. »Bist du ganz sicher? Denn ganz ehrlich, Tony, wenn du mich wieder verlässt … wenn du es dir anders überlegst … das überlebe ich womöglich nicht.«

»Doch, das würdest du«, sagt er. »Du bist der stärkste Mensch, den ich kenne. Aber das steht gar nicht zur Debatte, denn ich verlasse dich nicht.«

»Gut, denn ganz gleich, was passiert: Mit dir bin ich stärker.«

»Du bist alles, was ich mir wünsche«, versichert er. »Alles, was ich brauche. Ich bin immer nur Schattenbildern hinterhergejagt. Das weiß ich jetzt. Ich hätte besser der Liebe hinterherjagen sollen. Baby, bitte. Bitte sag mir, dass du weißt, dass ich dich liebe.«

Ich nehme seine Hand und lege sie über mein Herz. »Ich bin nicht der sentimentale Typ«, sage ich. »Aber das weiß ich.« Ich presse seine Hand an meine Lippen. »Würdest du etwas für mich tun?«

»Alles.«

»Würdest du mit mir schlafen?«

Sein Lächeln ist ebenso bedächtig wie sinnlich. »Mit dem größten Vergnügen.«

KAPITEL 24

Tony bewegte sich langsam in ihr, und die ganze Zeit über sahen sie sich in die Augen. Ihr Mund war leicht geöffnet, und ihr Gesicht leuchtete vor Freude. Vor Liebe.

Nicht in tausend Jahren würde er verstehen, womit er eine solche Frau verdient hatte. Diese starke, wunderschöne Frau, die ihn so offen und so vorbehaltlos liebte.

Sie war seine zweite Hälfte, und es war ein Wunder, dass sie trotz des ganzen Mists, den sie hatten durchmachen müssen, doch zueinander gefunden hatten.

»Hey«, sagte sie, und ein sinnliches Lächeln umspielte ihre wunderschönen Lippen. »Wo bist du?«

»Hier. Bei dir. Immer.«

»Gute Antwort.« Sie wackelte mit den Hüften. »Ich meinte, wo du mit deinen Gedanken warst.«

»Ich habe über dich nachgedacht. Darüber, wie sehr ich dich liebe. Was für ein Wunder du für mich bist.«

»Was wir füreinander sind, meinst du. So eine kurze Zeitspanne im Kalender meines Lebens, und schon kann ich mir ein Leben ohne dich nicht vorstellen. Ganz schön komisch.«

»Für mich ist es genauso komisch. Denn auch ich kann mir ein Leben ohne dich nicht mehr vorstellen.«

Sie lachte. »Werden wir beide so langsam kitschig? Ich glaube, das gehört nicht zu meiner Jobbeschreibung. Eigentlich sollte ich ein Hartei sein.«

»Ich erzähle es keinem weiter.«

Sie lachte noch einmal, und er nutzte die Situation aus und drehte sie um, sodass er auf dem Rücken lag und sie auf ihm saß.

»Das gefällt mir«, sagte sie. »Das Sagen zu haben.«

»Und mir gefällt es, dir das Sagen zu überlassen. Du solltest nur nicht davon ausgehen, dass ich es immer tue.«

»Wahrscheinlich müssen wir gelegentlich eine Münze werfen. Um zu entscheiden, wer oben sitzt.«

»Ich habe eine bessere Idee.«

»Und welche?«

»Jetzt? Will ich einfach nur, dass du mich reitest.«

Sie lachte ein drittes Mal, gehorchte aber, ließ den Körper im Rhythmus mit dem seinen auf- und niederwogen, sodass sich ihre Lust gleichzeitig steigerte. Es fühlte sich so gut an, tief in ihr zu sein. Diese Verbundenheit zu spüren. Ihr Gesicht dabei beobachten zu können, wie sie gemeinsam in den Abgrund stürzten.

Ein paar weitere Augenblicke lang dachte er, wie glücklich er sich schätzen konnte, doch schon bald konnte er keinen klaren Gedanken mehr fassen. Er war nur noch Verlangen und Lust. Seine Lust. Ihr Verlangen. Und umgekehrt.

Sie lehnte sich nach hinten, ihre Hüften ritten ihn auf den explosiven Höhepunkt zu, und er ließ den Finger zwischen sie beide gleiten, sodass sie ihre Klit an seiner Hand rieb. Er beobachtete, wie ihre Brüste auf- und abhüpften – lieber Gott, was für ein absolut heißer Anblick –, und spürte, wie feucht sie war. Wie eng. Und dann kreiste sie über ihm, und ihre Pussy umfing ihn, die Macht ihres Orgasmus umklammerte ihn wie ein Schraubstock, sodass er sich aufbäumte, stöhnte und in ihr explodierte.

Befriedigt und satt ließ sie sich nach vorn sinken, wobei ihre Körper immer noch miteinander verbunden waren. Um das verdammte Kondom würde er sich später kümmern. Im Augenblick wollte er einfach nur die Hitze ihrer Haut an seiner spüren.

»Das war fantastisch«, murmelte sie, als sich die ersten Lebensgeister wieder in ihr regten. »Du bist fantastisch.«

»Ich glaube, das haben wir bereits ausdiskutiert«, antwortete er, was sie zum Lachen brachte.

»Wir sollten unsere Differenzen immer im Bett austragen. Vielleicht verlegen wir uns beim nächsten Mal aufs Armdrücken?« Er lachte ebenfalls, dann drehte er sie auf den Rücken und legte sich über sie. »Du bist auf jeden Fall ein Hartei, Miss Tucker, aber ich bin dir gewachsen.«

»Ach ja? Das wollen wir doch mal sehen.«

Er machte gerade Anstalten, sie beim Wort zu nehmen. Die Vorstellung, sie in seinen Armen gefangen zu halten, war einfach zu schön, um sie sich entgehen zu lassen. Aber in diesem Moment klingelte das Telefon. Er griff danach, und als er sah, dass es Quince war, hob er ab.

»Wir haben's«, rief Quince. »The Serpent hat die Adresse von Clyde Morgan preisgegeben. Wir stellen ein kleines Team zusammen. Wir warten nur noch auf dich.«

»Ein kleines Team. Emma und ich gehen hinein. Du und Liam, ihr gebt uns draußen Rückendeckung. Denny sorgt im Van für Kommunikation und Technik.«

»Wir haben uns schon gedacht, dass du so was sagst«, meinte Quince. »Bis in einer Viertelstunde. Wir kommen vorbei und sammeln euch ein.«

»Wo ist The Serpent jetzt?«

»Er heißt Nicol Vartac, und er wurde dem SOC überstellt. Seagrave nimmt ihn in Untersuchungshaft. Ich denke, er wird die Gastfreundschaft unserer Regierung ziemlich lange in Anspruch nehmen.«

»Gott sei Dank sind wir ihn los!«, rief Tony. »Wir erwarten euch.« Er beendete das Telefonat, runzelte aber sofort die Stirn, als er Emmas Gesichtsausdruck sah.

»Was ist los?«

»Ich muss dir etwas sagen. Das sollte ich eigentlich nicht, aber es sollen keine Geheimnisse zwischen uns stehen.«

Jetzt war er mit Stirnrunzeln an der Reihe. »Ich höre.«

»Ich habe dir doch erzählt, dass wir hinter derselben Person her sind, weißt du noch? Als du mich nach unserem

Inselaufenthalt in meinem Haus aufgesucht hast. Weil dein Vater – na ja, du weißt schon.«

»Ja. Und das entsprach nicht der Wahrheit?«

»Doch, doch. Das schon. Ich habe dir nur verschwiegen, dass wir auch ansonsten dasselbe Ziel hatten.«

»The Serpent«, sagte er, und sie nickte.

»Ich bin seit Jahren hinter ihm her. Er war eine Zentralfigur in einem Fall, mit dem ich vor Jahrmillionen in Texas zu tun hatte.«

Tony runzelte die Stirn. »Okay. Und warum hast du mir nichts davon erzählt?«

»Das lag weder an ihm noch an dir. Sondern – na ja, du willst bei Stark Security anfangen. Wir sind zusammen. Und ich will nicht, dass du es zufällig herausfindest.«

»Ich höre dir immer noch zu.«

»Ich habe nichts gesagt, weil es eher Winstons Geheimnis ist als mein eigenes. Unsere Fälle überschnitten sich. Und The Serpent war das Zentrum. Es lief wirklich ziemlich beschissen, und Winston – ach egal.« Sie schüttelt den Kopf. »Bedaure. Ich werde dir beinahe alles erzählen, aber über die Geschichten anderer Leute schweige ich mich aus. Tut mir wirklich leid.«

Er schüttelte den Kopf. »Süße, es muss dir nicht leidtun. Eins kannst du mir glauben. Ich bin ein Experte in Sachen Geheimnisse.«

»Gut. Das hier ist ziemlich heftig. Nicht mal Eliza weiß darüber Bescheid.«

Er lacht. »Und doch hast du mir davon erzählt. Anscheinend liebst du mich wirklich.«

»Glaub schon.« Sie stand auf und gab ihm einen Kuss. »Wirklich. Und jetzt schauen wir doch mal, wie die Dinge um das Arschloch von Vater stehen.«

***

»Vartacs Aussagen und das, was wir in aller Eile herausfinden konnten, legen den Schluss nahe, dass sich dein Vater einer umfangreichen plastischen OP unterzogen hat, um sein Erscheinungsbild zu verändern.« Liam schüttelte den Kopf. »Nichts für Memmen, das steht fest. Und anscheinend ist bei den OPs nicht alles glattgegangen, denn die Infektionen machen ihm seit Jahren das Leben zur Hölle.«

Quince nickte. »Das und die guten, altmodischen Krankheiten. So alt ist er ja eigentlich gar nicht. Aber auf den Fotos wirkt der Mann wie über neunzig. Seine Tage sind offenbar gezählt.«

Tony nickte, verarbeitete die neuen Informationen, fragte sich, ob er ein schlechter Mensch war, weil es ihn eigentlich einen Scheißdreck interessierte, ob sein Vater lebte oder tot war. Nein, Korrektur – er hätte Clyde Morgan lieber tot gesehen. Dann wäre die Welt ein weit besserer Ort.

»Also verschaffte er sich von diesem Haus aus Zugang zu diversen Servern, um seine Geschäfte weiterhin remote abwickeln zu können, zog ein und engagierte einen privaten Krankenpflegedienst«, riet er.

»Du hast's erfasst«, sagte Denny. »Allerdings ist es kein Pflegedienst. Nur eine einzige Krankenschwester. Singular. Dein Dad ist nicht allzu vertrauensselig.«

»Nenn ihn nicht so.«

»Stimmt. Sorry. Morgan ist also recht misstrauisch. Er wird nur von einer einzigen Krankenschwester betreut. Acht Stunden am Tag. Wenn er in besonders schlechter Verfassung ist, übernachtet sie auch bei ihm, aber im Augenblick läuft es anscheinend ganz gut bei ihm, denn sie hat vor einer Viertelstunde das Haus verlassen. Ich habe Mario veranlasst, das Haus bis zu eurer Ankunft im Auge zu behalten.«

»Also, wie gehen wir jetzt vor?«, fragte Quincy. »Willst du ihn wegen verbrecherischen Komplotts zum Zwecke der Ermordung deiner Mutter und deines Onkels verhaften? Vartac hat es gestanden. Er war ein bisschen beduselt von den Medikamenten, aber ich bin sicher, dass ich ein unterzeichnetes Geständnis ohne Drogeneinfluss von ihm bekomme.«

»Genau das machen wir«, sagte Tony, obwohl dieses Vorgehen absolut nicht seinem Vorhaben entsprach. Was Quince sicher klar war. Und Liam ebenso. Schließlich hatten sie bei Deliverance alle zusammengearbeitet. Seine Freunde wussten, dass Tony diesen widerlichen Perversling keinen einzigen Tag mehr am Leben lassen würde.

Es war unwahrscheinlich, dass Denny wegen seines Vorgehens Gewissensbisse haben würde, und Emma hätte definitiv kein Problem damit.

Und doch taten sie nach außen hin alle so, als ob er seinen Vater nur verhaften wollte.

Er sah Emma an, die nun schwarze Jeans und ein schwarzes, langärmeliges T-Shirt trug. Sie sah so verdammt sexy aus und ähnelte eher einer Einbrecherin als einer Geheimagentin.

»Bereit?«

»Geh voran«, sagte sie.

Das Haus verfügte über eine Alarmanlage, aber die erwies sich als relativ nutzlos, denn in weniger als zehn Minuten hatte Denny sie außer Gefecht gesetzt. Anscheinend fühlte Morgan sich einigermaßen sicher.

Auch die Tatsache, dass sie ins Haus einbrachen, ließ keinen Zweifel an seinen tatsächlichen Absichten. Wer einem Verbrecher lediglich Handschellen anlegen wollte, brach nicht vorher in sein Haus ein. Außerdem brachte der Betreffende dann in aller Regel Gesetzesvertreter mit, statt lediglich mit ein paar Mitarbeitern eines privaten Security-Unternehmens aufzukreuzen – egal, wie angesehen es sein mochte.

Jedenfalls war er dankbar für Dennys Fähigkeiten, die es ihnen ermöglichten, schon nach drei weiteren Minuten im Haus zu sein.

»Mikrocheck«, flüsterte er und erhielt ein leises *Roger* als Antwort.

Ebenso wie Emma überprüfte er seine Waffe. Er erwartete zwar kein Feuergefecht mit dem altersschwachen Mann, aber man konnte nie wissen. Wenn alles lief wie erwartet, würde er nur eine einzige Kugel benötigen.

Morgans Schlafzimmer befand sich im ersten Stock. Aber um es zu finden, war der Lageplan, den Denny ihnen vorgelegt hatte, gar nicht nötig. Sie mussten nur dem Gestank folgen. Der Flur roch nach Verwesung, nach menschlichen Exkrementen und Körperflüssigkeiten.

»Als hätte jemand eine Wagenladung benutzter Windeln hier abgeladen«, kommentierte Emma. »Und dann Raumspray der Marke fauliges Fleisch versprüht.«

»Vielen Dank auch. Gut, dass sich mein Magen bereits umgedreht hat. Sonst täte er es spätestens jetzt.«

Sie gab keine Antwort. Wahrscheinlich, um ein paar Schritte machen zu können, ohne Luft zu schöpfen.

Die Tür zu Morgans Zimmer stand offen. Wie ein Geist lag er in einem breiten Krankenhausbett. Unter der schmuddeligen grauen Decke waren die Umrisse seines zerbrechlichen Körpers kaum zu erkennen. Er hielt das Gesicht abgewandt und sah zum Fenster hinaus zu einer Voliere im Garten. Vielleicht fragte er sich ja, ob er eines Tages die Möglichkeit haben würde davonzufliegen.

»Vater.«

Langsam wandte Morgan den Kopf. Als koste es ihn all seine Kraft. Sein Gesicht war mit Eiterpusteln übersäht, seine Augen blutunterlaufen und tränend, seine Lippen gesprungen. Und doch verzogen sie sich höhnisch. »Du«, sagte er heiser. »Warum zum Teufel sollte irgendjemand glauben, dass ich ausgerechnet dich sehen will?«

»Ich könnte mir die gleiche Frage stellen.« Er legte die Hand auf seine Waffe, und Emma trat neben ihn.

Aber verdammt, er brachte es einfach nicht über sich, die Waffe zu ziehen. Er wusste genau, dass es keine Konsequenzen nach sich ziehen würde. Wenn jemand ein Verbrechen begehen und damit davonkommen konnte, dann war er es.

Doch plötzlich wollte er es gar nicht mehr.

Nicht, dass er nicht den Mut dazu gehabt hätte – noch immer würde er auf dem Grab seines Vaters einen Freudentanz aufführen, wann immer dieser denkwürdige Augenblick kommen mochte.

Nein, er änderte seine Pläne, weil dieser Mann bereits in der Hölle war.

»Ich bin nur vorbeigekommen, um dir mitzuteilen, dass es mir hervorragend geht. Toller Job. Gute Freunde. Kluge, schöne Freundin. Und das alles trotz dir, nicht wegen dir. Nur damit das klar ist.«

Er wandte sich zum Gehen. Warum hätte er noch bleiben sollen? Emma stand da und starrte ihn an, und ein winziges Lächeln umspielte ihre Lippen.

»Er ist es nicht wert«, sagte Tony.

»Nein. Das ist er wirklich nicht.«

Sie wollte sich ebenfalls abwenden, als er es hörte. Dieses seltsame Rascheln. Nicht wie Haut an Baumwolle, sondern etwas anderes. Etwas …

Shit.

Er wirbelte zur selben Zeit herum wie Emma, beide mit gezückten Waffen. Und beide schossen auf den alten Mann.

Tonys Kugel traf ihn in die Brust, Emmas in den Kopf. Und die Waffe, die Morgan unter der Decke hervorgezogen hatte, fiel ihm aus der Hand, bevor er auch nur einen einzigen Schuss hatte abfeuern können.

»Er war es nicht wert«, wiederholte Emma. »Und jetzt kann er niemandem mehr etwas zuleide tun.«

Tony nickte, dann ergriff er ihre Hand. »Komm, Süße. Gehen wir nach Hause.«

Beide traten durch die Tür hinaus.

Und Tony blickte nie mehr zurück.

EPILOG

Ich bin mir hundertprozentig sicher, noch nie so viele Gäste in diesem Bungalow gehabt zu haben. Nicht, dass es mir etwas ausmacht. Immerhin sind alle hier, um offiziell die Verlobung meiner Schwester mit Quincy zu feiern.

Seit Quincys Heiratsantrag sind drei Wochen vergangen, aber ich wollte diejenige sein, die die Party für die beiden ausrichtet. Hinzu kam, dass Tony erst noch seine eingelagerten Sachen aus New York holen wollte.

Jetzt habe ich also nicht nur mehr Leute zu Gast, als die Brandschutzverordnung erlaubt, sondern auch noch eine Garage voller Umzugskisten. Mein ganzes Haus ist ein einziges Chaos, was meiner zwanghaften Ordnungsliebe total zuwiderläuft. Und ich genieße es in vollen Zügen.

»Alle amüsieren sich königlich«, sagt Tony, der hinter mich tritt und mir die Arme um die Taille schlingt. »Obwohl ich finde, dass wir Quince so langsam mal den Hahn abdrehen sollten.«

Ich hatte eben noch einen Blick in die Küche geworfen und mich gefragt, ob ich noch mehr Alkohol kommen lassen sollte. Doch als ich mich umdrehe, sehe ich, wie Quincy in die Menge taumelt und sein Glas hebt, um seinen dritten – nein vierten – Toast auf meine Schwester auszusprechen. Alle wenden sich ihm höflich zu, aber keiner hört richtig hin. Er hat ihr Loblied jetzt schon so oft gesungen, dass wir den Text auswendig können.

Zu ihrer Ehrenrettung muss man sagen, dass Eliza nicht im Geringsten verlegen wirkt. Und als sie mir ein strahlendes Lächeln zuwirft, kann ich nur eines denken: dass sie aussieht wie eine liebende Frau.

Auch das haben wir jetzt gemeinsam.

In Tonys Armen lasse ich unser aller Leben kurz Revue passieren. Leah ist in eine Unterhaltung mit Cass vertieft, und ich frage mich, ob sich da etwas anbahnt. Damien, Ryan und Jackson stehen mit ihren jeweiligen Frauen zusammen: Nikki, Jamie und Sylvia. Da sie miteinander lachen, gehe ich davon aus, dass sie nicht übers Geschäft reden.

Mario hockt vor meiner Stereoanlage, und ich verdrehe die Augen. Sollte er mir jedoch gleich empfehlen, mir mal ein moderneres Soundsystem anzuschaffen, werde ich mir das geduldig anhören. Liam und seine Freundin Xena stehen auf der hinteren Veranda und beobachten, wie die Strahlen der untergehenden Sonne das Blätterdach der Bäume durchbrechen.

Mason und Denny sind in der Küche, wo Mason – anscheinend unter Aufsicht von Winston – ihr einen alkoholfreien Drink mixt. In diesem Moment zieht Winston plötzlich sein Handy hervor, runzelt erst die Stirn und nimmt dann den Anruf entgegen.

Er zieht sich in eine Ecke zurück, dann hebt er den Kopf und sieht mir in die Augen. Seine Miene ist besorgt.

»Ärger«, murmelt Tony.

Ich schüttele den Kopf. »Keine Ahnung.« Ich drehe mich in seinen Armen um, schaue ihn an und gebe ihm einen schnellen Kuss. »Ich werde mal nach ihm sehen.«

»Ich mische mich unters Volk. Und nehme Quince mal ein wenig unter meine Fittiche.«

Ich lache und küsse ihn noch einmal, bevor ich mich zu Winston begebe. Auf halbem Wege kommt er mir entgegen und zieht mich beiseite.

»Was ist los?«, frage ich.

»Das war Seagrave«, antwortet er, und sein Blick ist düster und gequält. »Anscheinend muss ich nach Texas zurück.«

Von J. Kenner sind im
Diana Verlag erschienen:

Dir verfallen (Stark 1)
Dir ergeben (Stark 2)
Dich erfüllen (Stark 3)
Dich lieben (Stark 4)
Dich halten (Stark 5)
Mr. Stark (Stark 6)

Dich befreien (Stark Novella 1)
Dir gehören (Stark Novella 2)
Dir vertrauen (Stark Novella 3)
Nikki und Damien (Stark Novellas 1–3)
Dich begehren (Stark Novella 4)
Dich beschenken (Stark Novella 5)
Dich besitzen (Stark Novella 6)
Nikki und Damien forever (Stark Novellas 4–6)
Dich berühren (Stark Novella 7)
Dich fühlen (Stark Novella 8)
Dich erleben (Stark Novella 9)
Dich verwöhnen (Stark Novella 10)
Nikki und Damien (Stark Novellas 7–9)

Wanted (1): Lass dich verführen
Wanted (2): Lass dich fesseln
Wanted (3): Lass dich fallen

Closer to you (1): Folge mir
Closer to you (2): Spüre mich
Closer to you (3): Erkenne mich

Secrets (1): Dirty Secrets
Secrets (2): Sexy Secrets
Secrets (3): Dangerous Secrets

Das große J. Kenner Fanbuch

Deep Love (1)
Deep Passion (2)
Deep Danger (3)

Zähme mich (Stark Friends Novella 1)
Verführe mich (Stark Friends Novella 2)
Halte mich (Stark Friends Novella 3)

Year of Passion. Januar. Februar. März (1–3)
Year of Passion. Januar (1) – E-book
Year of Passion. Februar (2) – E-book
Year of Passion März (3) – E-book
Year of Passion. April. Mai. Juni (4–6)
Year of Passion. April (4) – E-book
Year of Passion. Mai (5) – E-book
Year of Passion. Juni (6) – E-book
Year of Passion. Juli. August. September (7–9)
Year of Passion. Juli (7) – E-book
Year of Passion. August (8) – E-book
Year of Passion. September (9) – E-book
Year of Passion. Oktober. November. Dezember (10–12)
Year of Passion. Oktober (10) – E-book
Year of Passion. November (11) – E-book
Year of Passion. Dezember (12) – E-book

Sexy Security (1): Betörendes Feuer
Sexy Security (2): Glühendes Feuer
Sexy Security (3): Stürmisches Feuer
Sexy Security (4): Verlockendes Feuer

Lovely Little Liar – Sinnliche Lügen (Blackwell Lyon 1) – E-book
Pretty Little Player – Heiße Spiele (Blackwell Lyon 2) – E-book
Sexy Little Sinner – Verführerische Sünden (Blackwell Lyon 3) – E-book
Lovely. Pretty. Sexy – Drei heiße Kurzromane. Sammelband Blackwell Lyon 1–3